**HARADA Maha**

# *La Toile du paradis*

**Roman traduit du japonais**
**par Claude Michel-Lesne**

*Éditions Picquier*

En couverture : Rousseau, Henri (1844-1910), *Le Rêve*, 1910


Titre original : *Rakuen no canvas*



Mas de Vert
B.P. 20150
13631 Arles cedex
www.editions-picquier.com

*Conception graphique* : Picquier & Protière

*Mise en page* : Christiane Canezza – Marseille

ISBN : 978-2-8097-1494-4
ISSN : 1251-6007

*Qui était Rousseau ? Je ne le savais pas alors, mais ça n'avait pas d'importance, puisque c'était un banquet, que tout le monde devait y aller, et que nous étions invitées.*

Gertrude Stein,
*Autobiographie d'Alice Toklas.*

# 1

# LA BOÎTE DE PANDORE
## (Kurashiki, 2000)

*Il émane de ce tableau une atmosphère nimbée de bleu pâle.*

*Trois figures s'étendent à sa surface – un Pégase prêt à s'envoler, toutes ailes déployées, une femme dévêtue lançant une liane au cou de la créature, et un jeune garçon, lui aussi nu, occupé à cueillir des fleurs aux pieds de la dame. Chacune de ces enveloppes physiques paraît d'une blanche transparence, comme si les trois corps avaient été imprégnés de poudre. Ces petits grains, en réfléchissant la lumière, semblent flotter dans tout l'espace du tableau. Si bleu, si blanc, si éblouissant.*

*Derrière Pégase, on aperçoit la ligne d'une montagne se découper du décor. Mais nulle trace de vie frémissante. Au lieu de déborder d'une joie spontanée, la forêt printanière demeure plongée dans le silence. Se pourrait-il alors que ce tableau ne représente pas le monde réel, mais un paradis céleste ? A moins… qu'il ne fige avec exactitude le paysage dont le peintre aurait rêvé ?*

Il arrivait souvent à Hayakawa Orie de s'attarder devant cette toile. Non que sa fonction d'agent de surveillance lui laissât la liberté de scruter le périmètre d'un seul tableau dans tout le musée. Il lui fallait au contraire changer de poste à heures fixes, promener de toutes parts son regard. Mais cette œuvre lui plaisait tout particulièrement, ces derniers temps, et c'était sans lassitude qu'elle venait jour après jour la contempler. Tandis qu'elle fixait le tableau, des sons parvenaient peu à peu à ses oreilles : le hennissement du cheval blanc, le bruissement de ses ailes battant l'air. C'est alors qu'elle la ressentait – cette légère brise printanière soulevée par la créature.

Ce grand format réalisé en 1866 par Pierre Puvis de Chavannes excédait largement les deux mètres de hauteur. Il faisait partie d'un ensemble de quatre peintures que l'artiste aurait spécialement exécuté pour décorer, dit-on, l'hôtel particulier de la sculptrice Claude Vignon. Même si elle avait secrètement envie de savoir à quoi pouvaient ressembler les trois autres panneaux, Orie s'était toujours abstenue de se renseigner à ce sujet. Dieu sait où de telles recherches auraient bien pu la mener. Elle ne le savait que trop bien : se mettre à enquêter sur un tableau qui l'intéressait revenait à rouvrir cette « boîte de Pandore » qu'elle avait gardée hermétiquement scellée pendant plus de quinze ans.

*N'est-ce pourtant pas aujourd'hui qu'en quarante-trois années d'existence, je me trouve enfin au plus près des œuvres d'art, à les regarder dans les yeux, à entendre leur voix ? Oui, c'est bien possible…*

Le bruit d'une série de pas rapides se rapprocha et Orie porta son regard de la peinture à l'autre bout de la galerie. Mukaida Ayaka, sa collègue, se dirigeait vers elle, le sourire aux lèvres. C'était l'heure de la relève.

Ayaka et Orie échangèrent un regard, mais pas un mot. Puis la première prit la place de la seconde près du tableau de Chavannes. Même si elles s'entendaient bien en salle de repos, où il leur arrivait de bavarder joyeusement, aucune conversation dépassant le cadre du strict minimum ne leur était permise dans l'enceinte d'exposition. Lèvres jointes, Orie traversa vivement la salle et franchit le corridor en direction de la salle voisine. Là, elle aperçut au coin de la pièce un visage qui réprimait un bâillement – le visage de Momosaki Yuriko. Cela faisait deux mois que Yuriko travaillait à temps partiel au musée. Initialement toute à la joie de « pouvoir admirer chaque jour ses tableaux favoris », il ne lui avait pas fallu plus d'une semaine pour s'en lasser tout à fait et se plaindre de la longueur de ses journées dès qu'elle rencontrait Orie en salle du personnel. Comme ce travail devait être ennuyeux pour une jeune femme de vingt-trois, vingt-quatre ans…

Le temps, coulant impétueusement dans un espace clos. Et de 10 heures du matin à 5 heures du soir, aucun moyen de prendre la fuite. Pas la moindre distraction, pas la moindre variation, pas le moindre incident – rien n'advenait, ni ne devait advenir. A intervalles réguliers, les huit surveillants du musée glissaient en silence d'une salle à l'autre. Brassant toutes les soixante minutes l'air sédimenté, sans un bruit, de la première à la dixième salle, comme des boules de billard.

Rejoignant dans un claquement de pas le poste qu'elle tenait, Orie se retourna sur l'espace de la salle.

*Eh bien, me voilà partie pour une heure de face-à-face avec une icône d'El Greco…*

Un majestueux éclat irradiait la surface verticale du tableau. Scène d'angelots blonds descendant du ciel en tourbillonnant ; de lumière céleste éblouissante, frappant tel l'éclair. « Le Seigneur est avec toi, bienheureuse », disait l'ange Gabriel. Marie frissonnait à ces paroles ; ses beaux traits contractés ; sa posture néanmoins digne, comme si elle avait patiemment attendu cet instant. Combien de fois, de centaines de fois Orie avait-elle longuement observé ce visage ? Combien d'heures, combien de centaines d'heures avait-elle consumées devant cette rêverie de conception virginale ?

*Pour connaître un peintre, il faut regarder ses tableaux. Se tenir devant eux des dizaines, des centaines d'heures. En ce sens, je crois bien que personne ne peut passer davantage de temps devant une peinture qu'un collectionneur. Conservateurs, chercheurs, critiques... pas un n'arrive à la cheville du collectionneur. Ah ! Mais... attends un peu. Il y a bien quelqu'un qui peut rester encore plus longtemps que lui devant une belle pièce. Et qui donc ? Mais le surveillant de musée, voyons !*

Comme elle contemplait le tableau, une vieille conversation s'était soudainement rappelée à son esprit. Il pouvait lui arriver de se remémorer ainsi un banal échange remontant à plus d'une décennie, de manière abrupte et pourtant très précise. Cela arrivait brusquement, sans aucun lien de causalité. Notamment lorsqu'elle se concentrait sur une toile.

Les deux mains croisées dans son dos, un vieillard observait fixement l'El Greco. Après avoir laissé échapper un énorme bâillement nonchalant en direction du tableau, il se dirigea vers la galerie adjacente en s'efforçant d'éviter le regard de la surveillante.

Orie consulta sa montre. 10 h 40. Elles ne devraient pas tarder, se dit-elle, quand le tumulte qu'elle pressentait commença tout à coup à monter de la salle n° 1. Des ricanements, des causeries passionnées. Des voix de jeunes filles. Celles de femmes adultes leur intimant tout bas de faire silence. Orie avait compris sans même l'entrevoir qu'une classe de lycéennes venait d'arriver avec ses enseignantes.

Les groupes scolaires nécessitaient l'attention la plus soutenue. Aucun enfant ne se serait permis de toucher aux œuvres, mais cela n'empêchait pas un certain nombre d'entre eux de faire les fous dans l'enceinte du musée, pénalisant ainsi les visiteurs désireux d'admirer les œuvres au calme. Il arrivait d'ailleurs souvent qu'un écolier se fasse directement rappeler à l'ordre par un visiteur si l'agent chargé de surveiller la salle avait manqué à sa fonction.

Quand une visite groupée était prévue dans la journée, la direction prévenait le personnel surveillant lors de la réunion matinale. Nombre de personnes, horaire de passage, type de groupe : ces informations détaillées permettaient aux agents d'ajuster en conséquence leur niveau de vigilance. Leur travail consistait à faire en sorte que le public puisse profiter des œuvres dans le calme approprié et de la manière la plus satisfaisante possible. Il ne s'agissait ni de servir de guide aux visiteurs, ni de leur livrer d'explications précises, même s'ils devaient suffisamment connaître les œuvres pour pouvoir donner le nom de l'auteur ou la date d'un tableau. Savoir indiquer l'emplacement des toilettes ou de la boutique relevait également de leurs fonctions, tout comme la gestion des personnes mal portantes, des nourrissons en pleurs et des enfants perdus. A moins d'un événement d'importance, il était hors de question de quitter son poste. Si une urgence se présentait, il fallait contacter la sécurité ou la direction au moyen du talkie-walkie disposé près de son siège. Le surveillant de musée n'était pas là pour les visiteurs, mais pour la protection des œuvres et de leur environnement. Le pire scénario était qu'un acte de vandalisme soit commis alors qu'il s'était éloigné de son poste, même un bref instant. Ce qu'il devait surveiller durant son temps de travail, et de toute son attention, ce n'étaient pas les personnes – mais les œuvres et leur périmètre. Point.

C'est pourquoi Orie trouvait un sens à cette idée selon laquelle le surveillant de musée était celui qui passait le plus de temps devant les œuvres d'art. Ces paroles, auxquelles elle ne pensait jamais d'ordinaire, l'encourageaient en silence lorsqu'elles jaillissaient quelquefois au fond d'elle-même. Même si elle ne devait jamais revoir celui qui les avait prononcées…

Le vacarme des bruits de pas s'était entre-temps rapproché. Entre deux ricanements, Orie entendit les enseignantes exhorter leurs élèves au silence. Elle reporta toute son attention sur l'accès à la salle d'exposition.

Rubans de soie d'un vert profond sur marinières bleu marine : les élèves du lycée pour filles Shirasagi firent leur apparition dans la tenue officielle de leur établissement. Un cortège de vingt-trois personnes, dont deux professeurs. Comme la plupart des lycéens, les jeunes filles ne montraient aucun intérêt pour ces peintures religieuses antédiluviennes : quand elles ne bâillaient pas, elles papotaient à voix basse, les bras croisés. Renonçant à les sermonner, l'une des deux enseignantes entama ses explications en ces termes :

« Voici *L'Annonciation* d'El Greco. Savez-vous de quel pays était originaire ce peintre ? Non ? Il était espagnol. Ce tableau aurait été achevé en 1603, ce qui fait donc aujourd'hui quatre cents ans. Pouvoir voir de ses yeux une œuvre aussi ancienne… vous ne trouvez pas ça génial ? »

Peut-être tentait-elle d'éveiller l'attention de ses élèves, mais elle employait pour ce faire un ton singulièrement familier. Quelques filles entraînées par son discours dirigèrent leur regard vers la toile. Les sentiments mitigés qui avaient gagné Orie en écoutant les propos de l'enseignante laissèrent progressivement place à une impression plus positive.

*El Greco était grec ; il s'est installé à l'âge de trente-six ans en Espagne, où il a passé le reste de son existence. C'est une erreur de le prétendre espagnol : il convient de délivrer aux élèves des informations correctes. Ceci dit, on peut en effet trouver « génial » qu'un tableau réalisé il y a quatre siècles s'offre ici et maintenant à nos regards. Il n'y a en tout et pour tout que deux œuvres d'El Greco visibles au Japon. L'une ici, l'autre au Musée national d'art occidental de Tôkyô. Par son thème, son envergure, sa composition, son état de conservation, cette* Annonciation *présente à tous points de vue un degré de perfection justifiant son surnom de « joyau » de ce musée. Oui, pour les Japonais, c'est un miracle de pouvoir contempler cette toile en ces lieux. J'aurais préféré que vous appreniez aux élèves comment le musée s'était procuré ce bijou, mais je ne peux qu'être d'accord avec vous : c'est vraiment « génial » de pouvoir le voir ici.*

Les réactions des lycéennes étaient disparates. Certaines fixaient la toile, hébétées, d'autres s'occupaient de leurs ongles, le reste de la classe continuait à bavarder d'une voix feutrée. Orie, saisissant un furtif éclat de lumière à l'entrée de la salle, tourna soudain la tête dans cette direction. Une autre élève en uniforme venait d'arriver, nettement en retard sur ses camarades. Elle fixa la jeune fille. Cette lumière qu'elle avait perçue au seuil de la pièce venait du châtain clair de ses cheveux.

L'abondante et lumineuse chevelure, d'un lustre naturel et d'une souplesse qui écartaient toute idée de teinture, encadrait un petit visage aux traits d'ascendance occidentale. Une splendide crinière, qui ne s'accordait guère avec sa marinière. Orie n'avait pas été la seule à remarquer la jeune fille : plusieurs visiteurs entrés sur ses pas l'avaient d'abord scrutée avant de poser leurs yeux sur la toile d'El Greco. Elle ne passait pas inaperçue.

Tout à coup, la surveillante s'approcha d'un pas ferme de la retardataire. Celle-ci était en train d'ouvrir à la dérobée le poudrier qu'elle venait de sortir de sa poche.

« Il est interdit de boire et de manger dans l'enceinte du musée. Votre professeur ne vous l'a donc pas précisé avant de venir ? »

La lycéenne leva les yeux et dévisagea Orie. Ses iris brun clair, en réverbérant la lumière de la salle d'exposition, miroitaient de tous leurs feux. Aucune expression dans son regard. Aucune trace de surprise, ni même de crainte.

« Excusez-moi ! Est-ce qu'il y a un problème ? » demanda l'une des enseignantes, les ayant remarquées de sa place près de la toile d'El Greco.

Sans lui répondre, Orie poursuivit en direction de l'élève :

« Vous mâchez un chewing-gum, n'est-ce pas ? Auriez-vous l'obligeance de le recracher tout de suite ? Ici… »

Et elle lui présenta le mouchoir qu'elle avait tiré de sa poche de veste et déplié au creux de sa main. La jeune fille y laissa tomber un instant son regard, puis avala sans attendre quelque chose dans un discret bruit de déglutition.

« J'mâche rien du tout. »

Elle ouvrit la bouche et en présenta l'intérieur à Orie, mouvant sa langue rose pâle en deux ou trois cercles, telle une créature vivante.

« Dis donc, mais qu'est-ce que tu fais ? Quel manque de politesse ! » s'écria son professeur en se précipitant à ses côtés.

Mais la jeune fille au ricanement sardonique avait déjà tourné les talons vers la sortie sans accorder un seul coup d'œil au tableau d'El Greco.

Le Musée d'art Ohara où travaillait Orie était connu depuis fort longtemps dans la région du Chûgoku pour sa collection d'art occidental, l'une des plus belles du Japon. Après avoir fait fortune avec les filatures qu'il dirigeait depuis la fin du XIXe siècle, le grand collectionneur d'art Ohara Magosaburô avait entrepris de soutenir financièrement le voyage en Europe de son ami, le peintre Kojima Torajirô, qu'il avait chargé de collecter pour lui des œuvres d'art européen tout en poursuivant ses propres activités artistiques. Cet ensemble de peintures – dont *L'Annonciation* – formait aujourd'hui le cœur de la collection du musée Ohara. On racontait que lorsqu'il avait découvert ce tableau chez un galeriste parisien, Torajirô avait immédiatement expédié à son ami un cliché de l'œuvre en lui réclamant les fonds pour se porter acquéreur.

Tout ceci remontait à 1922, mais Orie, lorsqu'elle se tenait devant cette toile, ne manquait jamais de l'imaginer sur les murs d'une galerie sombre du Paris d'il y a soixante-dix-huit ans. Et de se sentir redevable de la perspicacité du peintre oriental qui s'était aventuré là par le plus grand des hasards.

*Oui... la rencontre avec une œuvre d'art repose vraiment sur le hasard et le flair.*

*Il ne faut compter que sur le hasard pour voir surgir une œuvre exceptionnelle et d'une grande rareté sur le marché. Qu'il cherche à obtenir des liquidités ou à réunir des fonds pour acquérir d'autres toiles, un propriétaire ne confie jamais un tableau à une galerie ou une maison d'enchères de manière programmée. A moins de lui rendre visite au moment opportun, lorsqu'il doit satisfaire à un besoin urgent de liquidités, les toiles tombées entre les mains d'un collectionneur ne reparaissent pratiquement jamais. Sauf s'il consent par caprice à voir son œuvre exposée. Les collections privées sont destinées à être admirées de façon exclusive par leurs propriétaires, à les satisfaire du simple plaisir de les posséder. C'est ce que l'on appelle la « psychologie du collectionneur ». Les plus extrêmes d'entre eux refusent que leur collection soit revendue ou présentée au public, non seulement avant leur mort, mais même bien après. A l'époque de la bulle économique, un homme d'affaires s'était attiré un mépris planétaire en affirmant vouloir faire brûler ses Van Gogh avec lui s'il venait à disparaître. Mais ne s'agit-il pas, en vérité, de la volonté profonde de tout collectionneur ?*

*Quand une œuvre apparaît sur le marché, c'est le flair qui se montre alors décisif. Certains ne voient dans un tableau que l'identité de son auteur et la date d'exécution. Mais tout artiste de renom a un jour signé des œuvres imparfaites, des œuvres parfois même qualifiées de médiocres.*

*Il est tout aussi dangereux de s'en tenir à la date. La période majeure d'un artiste célèbre est généralement brève, et le nombre de toiles produites dans ce laps de temps, limité. Les tableaux que l'on suppose avoir été peints au cours de ces périodes d'apogée présentent donc toujours le risque d'être des contrefaçons. Celui qui regarde une de ces œuvres possède-t-il un œil suffisamment acéré pour saisir sa force et son « atemporalité » sans fonder son jugement sur de simples indices tels que le nom du peintre ? Quant à celui qui s'est forgé un tel regard... a-t-il l'assise financière nécessaire pour l'acquérir ?*

*Le hasard, le flair, la fortune. Le destin des plus grands tableaux se joue sur ces trois éléments. Et c'est parce qu'elle a bénéficié de leur parfaite conjonction que* L'Annonciation *d'El Greco a pu entrer dans la collection du Musée Ohara et être aujourd'hui accrochée ici.*

« Rien à faire, dit Yuriko à Orie sur le chemin qui les ramenait à la gare. Vous pouvez bien prendre n'importe quel chef-d'œuvre, il dépassera toujours l'entendement d'un élève de seconde. Pas une des filles de la visite n'a écouté quoi que ce soit des explications de leur prof…

— Est-ce que vous étiez comme elles, mademoiselle Momosaki, lorsque vous étiez lycéenne ?

— Oui, plus ou moins. On a visité le Musée Ohara une fois, mais ça m'a pas franchement passionnée. Moi, j'étais à fond sur ma Game Boy et les chanteuses du moment. C'était plutôt à Disneyland Tôkyô que je voulais aller ! Ça n'a pas trop changé, d'ailleurs… »

Yuriko se mit nonchalamment à rire. Orie fit de même.

« Mademoiselle Hayakawa, ajouta-t-elle, vous n'employez jamais le dialecte d'Okayama ? Vous parlez tellement bien que mademoiselle Mukaida se demandait si vous seriez pas de Tôkyô. Alors ? »

Orie ne se livrait pas vraiment à ses collègues de travail. Evoquer la vie qu'elle avait menée, même en termes simples, aurait paru présomptueux, et ça l'ennuyait d'entrer dans les détails.

« Je ne vivais pas au Japon durant mes années de lycée. »

Yuriko poussa un cri de surprise.

« Ah bon ? Vous êtes donc une ancienne expatriée ?

— Ma foi, on peut dire ça comme ça, je suppose.

— Et alors, où viviez-vous, si ce n'est pas au Japon ?

— Mmm… A Paris… Mais… »

A peine Orie avait-elle répondu, avec une pointe d'hésitation dans la voix, que Yuriko jeta de nouveau un cri.

« Ouaaaah ! La chance ! Un rapport avec le travail de votre père ? Vous devez savoir parler français, du coup ? »

Orie sourit mais ne répondit pas. Yuriko continua durant un moment à répéter « la chance ! » et finit par se taire, sa collègue ayant renoncé à relancer la conversation.

Du musée à l'artère animée qui rejoignait le parvis de la gare, un canal traversait doucement le quartier de Bikan. Sur la verte surface de l'eau se reflétait, inversée, l'image des murs blancs des bâtisses alignées le long des berges. Orie et Yuriko, marchant côte à côte, regardaient les branches vert tendre des saules se balancer au bord de l'eau, dans le vent crépusculaire. Parvenue à l'extrémité du canal, Yuriko reprit la parole :

« Au fait… y avait une sacrée belle fille, aujourd'hui, parmi les élèves du lycée Shirasagi. Cette petite aux jolis cheveux châtain clair, vous l'avez remarquée ? »

Orie garda le silence. En désespoir de cause, Yuriko se tut de nouveau.

« Eh bien, je vous laisse ici, lança-t-elle une fois arrivée sur la grande rue Motomachi. À demain. »

Puis, après s'être légèrement inclinée pour saluer sa collègue, elle disparut à pas pressés dans la direction opposée à la gare. D'ordinaire, elle accompagnait Orie jusqu'à l'entrée de la gare. Sans doute son mutisme l'avait-il quelque peu indisposée.

Orie haussa imperceptiblement les épaules en soupirant.

*J'ai toujours été comme ça. A empêcher les autres de franchir cette ligne entre eux et moi. C'était déjà le cas à Paris, quand j'étais au lycée. Bien sûr, mon français limitait la communication, les premiers temps... mais il n'empêche que je n'ai jamais ouvert mon cœur à mes camarades de classe. Seulement aux œuvres d'art. Il suffisait de mettre le nez dehors pour trouver des musées et des chefs-d'œuvre partout dans la ville. De Vinci et David, Monet et Picasso ont été pour moi d'irremplaçables amis, toujours prêts à dialoguer avec moi.*

*Mes très chers amis. J'ai voulu mieux vous connaître...*

Depuis la gare de Kurashiki, Orie empruntait d'habitude la ligne San'yô et descendait au deuxième arrêt, celui de Niwase. Elle habitait dans un quartier résidentiel à dix minutes de marche de la gare.

« Me revoilà... » dit-elle en ouvrant la porte d'entrée. Comme une réponse était montée de la cuisine, elle se dirigea vers la pièce emplie d'odeurs de soupe de miso et d'humidité.

« Sanae est venue te rendre visite, aujourd'hui ? demanda sa mère, penchée au-dessus de l'évier.

— Oui, soupira Orie. Elle s'est comportée de manière odieuse. Je lui avais pourtant bien répété avant de partir qu'il était formellement interdit de boire et de manger dans le musée. Et qu'est-ce qu'elle a fait ? Elle mastiquait un chewing-gum... »

Un petit rire étouffé secoua les épaules de la grand-mère.

« Ma foi, c'est l'âge ! Toi aussi, tu as été jeune…

— Mais je n'ai jamais mâché de chewing-gum dans l'enceinte d'un musée ! Je savais au moins me tenir, quand j'y allais…

— Et tu disais vouloir épouser Picasso, tu te souviens ? Quelle surprise pour ton père… Jamais je n'oublierai son visage ahuri ! »

Lorsque la vieille dame se retourna, un doux sourire flottait sur ses lèvres. Elle le présentait toujours à sa fille quand celle-ci rentrait de l'école ou du travail, tandis qu'elle-même s'affairait à la cuisine. Cela faisait longtemps que ce sourire protégeait et soutenait Orie.

Jamais sa mère ne s'était effondrée, même quand son père avait trouvé la mort dans un accident. C'était avec ce sourire qu'elle avait reçu les condoléances d'usage aux funérailles. Même lorsqu'elle était retournée vivre dans sa région natale d'Okayama en laissant sa fille unique étudier à Paris. C'était en agitant la main qu'elle était partie, ce sourire rivé aux lèvres. Et même lorsqu'Orie avait pris la décision de revenir à Okayama, enceinte, et de mettre son enfant au monde toute seule. Sa mère l'avait serrée dans ses bras, sans lui poser de question, en souriant. Elle n'avait versé de larmes qu'en une seule occasion : à la naissance de sa petite-fille Sanae. Orie avait été la première à pleurer. Tout ce qu'elle avait accumulé jusque-là s'était échappé d'elle à l'instant où le bébé était né. En entendant ses cris si pleins de vie, elle avait fondu en larmes comme si un cordon étroitement noué venait en douceur de se défaire. Puis sa mère s'était à son tour mise à pleurer en étreignant sa fille en sanglots. Il ne s'agissait pas de larmes de tristesse. Les larmes maternelles qui s'étaient écrasées une à une sur les joues d'Orie, c'était de l'amour.

Depuis, seize années s'étaient écoulées.

La porte du vestibule bruyamment claquée fit vibrer les murs de la cuisine ; le vieux pavillon se faisait moins solide, par endroits. La grand-mère lança quelques mots en direction du couloir. Pas de réponse, mais l'écho d'une cavalcade de pas grimpant les escaliers. Les choses ne se passaient jamais autrement, quand Sanae rentrait à la maison. Après les événements de la journée, Orie quitta la cuisine en colère.

A l'étage, de la pop japonaise se déversait à plein volume depuis la chambre de sa fille.

« Baisse le son ! » vociféra-t-elle en ouvrant la porte.

Les cheveux châtain clair virevoltèrent brusquement comme le petit visage au teint clair se retournait. Des yeux inexpressifs. Les mêmes qu'au musée. Orie s'avança à grandes enjambées et coupa l'alimentation du lecteur de CD.

« Arrête. Tu incommodes le voisinage. La dernière fois, madame Namba est venue se plaindre.

— J'étais pas au courant… murmura Sanae en détournant les yeux.

— Peu importe. C'est toujours mamie qui paie les pots cassés. N'oublie pas que cette maison est à l'origine la sienne. S'il y a bien quelqu'un ici que les voisins regarderont de travers, c'est elle. Compris ? »

Sanae garda le silence, la figure toujours aussi inexpressive. Orie ne pouvait supporter l'impassibilité du visage de sa fille, vierge de tout sourire, comme de colère.

« Descends, le dîner est prêt », dit-elle en évitant le regard de Sanae.

Alors qu'elle s'apprêtait à sortir, l'écho glacial de la voix de sa fille résonna à travers la pièce.

« C'est de ta faute si la vieille Namba dit du mal de mamie. Tu veux savoir ce qu'elle a dit, une fois ? “La fille Hayakawa, elle est rentrée au bercail enceinte, pour accoucher d'une métisse sans père. Quel toupet !” »

Après s'être figée sur place comme si des barbelés rattachaient ses pieds au sol, Orie comprit qu'il s'agissait d'un mensonge. Une histoire inventée de toutes pièces par Sanae. Même la plus venimeuse des voisines ne raconterait pas de telles choses à une lycéenne.

« Ça suffit ! fit-elle d'une voix tremblante, jugulant tant bien que mal sa colère sur le point d'exploser. Je ne tolérerai pas que tu répètes ces bêtises à mamie.

— Pourquoi je lui dirais… »

De son regard de glace, la fille soutint le regard de feu de sa mère.

*Dis, Sanae, comment ta maman a fait pour tomber enceinte alors qu'elle était pas mariée ? Il est où, ton papa ?*

En dernière année d'école primaire, Etsuko, la fille des voisins, avait interrogé Sanae en ces termes après avoir entendu les racontars colportés par sa famille. Sous ses airs innocents, elle avait cette méchanceté typique des filles de son âge. Sanae n'avait pas de père depuis sa naissance, et sa mère ne lui avait rien appris à ce sujet. Elle n'avait donc rien su répondre à Etsuko.

Orie et sa famille étaient isolées, dans cette petite ville de province. Cette solitude avait initialement commencé avec la jalousie du voisinage envers la mère d'Orie, que la vie avait un peu trop largement favorisée au départ. Après avoir été l'une des meilleures élèves de son département, elle avait poursuivi ses études dans une prestigieuse université pour filles de Tôkyô, décrochant son diplôme avec des résultats de haut vol. Une fois recrutée par une grande maison de commerce, elle avait épousé l'un des employés modèles de l'entreprise, et vécu au gré des mutations de son mari dans des appartements de standing à New York et Paris. Sa fille unique Orie avait vu le jour et grandi aux Etats-Unis. Maîtrisant sans difficulté l'anglais comme le français, la petite avait manifesté depuis son plus jeune âge un profond intérêt pour les musées. Après l'obtention de son baccalauréat avec la meilleure moyenne de son lycée, cette passion des musées l'avait conduite à intégrer le cursus d'histoire de l'art d'une grande université parisienne.

Un époux aux commandes de la succursale française de sa société, une fille étudiante dans un établissement d'élite. Une vie saine, opulente et heureuse. Tout à fait le genre d'existence à faire des envieux.

Les choses avaient cependant changé du tout au tout quand le père s'était tué dans un accident.

Après avoir perdu son mari, la mère d'Orie avait regagné sa maison natale au Japon pour s'occuper de sa mère, seule et âgée. Le voisinage la réconfortait en apparence et se réjouissait en secret de son malheur : « Tout allait trop bien pour elle jusqu'ici… » On cancanait à ses dépens, on jalousait les sommes que les indemnités d'assurance et la pension compensatoire de veuvage lui avaient rapportées. « La voilà à l'abri du besoin, avec le décès de son mari… » Plus tard, ce fut Orie qui vint vivre à son tour à Kurashiki, enceinte, mais célibataire. Pour ne rien arranger, la physionomie de l'enfant dont elle avait accouché laissait deviner les origines occidentales de son père. Les voisins ricanaient en colportant des médisances. La petite Sanae venait d'avoir cinq ans lorsque la vieille femme quitta ce monde, laissant derrière elle ces quelques mots : « Il aurait mieux valu que vous ne rentriez jamais au pays. »

Sanae grandit pour devenir une belle fillette sur laquelle on ne manquait pas de se retourner, ce qui aggrava son isolement. Les brimades se multiplièrent au cours de ses dernières années d'école primaire : quand on ne se moquait pas d'elle en la qualifiant de bâtarde, on lui tirait les cheveux en l'accusant de les teindre. Elle manqua même de subir des attouchements vers l'âge de douze ans, quand l'enseignant responsable de sa classe se prit d'une perverse affection pour elle. La petite avoua en tremblant à sa mère comment l'homme avait voulu la dévêtir. Orie, enflammée de colère, se rendit aussitôt à l'école primaire, mais la direction lui réserva un accueil aussi froid qu'un bloc de glace, prétendant obstinément que rien n'était arrivé. Elle ne put rien faire pour sa fille.

Depuis, Sanae avait durablement refermé son cœur, à sa mère comme au reste du monde. L'unique personne à laquelle il lui arrivait d'en entrouvrir la porte était sa grand-mère.

« Alors Sanae, c'est bon ? Mamie a fait elle-même ces croquettes de légumes. »

Sanae, Orie et sa mère étaient installées autour de la table. Si l'adolescente daignait s'y montrer, c'était bien pour sa gentille mamie. Malgré son isolement et les cancans dont elle faisait l'objet, la vieille dame conservait toujours son imperturbable sourire. Une femme forte, et féminine. Orie savait que Sanae admirait sa grand-mère en secret, même si elle ne voulait pas l'avouer.

*Que deviendrions-nous, Sanae et moi, si maman venait à disparaître ? Seule sa présence me permet de maintenir ce lien fragile à ma fille. Sans elle, je ne parviendrais même pas à lui parler. Peut-être qu'elle ne voudrait plus revenir à la maison… et moi non plus. Pourquoi remettre les pieds dans un lieu pareil ?*

« Tu es allée au musée de maman, aujourd'hui, n'est-ce pas ? Qu'as-tu préféré, comme tableau ? »

Cette question détachée de la grand-mère, c'était en réalité celle qu'Orie désirait le plus ardemment poser. Mais une absence de réponse l'aurait tellement blessée qu'elle n'avait pas su la formuler. Et Sanae, en effet, ne répondit point. Sa mère ne laissa rien paraître, mais fut profondément désappointée.

*Dire que cette enfant est capable de mastiquer du chewing-gum comme si de rien n'était devant un tableau d'El Greco. Capable de conserver un visage impassible devant mon « cher ami »…*

Après le repas, Sanae remonta dans sa chambre sans prononcer un mot. Sa grand-mère lui porta les fraises et le thé qu'elle avait préparés pour elle sur un plateau. Plus de musique à plein volume. Lorsque la douce main de sa mère vint tapoter l'épaule d'Orie qui desservait la table et que celle-ci se retourna, la vieille femme lui tendit une carte postale en souriant.

« Regarde. C'est un cadeau pour moi. Son tableau préféré, semblerait-il. »

Après avoir essuyé ses mains sur son tablier, Orie laissa tomber ses yeux sur la carte.

*Un damier bleu aux motifs végétaux, surmonté d'une cage blanche... un petit oiseau jaune agitant ses ailes... un ciel d'azur pâle s'étendant à la fenêtre, au-delà des barreaux...*

*Le volatile s'acharne à battre des ailes pour gagner sa liberté – mais jamais il n'y parvient. Ce tableau, c'est...*

En 1925, Pablo Picasso était âgé de quarante-quatre ans. Il n'en était encore qu'à la moitié de sa carrière de peintre, puisqu'il devait vivre jusqu'à quatre-vingt-onze ans. Orie aimait assez le Picasso de 1925. Nul doute que son cœur avait dû battre la chamade devant l'émergence du mouvement surréaliste et le renouveau des techniques picturales. Elaborer un nouvel art, ou bien réduire l'art à néant. Si Picasso n'avait pas pris part à la vague avant-gardiste qui devait déferler comme un tsunami, il y avait une bonne raison : il en avait été l'initiateur.

Orie connaissait bien *La Cage à oiseau.* Mais en regardant la carte postale que Sanae avait choisie pour sa grand-mère, elle songea soudain à une chose qu'elle n'avait jamais envisagée.

*Cet oiseau se trouve-t-il vraiment à l'intérieur de la cage ?*

*Une cage vide sur une table, un oiseau qui s'aventurerait par hasard à l'embrasure de la fenêtre... on le verrait alors simplement de l'extérieur.*

*Chaque fois que je le vois dans la salle d'exposition... je me dis toujours que cet oiseau doit être en souffrance, à agiter aussi désespérément ses ailes. Le ciel dehors est si vaste, si bleu. Il souffre mille tourments de ne pouvoir s'envoler. En représentant un oiseau captif, Picasso n'a-t-il pas voulu exprimer son désir ardent de liberté, en des temps où Hitler gagnait ses galons de dictateur, où le fascisme commençait à étendre son ombre sinistre sur l'Europe ? C'est un peu exagéré, mais j'ai toujours compris cette œuvre comme ça. Il m'est même arrivé de vouloir délivrer ce volatile. Cet oiseau éternellement encagé, prisonnier à l'intérieur de l'immense peintre...*

*Si Sanae a choisi ce tableau, ce n'est pas anodin – et ça m'a fait du mal. Se sent-elle comme cet oiseau captif, incapable de s'envoler dans les cieux ? Non... elle n'a probablement pas conscience d'avoir des ailes. N'est-ce pas plutôt moi qui ne peux plus agiter les ailes que j'avais autrefois ?*

Elle ne pouvait plus voler : c'était la vérité, une vérité qu'il était plus que jamais douloureux de se voir rappeler par sa fille. Mais cette nouvelle interprétation à laquelle elle était subitement parvenue l'avait secrètement enthousiasmée. L'oiseau qui semblait encagé sur la table avait pu venir du ciel et entrer à tout hasard dans la pièce par la fenêtre.

Oui : il suffisait de réfléchir au titre du tableau. *La Cage à oiseau.* Et non *L'Oiseau en cage.*

Picasso avait peint une *cage*, pas un oiseau. A peine Orie l'eut-elle compris qu'une vague de chair de poule la parcourut des pieds à la tête, comme si une rafale de vent soulevait son corps. Sans même y prendre garde, elle serra les poings sur ses cuisses.

*Ainsi, les grandes œuvres ont parfois d'inattendues révélations à nous faire sur la vie. Et c'est précisément ce qui fait leur grandeur. La composition, les nuances, l'harmonie et la maîtrise technique ne font pas tout. L'adéquation de l'œuvre avec son époque, l'émotion délivrée à celui qui la regarde, l'étincelle, la force d'attraction, cette indicible sensation, comme une démangeaison… L'œuvre porte-t-elle en elle toutes ces petites choses décisives qui happeront l'âme de son observateur ? L'œil, la main et le cœur sont-ils tous trois présents ? Car tels sont les éléments indispensables pour qu'une grande œuvre soit digne de ce nom…*

« Mademoiselle Hayakawa… »

Entendre son nom chuchoté au creux de son oreille ramena Orie à elle-même. Yuriko se tenait à ses côtés.

« Oh, excusez-moi. Je vous cède la place. »

Elle se leva précipitamment pour gagner la salle suivante. Lorsqu'elle attachait de la sorte son regard à une toile, il lui arrivait de basculer entièrement dans un autre monde, de perdre toute sensation du temps écoulé. Elle pouvait même en venir à douter du réel, elle ne savait plus où elle se trouvait, ni ce qu'elle était en train de faire. Orie savait combien cet état pouvait nuire à son travail, mais une habitude installée depuis l'enfance ne se modifiait pas si facilement.

« Non, il ne s'agit pas de la relève. Monsieur Komiyama souhaiterait que vous veniez immédiatement au département de la Conservation. Il m'a arrêtée à mon retour de pause pour que j'aille vous avertir. »

Orie pencha la tête. En quelque cinq années à travailler dans ce musée, elle s'était déjà rendue dans les bureaux de l'administration, mais pas une seule fois on ne l'avait appelée à la Conservation.

« Excusez-moi de vous déranger… » dit-elle en ouvrant la porte où elle venait de frapper. Tout au fond de la pièce, derrière le plus éloigné des bureaux disposés en îlots, était assis le responsable de la Conservation, Komiyama Shingo. En voyant apparaître Orie, il se leva de son siège et l'interrompit :

« Ah ! Attendez là où vous êtes. »

Une fois sorti dans le couloir, il ajouta :

« Désolé de vous avoir fait venir si vite. Auriez-vous l'amabilité de me suivre ? Nous n'en aurons pas pour longtemps. »

Un sourire clairement amical s'était dessiné sur ses lèvres. Orie inclina la tête en signe d'acquiescement.

Komiyama, son aîné de quatre ans, avait été muté dans ce musée au printemps. Commissaire de nombreuses expositions d'art moderne et contemporain, il avait dirigé le département de la Conservation d'un musée de l'arrondissement de Setagaya et suivi les cours de Takarao Yoshihide, l'un des plus remarquables historiens japonais en matière d'art occidental, à l'époque où celui-ci enseignait encore à l'Université de Tôkyô. L'une des conditions posées par Takarao lors de sa nomination à la tête du musée d'art Ohara avait d'ailleurs été de faire recruter à la Conservation cet ancien étudiant dont il avait toujours suivi la carrière, si bien que l'arrivée de ces deux pointures avait rapidement permis à l'institution de se hisser parmi les plus éminents musées d'art du pays – en titre comme en réalité.

Komiyama toqua deux coups brefs à la porte du directeur.

« Entrez ! » fit une voix à l'intérieur de la pièce.

Orie se sentit soudain un peu nerveuse.

Lorsque la porte s'ouvrit, son regard découvrit une longue table de bois ; des chaises, disposées dans un parfait alignement devant elle ; un robuste bureau rectangulaire, trônant tout au fond de la pièce. Des trieurs et d'autres papiers en subtil équilibre formaient un monticule, une fourmilière qui aurait fort bien pu passer pour une œuvre d'art contemporain. Dos à ce monticule de documents, l'homme installé à la grande table leva les yeux. Ses longs sourcils blancs et sa moustache de même couleur, quoique comparativement bien taillée, lui conféraient l'air d'un chercheur. C'était Takarao Yoshihide, le directeur du musée.

« Je me suis permis d'accompagner mademoiselle Hayakawa », annonça Komiyama avec une pointe de fierté, comme s'il venait d'escorter un personnage d'importance.

Takarao opina de la tête et lança un regard à l'homme assis devant lui. Un regard qui signifiait « la voilà ». Le personnage entre deux âges, impeccablement vêtu d'un complet, se leva alors en contorsionnant son corps vers la porte. Orie, figée dans l'embrasure, ne put esquisser un mouvement. Cet homme lui était un parfait inconnu. Tandis qu'un large sourire cordial s'étirait sur son visage aux lunettes cerclées d'argent, il s'adressa à elle avec force « bonjour, bonjour » et autres « merci infiniment d'être venue ». Voyant qu'elle ne bougeait pas, Komiyama l'exhorta : « Allez-y, entrez. Ne soyez pas gênée. »

Orie obtempéra et s'assit au bord de la chaise placée à côté du directeur.

« Mademoiselle Hayakawa, n'est-ce pas ? lui lança Takarao, redressant avec prestance son buste penché sur la table. Je vous remercie de votre travail dans notre musée. »

Tâchait-il de détendre l'atmosphère ? Toujours est-il qu'elle sentit dans son intonation une réelle gentillesse. Si Orie savait bien à quoi ressemblait le directeur du musée où elle travaillait, l'inverse était fort peu probable : comme il résidait toujours à Tôkyô, il ne venait en règle générale que deux à trois fois par mois au musée, où on l'apercevait rarement dans les galeries. Il n'y avait donc aucune chance pour qu'il puisse connaître chaque membre du personnel surveillant. Cette attitude amicale l'avait d'autant plus décontenancée qu'elle le tenait pour un homme intouchable.

« Désolé de vous avoir convoquée pendant votre service, fit-il d'une voix agréable, comme s'il n'avait rien remarqué de la tension qui figeait les traits d'Orie. C'est bien moi qui vous ai fait demander, mais nous avons ici quelqu'un qui tenait lui aussi beaucoup à vous rencontrer… »

Orie leva la tête et considéra de biais l'individu assis de l'autre côté de la table. Conservant son étrange mais sympathique sourire, l'homme fourragea la poche de sa veste, d'où il tira un porte-cartes professionnel, puis une carte de visite.

« Pardon d'avoir tardé à me présenter. Je m'appelle Takano. »

Le carton glissa sur le long des veines du bois de la table pour venir s'arrêter à l'endroit précis où tombait le regard d'Orie.

***Takano Tomoyuki***
***Groupe de presse Gyôsei, siège de Tôkyô***
***Responsable du service culturel***

Elle releva les yeux et les porta sur l'homme, qui lui présenta de nouveau son large et cordial sourire. Celui de Komiyama, assis à ses côtés, était un peu plus gêné.

« Bien, et si nous entrions dans le vif du sujet ? fit-il, comme résigné à prendre les devants. Monsieur Takano coordonne le service culturel du groupe de presse Gyôsei. Il s'occupe à ce titre de nombreux événements, et plus particulièrement de grandes expositions d'art…

— Je n'en ai peut-être pas l'air comme ça, l'interrompit Takano, mais j'ai suivi des études en histoire de l'art à l'Université Tômon. »

Relevant du bout des doigts le pont de ses lunettes, il poursuivit :

« Le service culturel des chaînes de télévision et groupes de presse tels que Gyôsei se charge de concevoir et de réaliser des expositions en partenariat avec les principaux musées du Japon. Le saviez-vous ? »

Orie acquiesça faiblement. Bien sûr qu'elle connaissait ce système.

Ce principe de partenariat entre musées et médias était spécifique au Japon. Tout avait commencé avec les expositions que les groupes de presse tenaient jadis dans le hall des grands magasins, à l'époque où il n'existait pas encore de musées d'art dans l'ensemble du pays. Comme les grands magasins souhaitaient présenter des toiles célèbres pour attirer chez eux la clientèle, les journaux avaient recouru au prestige de ces tableaux à des fins publicitaires et promotionnelles. Après la Seconde Guerre mondiale, la plupart de ces expositions chapeautées par la presse avaient quitté l'enceinte des magasins pour gagner celle des musées inaugurés un peu partout dans le pays.

« Peut-être ne vous apprendrai-je rien que vous ne sachiez déjà, mais laissez-moi vous expliquer en quelques mots notre travail. Prenons, par exemple, un projet d'événement autour de Renoir. Comme ce peintre jouit d'une importante popularité auprès du public japonais, on peut légitimement espérer qu'une foule de visiteurs se déplacera. Le problème, c'est que les coûts de transport et d'assurance des œuvres à faire venir de l'étranger sont estimés à plusieurs centaines de millions de yens, et qu'il va falloir réunir de très grosses sommes d'argent. Or, la quasi-totalité des musées japonais se débattent avec de faibles budgets, surtout s'ils sont publics ou nationaux. Hors de question pour eux d'investir un tel montant sur une seule exposition – et c'est là qu'entre en scène le service culturel des grands médias.

Supposons maintenant que le groupe Gyôsei organise cette exposition Renoir dans un musée d'art public, que nous appellerons le musée A. Les différentes facettes du projet seront alors pratiquement toutes prises en charge par le service culturel de notre groupe de presse, qu'il s'agisse de la conception de l'exposition, des négociations auprès des musées étrangers, de l'envoi et du retour des œuvres, de l'élaboration du catalogue, du guide audio, des cartes postales, etc. En parallèle, le service s'occupera de collecter des financements auprès d'entreprises désireuses de s'assurer une visibilité médiatique. Dans les faits, la plupart de ces sociétés incluent le mécénat dans leur budget publicitaire, ce qui permet à notre groupe de rassembler d'immenses sommes. Nous toucherons ensuite la moitié du prix de vente des billets, sinon plus, tout comme la majorité des recettes issues de la vente du catalogue et des produits dérivés, qui reviennent également aux groupes de presse. En somme, un événement susceptible d'attirer du public et de générer des recettes comme cette exposition Renoir représente pour Gyôsei une opportunité de bénéfices non négligeables malgré les frais engagés. C'est pourquoi les musées ne pourront sans doute jamais rompre leurs relations avec les grands médias, car non seulement nous supportons pour eux des coûts faramineux, mais nous ne manquons pas d'inviter leurs conservateurs à la table des négociations avec les musées étrangers. En clair : tout le monde y gagne. »

Avant de prendre son emploi dans ce musée, Orie s'était livrée à quelques recherches générales au sujet de ce système propre au Japon, mais pas seulement. Elle s'était aussi renseignée à propos des musées d'art du pays, leur histoire, leurs principes d'organisation, leur fonctionnement. Même si elle ne comptait pas devenir conservatrice et encore moins gestionnaire de musée, c'était la première fois qu'elle s'apprêtait à travailler dans ce genre d'institution, et il était naturel de chercher à en apprendre un peu plus. Mais en vérité, sa curiosité intarissable pour l'art avait fini par la plonger dans une étude minutieuse de toutes les œuvres majeures présentes au musée.

« Au fait, mademoiselle Hayakawa… »

Comme s'il n'attendait que cette occasion, Komiyama ouvrit la bouche dès que les explications de Takano trouvèrent leur point final.

« Est-ce que le nom de Tim Brown vous dit quelque chose ? »

Orie fixa le conservateur, les lèvres serrées.

L'étonnement qui se propageait à vue d'œil sur son visage n'échappa pas à Komiyama.

« C'est bien ce que je pensais. Il ne vous est pas inconnu.

— Ah ! Mais n… non… je ne connais pas cette personne.

— Et pourtant, l'interrompit Takano, incapable de masquer son excitation. Il se trouve que lui vous connaît. Et qu'il affirme consentir à nous prêter la pièce maîtresse de son musée, à une condition : que vous participiez aux négociations. »

Ces paroles s'enfoncèrent telle une main glacée dans la poitrine d'Orie. Son cœur s'arrêta de battre, comme si des serres de rapace l'avaient pris en tenailles.

Se tournant vers elle, le directeur du musée insista :

« Mademoiselle Hayakawa, je vous le demande à mon tour. Connaissez-vous Tim W. Brown ?

Vous savez, le conservateur général du Musée d'art moderne de New York. »

— De… de nom seulement… C'est qu'il est fort célèbre…

— En effet. Il me semble néanmoins extraordinaire que le nom de Brown soit connu d'une simple surveillante d'un musée japonais de province. Il ne s'agit ni d'un chanteur, ni d'un acteur. Ça, pour être connu, il l'est. Mais uniquement des spécialistes du monde de l'art. Vous conviendrez que c'est assez limité, comme célébrité.

— Mademoiselle Hayakawa Orie, enchaîna Komiyama sur le ton d'un inspecteur de police cherchant à confondre un suspect. Vous n'êtes pas une simple surveillante. Seriez-vous par hasard… la chercheuse Hayakawa Orie ? Car moi, je me souviens de votre nom. A l'époque où je préparais ma thèse, il y avait une chercheuse japonaise qui faisait beaucoup parler d'elle dans les colloques, notamment pour ses exposés dans un français d'une remarquable fluidité. Elle s'appelait Hayakawa Orie. Mais tout ceci remonte à près de vingt ans et m'était entre-temps parfaitement sorti de la tête. »

Orie, le regard baissé, conservait ses lèvres scellées. Une légère torsion les déformait, comme si on cherchait à lui reprocher un échec.

« Lorsque Komiyama m'en a parlé, la chose m'est également revenue à l'esprit, reprit Takano. Pardonnez-moi mon impolitesse, mais je me suis permis de consulter votre CV, que les ressources humaines ont exceptionnellement mis à ma disposition. C'est un bien étrange parcours que le vôtre ! Selon ce document, vous seriez née en 1957, auriez obtenu votre diplôme à l'Université Paris IV en 1979, puis travaillé à temps partiel dans une librairie de Kurashiki entre 1990 et 1995. N'est-ce pas résumer un peu grossièrement les choses ?

— Même s'il n'est pas question d'histoire de l'art dans votre CV, nous avons fait nous-mêmes le rapprochement en apprenant que vous aviez fait votre cursus à Paris IV. C'est-à-dire : à la Sorbonne. Rien de moins que la meilleure université de France pour étudier cette discipline, poursuivit Komiyama tout en scrutant le visage de la surveillante. L'information n'est certes pas mentionnée sur ce document, mais si vous êtes bien cette Hayakawa Orie qui mit jadis le milieu des historiens de l'art en effervescence… ne seriez-vous pas, en réalité, titulaire d'un doctorat ? Il me semble que cette jeune femme avait en effet obtenu son grade de docteur en un temps record, à l'âge de vingt-six ans.

— Je suis confus, s'immisça Takano, mais nous avons demandé à notre correspondant parisien de consulter la liste des diplômés de la promotion 1979 afin de pouvoir vous retrouver. A supposer que vous soyez la personne dont ces deux messieurs ont gardé le souvenir, l'intérêt que vous porte Tim Brown, le conservateur général du MoMA, deviendrait parfaitement explicable.

— Attendez un instant ! » l'interrompit sèchement Orie.

Mais où donc ces hommes voulaient-ils en venir ?

« Je n'ai pas à me justifier concernant mon CV, affirma-t-elle résolument en redressant la tête. Certes, je l'ai raccourci à l'excès. Mais être ou non titulaire d'un doctorat n'entre pas en ligne de compte dans mon travail de surveillante. Mes recherches en histoire de l'art appartiennent au passé. A présent, je n'ai plus rien à voir avec le monde académique. »

Les trois hommes se dévisagèrent. L'enthousiasme qui régnait dans la pièce était retombé en une fraction de seconde.

« Je comprends que vous soyez embarrassée, argumenta Takano en recouvrant sa placidité. Comme vous l'avez dit, vous êtes une surveillante de musée sans aucun rapport avec le monde académique. Ou plutôt, vous l'étiez… jusqu'à tout à l'heure. »

Rehaussant d'un geste le cercle de ses lunettes, il la considéra d'un regard de défi.

« Mais il se trouve que le Musée national d'art moderne de Tôkyô prépare en partenariat avec nous une grande exposition sur le Douanier Rousseau. »

Orie frémit à ces derniers mots. Takarao et Komiyama, tels deux chercheurs en pleine expérimentation animale, l'étudiaient avec une attention soutenue.

« Nous nous proposons d'organiser une vaste rétrospective, qui présentera bien sûr des tableaux issus de collections japonaises, publiques et privées, et bénéficiera en outre du concours de musées étrangers. Les commissaires de cette exposition seront le responsable du département des Peintures du Musée national d'art moderne de Tôkyô, Kawakami Shôzô, le directeur de la Conservation du Musée national d'art moderne de Kyôto, Kumagai Jun'ya…

— … et moi-même, puisque l'on me fait cet honneur, ajouta Komiyama avec enthousiasme. En ce qui concerne Rousseau, je pense ne rien avoir à envier aux spécialistes issus des universités nationales. Vous avez probablement oublié depuis le temps, mais j'étais intervenu à propos des liens entre art naïf et surréalisme lors d'un colloque auquel vous aviez aussi participé. Et en français ! Oh, bien sûr, il n'était pas aussi bon que le vôtre, mais…

— Cela veut-il dire que… cette exposition fera étape dans notre musée ? »

D'une voix tremblante, Orie s'était enfin décidée à passer aux questions. Mais elle se doutait déjà de la réponse : jamais par le passé le Musée Ohara n'avait accueilli d'exposition itinérante d'importance.

« J'aurais vraiment aimé qu'il en soit ainsi, répondit Takarao, les bras croisés sur sa poitrine.

Mais comme vous le savez, nos salles sont trop petites pour un projet de cette envergure. Nous nous contenterons de prêter la *Vue sur Bagneux* et de confier à Komiyama la responsabilité de la rédaction du commentaire qui accompagnera l'exposition. »

Orie approuva sans force de la tête.

« C'est bien ce que je pensais, murmura Takano, qui avait observé son découragement. Ce projet vous intéresse. Car aucun chercheur n'aura autant marqué les études sur Henri Rousseau que vous. Et ça, ce n'est pas du passé. Voulez-vous connaître la liste des œuvres retenues pour la rétrospective ? »

Aussitôt, l'atmosphère de la pièce devint électrique. Instinctivement, Orie se pencha en avant, les bras appuyés contre ses genoux. Alors, Takano se mit à énumérer les titres des peintures choisies – lentement, comme s'il cherchait à sonder son esprit.

« *La Guerre*, du Musée d'Orsay. *Les représentants des puissances étrangères venant saluer la République en signe de paix*, du Musée Picasso. *La muse inspirant le poète*, du Musée d'art de Bâle. *Moi-même, portrait-paysage*, du Musée national d'art moderne de Prague. Enfin, du Musée d'art moderne de New York…

— … *Le Rêve*. »

C'était bien à son insu si la bouche d'Orie avait formé ces mots – mais le titre qui s'en était échappé avait caressé comme une brise les oreilles des trois hommes qui retenaient leur souffle.

« Oui. *Le Rêve* », répéta Takano, se penchant au-dessus de la table.

*Le Rêve*, 1910. L'ultime chef-d'œuvre d'Henri Rousseau.

Lorsqu'il réalisa cette toile majeure, le peintre était âgé de soixante-cinq ans. Il ne s'était réellement mis à peindre qu'une fois la quarantaine franchie, après avoir longtemps travaillé à la perception des taxes pour l'octroi de Paris. Un artiste infortuné, à peine reconnu de son vivant, moqué pour la puérilité de ses tableaux. Celui que le monde entier allait aimer et révérer comme « l'ancêtre de l'art naïf » devait se consacrer à cette toile jusqu'à l'aune de sa mort.

*Le Rêve*. Il avait suffi à Orie de prononcer ce titre pour que l'image du tableau onirique émerge avec netteté, jusque dans ses moindres détails, au creux de sa mémoire. Tout comme le poème qu'aurait écrit Rousseau pour décrire sa peinture se rappela au mot près à son esprit.

*Yadwigha dans un beau rêve*
*S'étant endormie doucement,*
*Entendait les sons d'une musette*
*Dont jouait un charmeur bien pensant.*
*Pendant que la lune reflète*
*Sur les fleurs, les arbres verdoyants,*
*Les fauves serpents prêtent l'oreille*
*Aux airs gais de l'instrument.*

« *Le Rêve* est avec *La Bohémienne endormie* le plus célèbre Rousseau de la collection du MoMA. Les touristes du monde entier se pressent à ses portes pour voir essentiellement trois œuvres : *Les Demoiselles d'Avignon* de Picasso, *La nuit étoilée* de Van Gogh, et *Le Rêve*. Le musée ne prête donc quasiment jamais ces tableaux, pour ne pas décevoir les attentes des visiteurs qu'il reçoit par millions chaque année. Autant dire que *Le Rêve* ne peut pas quitter souvent les lieux. »

Takano évoqua ensuite l'extrême difficulté que posait l'emprunt du joyau du MoMA, le plus prestigieux et le plus visité des musées d'art moderne.

« Dans le cas, par exemple, d'une exposition consacrée à la peinture française post-impressionniste, très appréciée dans le monde entier, les grandes institutions comme le Musée d'Orsay, le Musée des Beaux-Arts de Boston ou la Tate Gallery mettront en place une exposition itinérante à l'international. Elles mutualiseront à cet effet le prêt et l'emprunt des œuvres issues de leurs collections respectives, tout en renforçant les échanges entre conservateurs et conseils d'administration. Naturellement, en matière d'art occidental, les musées japonais ne sont absolument pas en mesure de traiter avec elles. S'ils veulent emprunter des œuvres, ils n'ont aucun tableau à prêter en échange. Pour leur permettre d'obtenir une toile célèbre, le service culturel des grands médias n'a donc pas d'autre choix que de régler des frais d'emprunt élevés.

Mais faire sortir des œuvres réputées pour ne jamais quitter l'enceinte de leurs musées s'avère extrêmement compliqué, même en déboursant officieusement de larges sommes. La plupart des institutions hésitent à prêter leurs chefs-d'œuvre à cause des risques liés à leur transport. Ce qu'elles redoutent plus que tout, c'est la dégradation ou la perte d'un tableau en tous points unique au monde. Le Japon représente toujours à leurs yeux l'Extrême-Orient, et aucune d'entre elles ne consentirait à faire courir de risques à sa pièce maîtresse pour l'envoyer aussi loin. »

Orie n'avait nul besoin des explications de Takano pour le savoir : les rapports de force entre musées occidentaux et japonais n'avaient pratiquement pas évolué depuis la fin de la Seconde Guerre mondiale.

*Parvenir à faire sortir une toile exclue du prêt d'un prestigieux musée occidental nécessite une solide assise financière, et plus encore : de grandes facultés de négociation. Ce marchand de journaux en est-il doué ?*

« Une opportunité inespérée s'offre cependant à nous. J'ignore si vous êtes au courant, mais le MoMA fermera ses portes pour plus de deux ans au printemps 2002. »

Orie se rappela soudain avoir lu cette information quelque part, dans une revue d'art, peut-être. Il était question de reconstruire l'immeuble de la 53e Rue abritant le musée à Manhattan. Un architecte japonais avait d'ailleurs été choisi pour en dessiner les plans. Durant ce long intervalle, le musée transférerait ses quartiers vers une galerie temporaire du Queens.

« Et le MoMA compte justement prêter ses collections durant les travaux, comme le font souvent les musées étrangers, intervint Komiyama, ne pouvant plus se retenir. C'est l'occasion unique de voir *Le Rêve* sortir de ses murs ! »

Le travail d'un conservateur était en effet jugé à l'aune des œuvres qu'il pouvait apporter à une exposition : plus ces toiles étaient estimées, plus l'on reconnaissait ses compétences en matière de négociation et de stratégie. Pour un spécialiste de l'art naïf tel que Komiyama, cette opportunité représentait une extraordinaire aubaine.

« Mais nous ne sommes pas les seuls à convoiter ce joyau, ajouta Takarao. Les Picasso et les Van Gogh vont eux aussi sortir du musée. Et certains collègues nourriraient l'intention d'emprunter l'intégralité de la collection pour monter une exposition consacrée aux chefs-d'œuvre du MoMA. »

Comme si elle observait à travers un poste de télévision les événements d'une lointaine contrée, Orie laissa échapper un soupir dépourvu de vigueur.

« Je ne peux pas vous dire concrètement de qui il s'agit, mais… un grand groupe de presse a pris les devants au nom d'un musée privé de Tôkyô. »

Takano remonta ses lunettes sur son nez d'un air agacé. Le service culturel d'un quotidien rival semblait décidé à faire main basse sur l'intégralité du trésor.

« Il n'est pas question pour nous d'emprunter l'ensemble de ces œuvres. *Le Rêve* nous suffit. Qu'on leur laisse toutes les autres ! Ce groupe de presse me porte sur les nerfs. Il aurait déjà fait une offre au MoMA pour l'intégralité de la collection, Rousseau compris. »

Puis il pesta qu'on tentait de doubler son journal en alignant une somme « si colossale qu'elle en était difficilement imaginable », qu'il y avait des limites au pouvoir de l'argent, etc.

« Nous avons mené des négociations informelles avec Paris, Bâle et Prague. Il ne reste plus qu'à convaincre New York… »

Après avoir prononcé ces paroles, Takano redressa lentement la tête et considéra Orie.

« Mademoiselle Hayakawa, vous êtes la dernière carte que nous ayons à jouer. »

La surveillante fixa les deux prunelles étincelant derrière la monture d'argent. Même après tout ce discours, elle ne comprenait toujours pas ce que ces messieurs attendaient d'elle.

« Comme j'y ai fait brièvement allusion, le conservateur général du MoMA, que vous connaissez sûrement, a prononcé votre nom. Tim

Brown souhaiterait que vous vous chargiez des négociations. »

Sa respiration se bloqua au fond de sa gorge. Elle scruta les yeux de Takano, le souffle suspendu, comme pour y chercher la confirmation de ses intentions.

*Te voilà prise dans les mailles du filet. Tu es toujours une chercheuse, et tu aimes toujours Rousseau plus que tout !*

Derrière ses lunettes, ses yeux luisaient de ravissement.

*Je ne sais ni où elle se trouve, ni ce qu'elle fait actuellement, mais je la vois tout à fait en train de poursuivre ses recherches sur Rousseau. Hayakawa Orie est l'unique spécialiste japonaise du peintre en qui je puisse avoir confiance.*

*Si elle accepte de conduire les négociations, je vous promets d'examiner la question d'un prêt du* Rêve.

Tim Brown. Le conservateur général du Musée d'art moderne de New York. Une éminence en matière d'art moderne, une autorité au sujet d'Henri Rousseau. Le directeur et le président du conseil d'administration du MoMA prêtaient l'oreille au moindre de ses propos. Et pour cause : Brown avait dirigé plusieurs expositions d'une importance historique, et redéfini la sempiternelle, mais toujours actuelle question de ce qu'était l'art moderne.

*Il est celui qui ne s'épargnera aucun effort pour préserver l'œuvre de Rousseau, et la transmettre aux générations futures.*

Celui qui avait prononcé ces paroles n'était autre que…

« Mademoiselle Hayakawa ? Vous nous écoutez ? » fit Takarao au creux de son oreille.

Recouvrant soudain ses esprits, Orie dirigea son regard droit devant elle. Mais la focale ne s'ajustait pas. Elle n'avait plus la moindre idée de l'endroit où elle se trouvait.

*Non, je ne peux y croire. Tim… Tim Brown, franchissant dix-sept années pour apparaître avec plus d'éclat que jamais devant mes yeux de surveillante de musée…*

« Nous ferez-vous la joie de vous rendre à New York ? Le plus tôt serait le mieux. Il n'y a pas un instant à perdre : nos concurrents sont déjà en mouvement. Et je voudrais à tout prix que vous leur arrachiez *Le Rêve* ! » ajouta l'un des hommes avec ferveur.

Mais Orie n'était plus en mesure de déterminer lequel avait parlé.

Clac ! L'écho d'un bruit sourd résonna à ses tympans.

*Qu'est-ce que c'est ? Le bruit d'un couvercle ? Oui, c'est ça. Il y a eu mon retour au Japon… la naissance de Sanae… puis la boîte de Pandore est restée lourdement, fermement scellée pendant près de seize ans. Et la voilà qui vient de se rouvrir.*

# 2

# LE RÊVE
# (New York, 1983)

Parmi tout le courrier amoncelé sur son bureau, cette enveloppe avait fait à Tim Brown une curieuse impression.

Quantité de lettres atterrissaient chaque jour au département des Peintures et Sculptures du MoMA, la plupart adressées par des galeries d'art de tous les Etats-Unis. Annonces d'expositions, communications relatives à la nouvelle création d'un artiste émergent, à des manifestations d'art, catalogues et des affiches... le volume de ce courrier était tel qu'à vouloir parcourir tous ces messages un par un, la journée se serait écoulée en un claquement de doigts. Heureusement, les faire-part d'invitation aux vernissages d'expositions organisées par des institutions partenaires se distinguaient au premier coup d'œil, grâce à leur enveloppe siglée du logo du musée expéditeur. Cette correspondance-là ne risquait donc pas d'être mélangée et jetée avec le reste du courrier destiné à la poubelle.

Le département recevait également des lettres de remerciements de collectionneurs et de mécènes, quoique rarement adressées à Tim. Il s'agissait généralement de remerciements pour les connaissances en art moderne que les conservateurs de chaque département avaient bien voulu partager avec eux lors des réceptions et dîners donnés par le MoMA. La majorité de ces lettres arrivaient dans une enveloppe Conqueror de couleur blanche ou crème, que Tim séparait ordinairement du reste de la pile de courrier avant de les déposer avec soin sur le bureau de leur destinataire. Naturellement, presque toutes étaient destinées au conservateur général de la section des peintures et sculptures : Tom Brown.

Tim Brown avait étudié l'histoire de l'art à Harvard. Au terme d'un cursus entrecoupé d'une année d'échange dans une université parisienne, il avait obtenu son doctorat et entamait à présent, du haut de ses trente ans, sa cinquième année comme assistant-conservateur au MoMA. Même si une seule lettre différenciait son prénom de celui de son supérieur hiérarchique, les deux hommes ne partageaient pas la moindre similitude – ni dans leur situation, ni dans leurs revenus, ni dans leur apparence physique.

A quarante-quatre ans, Tom Brown portait le MoMA sur ses épaules après avoir organisé bien des expositions retentissantes. Veillant à mettre en valeur ses traits juvéniles pour ne jamais paraître son âge, il arborait en toutes saisons des costumes d'un chic qui ne manquait pas d'attirer l'attention des épouses de collectionneurs d'art et administrateurs du musée. Tim ne pourrait guère espérer obtenir de meilleur poste qu'assistant-conservateur tant que Tom trônerait au-dessus de lui. Et tant qu'il demeurerait son assistant, il ne risquait pas de se voir confier la pleine responsabilité d'un projet d'exposition. Pour ne rien arranger, son visage paraissait depuis ses vingt ans si mûr qu'on l'aurait pris pour un homme marié et père de famille. Tout l'opposé de Tom. Lorsqu'ils se montraient ensemble dans une galerie d'art, il arrivait à ceux qui les rencontraient pour la première fois de se méprendre. A leurs yeux, Tim ne pouvait être que le conservateur émérite, et Tom son assistant. Quand ce dernier leur soutenait le contraire d'un air amusé, ses interlocuteurs affectaient généralement une surprise exagérée : « Incroyable ! A quel âge êtes-vous donc devenu conservateur général ? » Dans ces moments-là, Tim se voyait affligé par un indescriptible sentiment, proche de la défaite.

Une fois qu'il avait terminé de consulter toute la correspondance adressée à Tom, le jeune homme ne retenait que les annonces d'expositions méritant l'attention de son supérieur, puis les déposait sur le bureau de Tom avant son arrivée. C'était l'une de ses principales fonctions, et non des moindres. Découvrir des événements dignes d'intérêt parmi la centaine de lettres qui leur parvenaient quotidiennement relevait parfois de la gageure, tant il recevait lui-même de courrier.

Ce 8 août, les prévisions météorologiques d'ABC News annonçaient du beau temps pour toute la journée, et trente-cinq degrés sur Central Park. Rien d'étonnant à ce que la musique bucolique de Mister Softy, le marchand de glaces ambulant, se fît entendre dès 8 heures depuis l'avenue.

Tim avait gagné son bureau une heure plus tôt que d'habitude, ces cinq derniers jours. Y compris pendant sa journée de repos. Son chef Tom était parti depuis le 4 août pour deux semaines de congés d'été, et à compter du 10, ce serait au tour de Tim de rentrer pour huit jours dans sa ville natale de Seattle. Mais la quantité de travail que Tom lui avait demandé de liquider était colossale. Et pas question pour lui de prendre des vacances avant d'avoir tout terminé. Les élites de Manhattan avaient beau dire que seuls les employés incompétents se permettaient d'arriver en avance au bureau ou de travailler pendant leurs jours de repos, nécessité ferait encore loi pendant deux jours – jusqu'à ses vacances.

L'appartement qu'il occupait seul se trouvait à East Village. Avec vingt minutes de transport entre son domicile et son bureau, il devait bien s'avouer privilégié par rapport aux collègues qui venaient chaque jour travailler depuis le New Jersey. Il était diplômé de la prestigieuse université de Harvard. Il travaillait à la Conservation dans un musée mondialement reconnu. Un musée qui comptait parmi ses collections *Le Rêve* d'Henri Rousseau, le peintre qu'il avait étudié pour sa thèse. Et grâce à son statut d'assistant de Tom, il était impliqué dans la préparation de la grande rétrospective que le MoMA devait consacrer à Rousseau dans deux ans. Oui : à côté de la vie très ordinaire de l'Américain moyen, Tim était indubitablement un privilégié.

Après avoir quitté la ligne E du métro à la station de la 53e Rue, il emprunta les interminables escalators pour s'extirper du sauna souterrain et rejoindre l'avenue inondée de soleil. Il acheta un donut à la cannelle et un gobelet de café à l'échoppe du vendeur de beignets installée devant la sortie du métro. Une fois son beignet disparu au fond de son estomac avant même d'avoir rallié l'entrée du personnel, il s'engouffra dans l'ascenseur le plus paresseux qui fût – celui qui reliait directement le rez-de-chaussée du MoMA à l'étage des bureaux – et gagna enfin son poste de travail, où il s'attela sans tarder au tri du courrier, tout en sirotant la moitié restante de son café.

Une enveloppe d'un léger coloris crème s'était mêlée aux cartes postales publicitaires dont le graphisme, par son choix de couleurs outrancier et la disposition de ses grandes fontes, était conçu pour accrocher instantanément le regard. De temps à autre, des lettres envoyées à Tom Brown par les administrateurs et les mécènes du musée pouvaient atterrir par erreur sur son bureau.

Après tout, comme il n'y avait qu'une lettre de différence entre leurs deux prénoms, les préposés au courrier se trompaient régulièrement de destinataire. Mais il avait suffi à Tim d'entrevoir cette enveloppe pour comprendre qu'elle était adressée à son chef. La qualité supérieure du papier et l'élégance de l'adresse sur l'enveloppe témoignaient de l'importance de l'expéditeur. Il vérifia aussitôt le prénom auquel le pli avait été libellé.

***M. Tim Brown***
***Département des Peintures et Sculptures***
***Musée d'art moderne de New York***

Des caractères étroitement dactylographiés à l'encre noire – qu'il fixa à en trouer l'enveloppe de son regard. Pas de « Tom Brown », mais bien « Tim Brown » : ce pli lui était sans conteste destiné. D'ordinaire, une inscription au coin supérieur gauche de l'enveloppe permettait d'en identifier l'expéditeur. Un nom et une adresse, le logo d'un musée, peu importe. Or, il n'y avait rien à cet endroit. Tim retourna le pli. Toujours pas de nom d'expéditeur, de musée, ni d'organisation. Mais une marque dorée à l'endroit du cachetage – la lettre B, bien nette. Un sceau qui ne lui évoquait rien.

*Qui ça peut bien être ?*

*Un artiste perché ? Un marchand d'art un peu louche ? On n'irait quand même pas adresser une proposition de donation à un assistant-conservateur aussi anecdotique que moi…*

Tout en laissant libre cours à son imagination, Tim décacheta l'enveloppe avec un coupe-papier. Du papier à lettres de couleur crème, consciencieusement plié, se révéla à ses yeux. Après avoir repris une gorgée de café, il déplia la missive.

*Monsieur,*

*Je me nomme Erik Kunz et représente les intérêts de M. Konrad Beyler, administrateur général de la fondation éponyme, sise à Bâle, en Suisse.*

*Conformément aux souhaits de M. Beyler, je me permets de vous écrire afin de vous convier à nous rendre visite à notre fondation. Non seulement vous êtes un conservateur d'envergure mondiale, mais également l'organisateur de la rétrospective Henri Rousseau programmée ces deux prochaines années à Paris et New York – et c'est à ce titre que nous tenions à vous inviter en Suisse.*

Parvenu à ce point, Tim détourna machinalement son regard du feuillet. Tourné vers le plafond comme le cadavre d'un poisson venu crever la surface de l'eau, il laissa échapper un sonore : « Ça alors ! »

*Est-ce bien vrai ? Mais comment une telle chose est-elle possible ?*

Sa propre voix le pressant de questions résonnait en échos dans sa tête ; les valves de son cœur, d'un seul coup dilatées, laissaient déferler son sang en tourbillons. Sans y prendre garde, Tim serra fortement sa poitrine de la main gauche. A s'en demander si son cœur n'allait pas transpercer sa cage thoracique pour venir rouler à terre.

*Konrad Beyler…*

*Un légendaire collectionneur dont tout le monde connaît le nom, mais que nul n'a jamais entrevu. L'homme posséderait de nombreuses toiles impressionnistes et modernes, quoique personne ne sache précisément quels tableaux se cachent dans sa collection. Depuis que j'ai commencé ce travail, j'ai entendu bien des rumeurs fallacieuses à son sujet. Que la plus grande partie de cette collection se composerait de tableaux d'art décadent confisqués par l'Allemagne nazie aux musées et collectionneurs de toute l'Europe, qu'elle rassemblerait un bon nombre de toiles volées obtenues par transactions secrètes… Mais ces histoires me paraissent toutes si invraisemblables que je n'y ai jamais vu autre chose que des racontars.*

La question Beyler était tombée dans la conversation un jour qu'il déjeunait avec Anthony Treville, son ancien camarade d'université à présent assistant-conservateur au Metropolitan Museum of Art. Anthony s'était mis à imaginer avec enthousiasme la fulgurance avec laquelle il gravirait les échelons de sa hiérarchie si jamais il parvenait ne serait-ce qu'à obtenir la liste des œuvres de cette collection Beyler. Puis, recouvrant son sérieux, il avait ajouté que ses administrateurs tenteraient probablement de racheter l'ensemble de la collection ou d'en obtenir sa donation s'il parvenait d'aventure à la localiser. Tim lui avait ri au nez.

« Il n'y a pas de Beyler. Tu crois vraiment à toutes ces histoires ?

— Et puis ? avait rétorqué Anthony, sans perdre sa contenance. Tu t'étais peut-être déjà imaginé qu'on ne découvrirait pas les manuscrits de la mer Morte avant le XX^e^ siècle ? »

*La légende, c'est ce qui se pare un beau jour des couleurs du réel* : voilà ce que son ami lui avait affirmé le plus sérieusement du monde ce jour-là. Et une invitation venait soudain de lui parvenir de la part du représentant de cette « légende ». Comment ne pas être frappé de stupeur ?

*Seulement, ce n'est pas moi l'invité… mais Tom Brown. Car c'est bien mon chef, le conservateur « d'envergure mondiale » et « l'organisateur de la rétrospective Henri Rousseau ». Aurait-on tapé sur la mauvaise lettre en écrivant le prénom du destinataire ? A moins que l'expéditeur n'ait mal lu le nom de Tom dans un article de recherche ou un livre d'art ? Dans tous les cas, il est clair que ce courrier s'adresse à Tom.*

Mais peu importait la raison de cette erreur : ce n'en était pas moins à son attention que cette enveloppe avait été libellée. Personne ne pourrait lui reprocher d'avoir lu la lettre. Tim, portant de nouveau son regard sur le texte, se hâta donc de reprendre le fil de sa lecture.

*Nous sommes persuadés qu'avec cette exposition, vous porterez tous vos efforts à rétablir durablement la réputation de Rousseau, à redéfinir le sens du modernisme et de l'histoire de la peinture moderne. Nous comprenons à cet égard votre désir ardent d'y présenter le chef-d'œuvre le plus secret du peintre, dont M. Beyler jouit de la propriété. Fort de ces considérations, celui-ci a résolu de vous en offrir l'exceptionnelle opportunité.*

« Quoi ?! » laissa échapper Tim.

*Un chef-d'œuvre de Rousseau dont M. Beyler jouirait de la propriété ? Mais que diable cela signifie-t-il ?*

*Afin de procéder à l'expertise de ce tableau, nous vous prions donc de vous rendre à Bâle dans les plus brefs délais.*

*Votre séjour durera une semaine, du 11 au 17 août inclus. Merci de prendre vous-même vos dispositions quant à l'achat de votre billet d'avion ; nous vous rembourserons au comptant, en dollars américains, dans les jours à venir. Du reste, nous assumerons l'intégralité des frais inhérents à votre séjour, restauration et hébergement compris.*

*Le 10 août prochain, veuillez vous embarquer à bord du vol American Airlines n° 64 qui décollera à 17 h 40 de l'aéroport John F. Kennedy. Vous atterrirez à l'aéroport international de Zurich le lendemain matin, 7 h 30. A votre sortie du terminal, une personne viendra à votre rencontre avec un signe de reconnaissance siglé de la lettre B.*

*Inutile, par ailleurs, de faire une réponse à cette lettre. M. Beyler est d'ores et déjà assuré que vous vous présenterez à lui, vous qui considérez Rousseau comme un immense peintre – bien plus que tout autre artiste de n'importe quelle époque.*

*Nous attendons avec impatience de vous rencontrer à Bâle.*

*Au nom de Konrad Beyler,*
*Erik Kunz*

*Post-scriptum: pas un mot de cette affaire, à qui que ce soit. Si nous venions à découvrir d'éventuelles fuites auprès d'une tierce personne, soyez conscient que nous ne saurions garantir votre avenir au sein du Musée d'art moderne de New York.*

Fin juillet. La saison des congés estivaux approchait à grands pas.

Le personnel du MoMA commençait à prendre ses vacances par ordre hiérarchique. Environ deux semaines en moyenne – une durée plutôt brève par rapport au personnel des musées européens, mais déjà bien plus longue qu'à Noël ou Thanksgiving. Dès que juillet s'annonçait, chacun ne songeait plus qu'à ses vacances, et une seule question revenait dans la cafétéria à l'heure du déjeuner: « Et toi, tu fais quoi, cet été ? » Rien d'étonnant à ce que la pensée des plages des Hamptons donnât aux esprits entravés par la chaleur urbaine comme une envie d'esquiver la réalité.

La priorité aux congés revenait naturellement aux postes à haute responsabilité. Mais Tom Brown était bien connu pour avoir du mal à se décider lorsqu'il devait choisir ses dates de congés. A l'inverse des autres New-Yorkais, il faisait toujours passer son travail avant ses vacances et ne desserrait jamais sa cravate, même lors des pics estivaux de température. Or, s'il ne posait pas ses dates, le reste du personnel ne pouvait pas choisir les siennes. C'était la même chose tous les étés : les vingt membres du service attendaient avec irritation que leur chef finisse par remettre son avis de congés, Tim compris. La question de savoir « où en était Tom avec ses vacances » était d'ailleurs devenue le sujet récurrent des conversations de la pause déjeuner.

Cette année encore, le chef avait tardé à poser ses dates. Il avait finalement attendu fin juillet pour annoncer à Tim et ses collègues qu'il partirait le 4 août se reposer deux semaines. Comme il comptait lui-même rentrer huit jours à Seattle pour voir ses parents, le jeune homme n'avait pas hésité à lui faire aussitôt part de son intention de s'absenter aux alentours du 10.

« Nos vacances se superposeraient ainsi pendant une semaine, ou plus exactement neuf jours… J'espère que ça ne vous dérange pas ? »

Le chef avait pris l'air de celui qui devait y réfléchir. Il était inévitable que plusieurs employés se retrouvent à partir en vacances au même moment, mais Tom aurait tout de même préféré que son assistant profite de son absence pour liquider les diverses tâches s'étant accumulées.

« Avant de partir, je voudrais que tu te charges de régler cette question du prêt de la documentation auprès des universitaires français. J'en aurai besoin pour rédiger le commentaire de l'exposition Rousseau. »

Tom Brown était mondialement reconnu pour ses travaux sur l'art moderne, et plus précisément sur Pablo Picasso. C'était au fil de ses recherches qu'il en était venu à s'intéresser à Henri Rousseau, que le peintre espagnol tenait en grande estime. Quand il avait proposé à Tim de travailler avec lui sur cette rétrospective peu après son embauche au MoMA, le jeune homme s'était montré aussi excité que s'il venait d'être promu responsable de ce projet. En dépit de son âge, ce fut réellement en sautillant de joie qu'il regagna ce soir-là son appartement d'East Village.

A ce jour, aucune exposition d'une envergure propre à conforter la valeur artistique d'Henri Rousseau n'avait encore été organisée dans le monde. Malgré l'affection que lui portait le grand public, l'« ancêtre de l'art naïf » n'était pour la critique jamais sorti de la catégorie des peintres du dimanche.

*L'anecdote est bien connue : les foules de la fin du* XIX*e siècle se pressaient dans les salles d'exposition où Rousseau présentait ses œuvres afin de voir les exécrables créations « dont la laideur n'avait d'égale que l'étrangeté ». Et les curieux, devant ses toiles, se tordaient tout bonnement de rire en se cramponnant le ventre. Comme s'il régnait, dans ces salles supposées accueillir un rassemblement d'artistes distingués, la fièvre d'une baraque foraine.*

Durant ses années à Harvard, Tim s'était toujours battu pour renverser les préjugés autour de ce peintre. Mais l'action que pouvait mener un étudiant isolé dans le milieu des historiens de l'art connaissait naturellement ses limites. Si un musée international de l'ampleur du MoMA et un conservateur mondialement reconnu tel que Tom organisaient en revanche une exposition Rousseau, il y avait peut-être une chance pour bouleverser la manière dont le peintre était perçu. A cette fin-là, Tim s'était juré d'abattre à la perfection n'importe quelle tâche et de s'imposer comme l'irréprochable bras droit du conservateur général. Il avait notamment établi la liste intégrale des toiles et textes d'Henri Rousseau existant dans le monde, détaillant leurs propriétaires, lieux de conservation, ainsi que les moyens d'y accéder. Ce labeur soutenu, cela faisait cinq années qu'il le menait. Réunir les différents documents dont pourrait avoir besoin son chef afin de se mettre à écrire au plus vite n'était pour lui qu'un jeu d'enfant.

« Comme je me doutais que vous alliez m'en parler, je me suis déjà permis de contacter les intéressés pour le prêt des documents originaux qu'il vous faut. Idem pour la copie des articles de recherche. Environ soixante-dix pour cent du travail est bouclé.

— Ah oui ? »

Un sourire pointa sur les lèvres de Tom.

« Ma foi, l'Europe tournera au ralenti durant l'été, vacances obligent. Il nous faudra sans doute attendre septembre avant de les voir se mettre en branle. Enfin, du moment que tu leur transmets à l'avance les demandes de prêt, ce devrait être bon.

— Entendu. Je m'occupe de réunir tous les documents. Vous les aurez sur votre bureau pour le deuxième lundi de septembre – au matin. »

Le conservateur acquiesça d'un air satisfait à la prise d'initiative de son assistant. Pourtant, malgré ses belles paroles, Tim n'était pas loin de se sentir déjà en vacances. Se ressaisissant du mieux qu'il pouvait, il demanda posément à son supérieur :

« Et où partirez-vous cette année ?

— J'ai bien l'intention de me la couler douce sur l'île d'Oahu, à Hawaï. Dans la résidence secondaire d'un ami. Mais tu ne diras rien de l'endroit où je vais, hein ? Si jamais Will ou

Sonia m'appelaient, ils seraient bien fichus de me causer boulot. Comme d'habitude, il n'y a que toi et Kathy dans la confidence. »

Tom ne tenait vraisemblablement guère à ce que William Dreyfus, le directeur du MoMA, et son administratrice générale et épouse Sonia Beckman sachent où il séjournerait. Il ne laisserait le numéro de téléphone où le joindre qu'à sa secrétaire Kathy McLaren, et à la condition expresse de ne l'appeler qu'en cas d'urgence. Du pur Tom s'apprêtant à partir en vacances.

« Et toi, alors ? Tu rentres à Seattle ?

— Oui, mais tout seul ! Pour ne pas changer… »

Petite précision destinée à prévenir toute question quant à l'éventualité d'une amie qu'il aurait pu ramener avec lui à la maison.

« Pour ne pas changer ! » répéta Tom dans un éclat de rire.

*Et vous, Tom ? Vous n'irez pas à Oahu avec votre femme, n'est-ce pas ?*

*D'ailleurs… partez-vous vraiment à Oahu ?*

D'acides interrogations affluèrent soudain dans l'esprit de Tim, qu'il s'abstint naturellement de formuler. Non content de paraître aussi jeune d'allure que de visage, Tom était à l'apogée de sa gloire de conservateur. Certaines épouses de mécènes et de collectionneurs n'hésitaient pas à user ouvertement de leurs charmes auprès de sa personne. Sans compter les rumeurs de rendez-vous galants avec de riches veuves. Que ce fût pour emprunter une toile sur laquelle ils avaient jeté leur dévolu, bénéficier de larges contributions financières, obtenir le legs de leur héritage ou pérenniser leur position, il arrivait de temps à autre que les conservateurs rivalisent de finesse pour séduire ces femmes fortunées qui adoraient bavarder d'art. Les maris détenaient les fortunes, les femmes tiraient les ficelles des maris. Celui qui voulait mettre en échec le roi devait d'abord prendre la dame.

*Après tout, le conservateur n'est qu'une sorte de geisha au masculin…*

Comme il notait leurs dates respectives de congés sur le planning, Tim laissa discrètement échapper un soupir.

*Mon sens esthétique et mes connaissances en art ne suffiront pas à transformer en réalité les expositions que j'aimerais organiser. Il me faudrait avoir le sens de la négociation, de la confiance en moi, et parfois même du charme. Pas au sens physique du terme, mais ce charme de l'intellect qui fait défaut aux maris comme aux gigolos.*

*Signer les travaux de recherche les plus minutieux qui soient ne sert strictement à rien si l'on ne parvient pas à décrocher les fonds et les tableaux pour monter des expositions. Sans ce charme intellectuel propre à faire tourner la tête de ces dames, un conservateur de premier ordre ne peut pas remplir son office. Le problème, c'est que je n'ai pas la moindre confiance en moi de ce point de vue-là… moi, sur tous les plans si inférieur au chef!*

*« Dire qu'à trente ans, tu n'es même pas fichu de ramener une copine chez tes parents… Décidément, tu ne feras jamais l'affaire, comme conservateur! A moins que tu ne sois en réalité gay? »*

*Voilà ce que Tom a probablement envie de me dire…*

*Mais pas la peine d'en arriver là. Je refuse formellement d'être un courtisan.*

*Je jouerai ma partie avec mes propres qualités, que cela plaise ou non. Dans tous les cas, je n'ai pour l'instant qu'un seul objectif: faire de la rétrospective Rousseau un succès retentissant.*

*Les bases de cette rétrospective, je les ai toutes jetées. Sans mon concours, Tom ne saurait même pas combien de tableaux de Rousseau se trouvent actuellement dans le monde. Ni même où. Il ne sera sans doute pas ingrat envers moi si l'exposition est un succès. J'espère du moins qu'il me décollera cette étiquette d'« assistant » et me recommandera au département pour le poste de conservateur…*

Mais à mesure qu'il se perdait en réflexions, Tim prenait inévitablement conscience de l'écart abyssal qui le séparait de son chef.

*Consacrer une rétrospective à un peintre aussi peu reconnu qu'Henri Rousseau constitue une certaine forme de pari. S'il est tenu, la renommée du peintre grimpera en flèche, tout comme la valeur de ses tableaux. Il se peut même que les enchères pour ses toiles se mettent soudain à flamber. La réputation du musée organisateur et du conservateur à la tête du projet fera elle aussi un sacré bond en avant, mais sera aussitôt perdue, et pour les deux, si l'exposition vient à se solder par un échec.*

*L'affaire n'a rien de compliqué dans le cas d'une exposition Picasso ou Monet. Les coûts liés à l'assurance et au transport des tableaux sont certes exorbitants, mais le choix d'un artiste dont la réputation est déjà bien établie permet d'obtenir aisément dons et subventions. Il y a là moyen de déplacer des foules entières de visiteurs, avec un fort taux de retour sur les sommes investies. C'est pourquoi les musées du monde entier se battent pour organiser des expositions sur l'art moderne ou l'impressionnisme, tous deux très populaires, tandis que les artistes à haut risque comme Rousseau sont placés sur liste noire. Mais cette fois, les discussions entre le MoMA et la Réunion des musées nationaux de France ont réussi à se poursuivre jusqu'à ce que notre conseil d'administration, toujours désireux d'éviter toute prise de risque, donne son feu vert. Et ce résultat, on le doit au talent de Tom Brown.*

Cet immense mur du nom de Tom Brown, qui se dressait toujours devant lui pour lui barrer le passage… Chaque fois qu'il levait le regard dans sa direction, Tim laissait échapper un soupir. Ce mur, c'était la réalité.

Après avoir laissé quelques instructions à son assistant, Tom avait fini par quitter les bureaux le 4 août pour ses deux semaines de congés. Le travail était fastidieux et monotone, mais Tim comptait bien en venir à bout avant de partir à son tour en vacances.

*Rédiger les demandes de prêt de documents... superviser la séance photo de* La Bohémienne endormie *et du* Rêve, *les deux grands Rousseau qui sortiront de la collection du MoMA le temps de l'exposition... faire le brouillon des lettres aux collectionneurs dont les tableaux intéressent le musée... recevoir les connaissances de Tom venues visiter le MoMA des quatre coins du pays pendant leurs vacances... mais aussi trier le volume colossal de courrier... encore et toujours classer les lettres... c'est tout ce que je peux faire pour être bien vu du chef. Tant pis pour les arrivées matinales au bureau, les heures supplémentaires et les jours off travaillés...*

9 août, 10 h 30.

A peine avait-il acheté son donut et son café que Tim se rua vers l'entrée du personnel.

« Salut, Tim ! Qu'est-ce qui t'arrive ? T'es pas en avance, aujourd'hui », dit Billy, l'homme de la sécurité, comme il lui tendait le registre des entrées et sorties. Aussi bien l'équipe du musée que les visiteurs extérieurs étaient tenus d'y noter leur nom et leur horaire de passage. Même s'il était pressé d'en terminer avec cette formalité, Tim tâcha de lui répondre le plus posément possible.

« Il faisait tellement chaud hier soir. Trop chaud pour dormir. J'ai eu du mal à trouver le sommeil avant l'aube...

— C'est sûr. Y a de quoi devenir fou, avec cette chaleur. Mais tu pars bientôt en vacances, non ? Chanceux, va ! Moi, je suis encore coincé ici jusqu'à la fin du mois... »

Tim adressa au gardien un sourire aimable et pénétra dans le bâtiment, se glissant juste entre les portes de l'ascenseur qui se refermaient sous ses yeux. Indifférent au retard qu'il accusait, cet engin était toujours d'une interminable lenteur. Après avoir attendu avec une certaine irritation que la cabine parvienne au troisième étage, le jeune homme rejoignit à toutes jambes son service.

« Ah, te voilà enfin ! lança Kathy en l'apercevant. Tim, il paraît que ça fait une heure et demie que le photographe patiente dans le studio. Le département de la Restauration n'arrête pas de m'appeler pour savoir où tu en es...

— Je sais, je sais ! » répliqua-t-il d'une voix agacée.

*Le musée doit ouvrir à 11 heures... plus que trente minutes. Et pas une à perdre.*

Ce matin-là, il était question de réaliser avant l'ouverture des portes des épreuves argentiques de *La Bohémienne endormie* et du *Rêve*. Une autre tâche d'importance que lui avait confiée

Tom pendant son absence. Le MoMA détenait naturellement les films positifs de l'ensemble de ses collections, mais on avait récemment décelé une détérioration sur la pellicule ayant servi aux épreuves de ces deux tableaux, ce qui justifiait que l'on renouvelât l'opération.

*L'équipe de restauration déplace les chefs-d'œuvre de la salle d'exposition permanente jusqu'au studio installé dans le bâtiment ; là, un photographe spécialisé réalise les images ; puis les toiles retournent à leur emplacement d'origine avant que le public n'arrive. Toute cette série d'interventions nécessite la supervision d'un membre de la Conservation. Je m'étais dit que nous aurions largement le temps entre neuf et onze, et pourtant… aussi improbable que cela puisse paraître, il a fallu que je sois en retard.*

*Non que cette nuit tropicale m'ait empêché de dormir. La vérité, c'est que je suis passé à la première heure dans une agence de voyages avant de me rendre au bureau.*

Cette lettre libellée à son nom qu'il avait reçue hier. Il avait eu l'impression d'y lire le mot « destin ». C'en était presque étrange, tant il n'avait eu aucune hésitation.

*Il faut que j'y aille.*

Tim avait immédiatement téléphoné à un voyagiste. Quand ce dernier lui avait appris que le vol American Airlines n° 64 venait d'afficher complet pour le 10 août, il n'avait pas bronché – mais demandé à être placé sur liste d'attente dans l'espoir d'une annulation de dernière minute. Puis il avait appelé sa mère pour l'informer qu'il ne pourrait pas rentrer à la maison durant ses congés en raison d'une urgence professionnelle. Quoique profondément navrée, elle avait naturellement accepté cet état de fait : après tout, c'était sa plus grande fierté que son fils travaille pour un musée de premier ordre.

Puis Tim avait ouvert le tiroir de son bureau et étalé devant lui le dossier contenant la liste exhaustive des œuvres d'Henri Rousseau. Celle qu'il avait compilée au prix de minutieuses recherches. Il s'était mis à la feuilleter ; les tableaux étaient classés par ordre chronologique. Titre, date, technique, dimensions, propriétaire, lieu de conservation, historique de propriété.

Il avait vérifié quelles pièces se trouvaient à Bâle : plusieurs peintures avaient été identifiées au Kunstmuseum, ainsi que dans diverses collections privées. Mais aucune chance, évidemment, que quelque chose appartenant à Konrad Beyler apparaisse sur cette liste.

*L'homme posséderait un chef-d'œuvre de Rousseau… et il voudrait que je l'expertise. Du moins, c'est ce qui est écrit dans cette lettre.*

*Rousseau a peint bon nombre de tableaux, ce qui ne l'a pas empêché de terminer son existence dans la misère. De fait, la grande majorité de sa production a été dispersée après sa mort sans que l'on sache ce qu'elle est devenue. Deux bonnes centaines de toiles lui sont attribuées à ce jour, mais il n'en reste pas moins quantité d'œuvres à l'authenticité douteuse – ou d'une pauvreté telle qu'un expert, en les voyant, se demanderait volontiers s'il n'a pas affaire à des gribouillis d'enfant. D'ailleurs, cette question de la valeur et de l'authenticité des tableaux de Rousseau est activement débattue par les historiens de l'art, depuis quelque temps, peut-être en prévision de la grande rétrospective à venir. Une chose est sûre : c'est que le mystérieux peintre cristallise actuellement toutes les attentions.*

*Et si... ce soi-disant « chef-d'œuvre » entre les mains du mythique collectionneur s'avérait un véritable Rousseau... ne serait-ce pas une découverte tout à fait extraordinaire ?*

*Et si jamais je parvenais à faire sortir ce tableau de chez Beyler pour l'intégrer à l'exposition...*

A cette pensée, Tim ravala sa salive.

*... alors la qualité d'« assistant » disparaîtrait de mon titre.*

*Toutefois, Beyler a probablement voulu demander cette expertise à Tom Brown. Voir son assistant se présenter à sa place ne risque-t-il pas de lui causer une attaque ?*

*Non, ce sont eux qui se sont trompés de prénom. Il me suffit d'y aller sereinement. Que l'on me démasque, si l'on doit me démasquer – mais une fois là-bas.*

*Comment pourrais-je laisser filer une telle opportunité ?*

Il avait passé toute la journée dans un état second. L'excitation le galvanisait de la tête aux pieds, comme à l'approche d'un rendez-vous galant avec une personne qu'il n'aurait encore jamais rencontrée. C'était la première fois de sa vie qu'il ressentait une telle chose.

Pas un instant le doute ne l'avait effleuré que cette lettre puisse n'être qu'un tissu de mensonges ou une mauvaise plaisanterie. Tant pis s'il allait à Zurich pour être roulé dans la farine : il pourrait toujours se dire qu'après tout, il avait fait un beau rêve. C'était comme s'il était aveuglément tombé amoureux… ce qui y ressemblait en tous points.

A 17 heures, l'agence de voyages ne l'avait toujours pas rappelé. Sa chance s'arrêterait là s'il ne parvenait pas à se procurer une place pour ce vol.

Et puis, à 17 h 55, le téléphone avait sonné. En apprenant qu'un siège venait de se libérer dans l'avion juste avant que l'agence ferme, Tim brandit son poing avec un cri d'allégresse. Le personnel du service qui s'apprêtait à rentrer, lui, ne manqua pas de ricaner en haussant les épaules.

Tom se dirigeait à présent vers le studio photo, le billet d'avion qu'il venait prendre chez le voyagiste glissé dans la poche de sa veste. Un *One Way Ticket*[1]. Le jeune homme n'était pas en mesure de réfléchir à ce qui allait se passer une

1. Aller simple, en référence à la chanson de Neil Sedaka (1959). *(N.D.T.)*

fois à Zurich. Il devait se rendre là-bas – c'était tout ce qu'il savait.

Au studio, le photographe Roland Nicholson et la restauratrice Astrud Devore discutaient gaiement devant un tableau en compagnie d'autres membres de l'équipe. Tim, hors d'haleine, serra la main de Roland en pénétrant dans la pièce.

« Salut, Roland. Navré de t'avoir fait attendre. Un contretemps de dernière minute dont il fallait que je m'occupe…

— Je te préviens : j'ai déjà pris les clichés sans ton autorisation. Nous n'avions plus le temps d'attendre, et comme Astrud me pressait… »

Ainsi Roland se donna-t-il à son tour une excuse. Les opérations de déplacement et de capture photographique des tableaux avaient beau exiger la présence d'un membre du département de la Conservation, il avait bien fallu faire une entorse au règlement pour cette fois.

« C'est vrai ? Bon, du moment qu'Astrud était là, pas de problème !

— Si, c'est un problème, fit la restauratrice avec une certaine rudesse. Nous avons pour principe de ne pas déplacer les tableaux sans supervision directe de la Conservation. Il nous fallait les remettre en place avant l'ouverture du musée, alors nous avons quand même décidé de procéder sans toi. Crois-moi que Tom serait de très mauvais poil s'il apprenait ça ! »

*Elle ne plaisante pas... Ce serait stupide qu'un événement aussi anodin fiche ma carrière en l'air...*

« Désolé, Astrud, glissa-t-il à l'oreille de sa collègue comme elle observait à distance son équipe qui recouvrait la toile en vue de sa remise en place. Je t'inviterai à déjeuner à mon retour de vacances... mais tu ne diras rien à Tom, hein ? »

— Compris, soupira-t-elle après lui avoir lancé un regard sévère. Mais à une condition. »

*Nous y voilà. Elle va probablement vouloir déjeuner à la Tavern on The Green. Un restaurant haut de gamme...*

« Me feras-tu le plaisir d'inviter Tom à ce repas ? »

Tim cligna des yeux. Sa collègue le fixait de ses yeux humides.

« C'est ta condition ?

— C'est ma condition.

— Ok, on va bouger le tableau. Nous pouvons y aller ? » demanda un membre de l'équipe. La peinture semblait prête à retourner en salle d'exposition.

« Attendez un instant ! répondit-elle avant de se tourner vers le jeune homme. Viens par là, Tim, j'ai quelque chose à te montrer. Une nouvelle découverte. »

Tim lui emboîta le pas et s'approcha du tableau. Astrud demanda aux manutentionnaires de découvrir la peinture. Sans un bruit, la pièce de tissu tomba doucement à terre. Comme une belle femme se dépouillant de ses vêtements pour laisser apparaître sa nudité, l'œuvre se révéla dans tout son éclat.

Le Rêve, *1910 – l'ultime chef-d'œuvre d'Henri Rousseau. Une oasis miraculeuse dans l'art du* XX^e^ *siècle… et l'œil du cyclone qui déchaîna la controverse.*

*Une jungle pour décor. Un ciel parfaitement calme, conservant sa teinte bleu pâle malgré la nuit qui vient de tomber. A droite, une lune éclatante se lève – une lune pleine, ronde comme un miroir.*

*La jungle illuminée par la clarté lunaire foisonne de plantes tropicales. Des fleurs exotiques aux noms inconnus s'épanouissent de toutes parts ; des fruits si mûrs qu'ils semblent prêts à tomber de leurs branches libèrent leur douce senteur. Ici et là, dans la fraîcheur de l'air, se tapissent des animaux aux yeux étincelants, comme de petits joyaux.*

*De loin en loin nous parvient le son d'une flûte. Une sonorité triste et nostalgique, qu'un homme à la peau noire tire de l'instrument. Une mélodie d'un calme si profond qu'elle paraît emportée dans l'instant vers le lointain.*

*A la lumière de la lune, aux parfums puissants des fruits, aux regards des lions, au son de la flûte de l'homme noir… une femme nue, aux longs cheveux châtains, vient d'être tirée de sa rêverie.*

*Le canapé de velours rouge où elle s'est étendue, c'est une arche flottant à la frontière entre le rêve et le réel. Rêve-t-elle encore, à présent qu'elle s'est éveillée ? Ou retourne-t-elle à la réalité ?*

*Relevant doucement son buste, elle tend de côté son bras gauche et désigne timidement quelque chose du doigt. Dans la direction qu'elle pointe, là où son regard se porte, peut-être qu'il y a... non... sans doute il y a...*

Tim se rappelait avec précision l'étonnement et l'enthousiasme qui s'étaient emparés de lui en découvrant ce tableau pour la première fois.

*J'avais seize ans. Mes parents m'avaient emmené visiter New York, quand je l'ai rencontré. Ici, dans une salle d'exposition du MoMA.*

Dès l'instant où il avait posé ses yeux sur la toile, une décharge de courant l'avait parcouru de la tête aux pieds, le laissant incapable d'esquisser un mouvement. Comme s'il était ensorcelé. Comme si un vide le gagnait tout entier.

Alors qu'il avisait la peinture, les lumières de la galerie s'étaient éteintes ; le tumulte environnant ne parvenait plus à ses oreilles. Avec courage, l'adolescent avait fait un pas vers la jungle. Il désirait à tout prix lui parler, parler à cette femme pointant quelque chose de son doigt comme si elle lançait une accusation.

*Qu'est-ce qui te rend si triste ?*

Ainsi s'était-il adressé à elle.

Ce n'était pas qu'elle pleurait – et son expression n'était pas davantage mélancolique. Mais elle ne souriait pas pour autant. Quelque chose l'attristait, la chagrinait, au-delà du supportable. Voilà ce que s'était dit le garçon. Et il aurait bien voulu lui porter secours.

Mais la femme ne lui répondait rien. Elle se contentait de garder son doigt tendu, ainsi que le silence. Tim ne pouvait pas voir ce qu'elle désignait. Il désirait pourtant tellement le savoir que sa poitrine le lançait d'une douce souffrance.

C'est alors qu'il s'aperçut qu'autour de lui de nombreux adolescents et adolescentes de son âge se tenaient assis là sans bouger. Surpris, il promena son regard de tous côtés. Un homme se dressait devant eux.

Après lui avoir adressé un gracieux sourire, l'homme avait dit : « Vous m'écoutez ? Bien. L'homme qui a peint ce tableau se nomme Henri Rousseau. C'est un peintre français. Cette toile a pour titre : *Le Rêve*. Mais de qui est-ce donc le rêve ? Celui de Rousseau, ou de cette femme ? Qu'en pensez-vous ? Et quel est cet endroit qu'il a peint ? Une jungle ? Ou un paradis ? »

Le jeune Tim, comme pris d'un fulgurant accès de délire, s'était depuis lancé dans une course. A la poursuite de ce tableau nommé *Le Rêve,* de ce peintre nommé Rousseau, et des artistes qui l'avaient côtoyé. Une course à la poursuite de l'art du XXe siècle.

*Si cette peinture ne s'était pas intitulée* Le Rêve, *mais* La Jungle, La Femme et les lions, *ou* La Fantaisie... *mon intérêt se serait peut-être porté sur des choses entièrement différentes. Le baseball, le rock, les filles, que sais-je ? Mais ce jour-là, j'ai pénétré de plain-pied dans son monde. Dans le monde du* Rêve *de Rousseau.*

*Combien de fois m'est-il déjà arrivé d'observer cette toile d'aussi près ? Combien d'errances ai-je déjà entreprises dans son univers ? Et pourtant, quand je la vois comme ça... c'est la surprise et l'enthousiasme de notre première rencontre qui me reviennent aussitôt à l'esprit.*

« Là, dit Astrud en s'assurant que Tim regardait bien le tableau. La main gauche de Yadwigha. Il y a une différence de coloration, juste ici. A l'endroit de l'index. »

Sur la partie inférieure gauche de la toile, la femme à la poitrine ronde – Yadwigha, comme Rousseau l'avait lui-même nommée – laissait saillir de côté son bras gauche, désignant quelque chose du doigt. Astrud alluma dans un cliquetis sa lampe-stylo et pointa la lumière sur l'extrémité de l'index. Les yeux plissés, Tim examina l'endroit.

*Il y a bien là une légère protubérance de peinture. Mais c'est justement la particularité de Rousseau que de superposer ses couches de matière pour peindre ses tableaux de manière stratifiée. Je ne ressens pas un défaut d'harmonie.*

« N'a-t-il pas repeint cet endroit ? Un repentir... »

Astrud soupira ostensiblement.

« Tout doute doit être levé par l'analyse. Les conservateurs ne pourraient faire leur travail si les restaurateurs ne remettaient pas les choses en question. De mon côté, c'est quand tu veux. Si tu es disposé à faire passer la toile aux rayons X… »

A cette demande qu'il n'attendait pas, Tim se mit à rire.

« Hélas pour toi, ce ne sera pas nécessaire. Je ne dirais rien s'il s'agissait de prouver que ce tableau n'est pas une copie… mais nous avons là un Rousseau tout ce qu'il y a de plus authentique, non ? Un examen aux rayons X nous coûterait du temps comme de l'argent. Et puis surtout, comment comptes-tu justifier cette analyse auprès de la famille Rockefeller ? Elle pourrait bien croire que nous doutons de l'authenticité du tableau qu'elle nous a donné ! »

Le milliardaire Nelson Rockefeller était en effet l'administrateur général du musée lorsqu'il avait légué cette toile en 1954. L'examiner aux rayons X presque trente ans après les faits ne serait pas sans intenter aux rapports de confiance qui régnaient entre les Rockefeller et le MoMA. Astrud, qui n'y avait absolument pas songé, afficha une mine contrariée.

« C'est bon. Recouvrez la toile et renvoyez-la en salle d'expo. »

Le personnel replaça la pièce d'étoffe. Une fraction de seconde plus tard, la sublime matière avait disparu au cœur du tissu blanc.

Le tableau fut ensuite chargé et assujetti à une grande palette à roulettes par deux membres de l'équipe. Tandis que trois personnes soutenaient la peinture par ses côtés et sa face arrière, une quatrième se mit à pousser la palette avec une extrême lenteur afin de reconduire la toile à son lieu d'exposition. Comme il suivait de près cet équipage, Tim fut soudain frappé par une idée.

*Cet index de Yadwigha... Se pourrait-il qu'à l'origine... Yadwigha ne tende pas le doigt mais tienne un objet dans sa main ? Rousseau aurait alors repeint cet endroit pour cette raison...*

Le Rêve *est décidément un tableau aux nombreux mystères. Pourquoi une jungle ? Pourquoi cette femme étendue sur un canapé dans le plus simple appareil ? Que désigne son doigt ? Et qui est cette Yadwigha ? Ces questions ont fait l'objet d'abondantes discussions, mais nous n'avons toujours pas la moindre certitude. Peut-être qu'une analyse aux rayons X nous révélerait les secrets de l'œuvre. Quant à pouvoir la pratiquer... ça ne risque pas d'être pour demain. Et puis, conduire un examen aussi poussé ne relève pas de mon autorité. J'en rêverais, pourtant, mais être assez haut placé pour faire analyser les toiles de Rousseau comme je le voudrais, autant que je le voudrais... là, ça dépasse tout simplement mes rêves les plus fous.*

Tim porta doucement la main sous le revers de sa veste. Sensation tactile de papier, un papier long et fin. Son aller simple pour Zurich.

Il ne rêvait pas. Ses tempes étaient bien trempées de sueur.

*Non, ceci n'est pas un rêve. Mais une réalité qui y ressemble beaucoup…*

# 3

# LE TRÉSOR
## (Bâle, 1983)

Dans les écouteurs des passagers se fit entendre l'annonce d'une hôtesse de l'air rompue à l'exercice : « Mesdames et messieurs, notre appareil entamera bientôt son atterrissage à l'aéroport international de Zurich. » Tim Brown s'était assoupi en s'efforçant de caler sa tête dans l'espace entre le dossier de son siège et le mur de la cabine. A cette annonce, il retira les écouteurs enfoncés dans ses oreilles et ouvrit mollement les yeux. Un peu perdu, il releva le store du hublot : la crête noirâtre de montagnes se détachait du paysage estival.

*C'est ça : je ne vais pas tarder à arriver à Zurich. Je ne sais pas où l'on m'emmènera ensuite, mais une chose est certaine… ce sera vers la collection de légende.*

Il sortit l'enveloppe cachetée de la poche intérieure de sa veste en lin, son unique habit présentable, qu'il avait accroché à son accoudoir. Combien de fois ne l'avait-il pas fixée depuis trois jours…

*Et voilà comment j'ai fini dans cet avion... guidé par cette lettre.*

Peut-être ne s'agissait-il que d'une mauvaise plaisanterie destinée à asticoter le conservateur vedette du musée d'art le plus renommé des Etats-Unis. Tim n'était pas sans se douter de cette possibilité, ne serait-ce qu'à hauteur de 1 %. Pour les 99 % restants, il faisait confiance à cette lettre. Et puis, il comptait bien se montrer irréprochable dans le rôle du conservateur général du MoMA, si c'était pour entrapercevoir le mythe. En prenant cette décision, Tim avait enfin compris pourquoi il suivait Tom comme son ombre depuis cinq ans. Pourquoi il devançait toutes ses pensées. Pourquoi il avait porté pas à pas ce projet d'exposition Rousseau.

*Pour ça. J'ai tout fait pour ça.*

*Pour accéder à cette fameuse collection Beyler que la rumeur tient pour le trésor caché du XX^e^ siècle. Pour voir de mes propres yeux ce chef-d'œuvre inconnu d'Henri Rousseau. Pour le ramener avec moi et en faire la pièce maîtresse de l'exposition de notre musée. Et, à la lumière de ces hauts faits : pour rayer de mes fonctions le terme d'« assistant ».*

Juste avant que le signal lumineux invitant les passagers à attacher leur ceinture ne s'allume, Tim se rendit aux toilettes. Là, il se rasa de frais et appliqua à sa chevelure brun froncé un tonique capillaire, en prenant soin d'y laisser visible la marque crantée du passage de son peigne. En dépit des cheveux blancs précoces et des traits prématurément usés, il aurait voulu remercier sa mère de l'avoir mis au monde tel qu'il était.

*Il y a moyen que je fasse sa joie lors des prochaines vacances d'été... si je rentre à la maison auréolé du titre de conservateur.*

Puis il tapota légèrement ses joues, qu'un inconscient sourire enflait dans le miroir.

*Allons, il est encore trop tôt pour se réjouir. Le spectacle ne fait que commencer.*

11 août, 7h30. Le vol American Airlines n° 64 se posa à l'heure prévue sur la piste de l'aéroport international de Zurich. Veste de lin sur pantalon de coton blanc, Cole Haan éclatantes de cirage aux pieds et Ray-Ban délicatement posées sur les tempes, Tim débarqua torse bombé. Un cœur d'une taille tout à fait normale, si ce n'est moindre, battait pourtant à tout rompre dans cette poitrine gonflée avec une majesté digne du conservateur général d'un musée de prestige.

Promener ses yeux de tous côtés l'aurait fait passer pour un timide : il se campa donc sur ses jambes et regarda posément autour de lui. La lettre qu'il avait reçue précisait qu'une personne allait venir à sa rencontre avec un B de reconnaissance. Près des barrières de la porte des arrivées, de nombreux accueillants présentaient des pancartes portant le nom d'un voyageur ou d'un hôtel. Tim arpenta lentement le passage qui avançait vers le grand hall en considérant chacune d'entre elles d'un prompt mais attentif coup d'œil. Nul signe semblable à ce qu'il recherchait n'était visible. Il jeta un œil sur le hall : toujours pas de B. Le fol espoir qui s'était insinué en lui s'effondra sur-le-champ.

*Ainsi, c'était bien une plaisanterie.*

D'un coup, il relâcha ce torse qu'il s'était contraint à bomber – comme s'il était lui-même devenu une bouée de sauvetage percée.

C'est alors qu'apparut dans son champ de vision un homme vêtu de noir, silencieusement posté aux abords de l'issue de l'aéroport, un morceau de papier à la main. Tim regarda mieux. Un sceau doré, du papier crème de grande qualité. Fouillant la poche de sa veste pour en extirper la lettre, il ravala soudain sa salive : le même symbole était bien inscrit au verso de l'enveloppe.

*Un signe de reconnaissance ? Un vulgaire bout de papier, oui !* se plaignit-il à part lui comme il faisait claquer ses pas vers la sortie. Une fois devant l'homme, il présenta sans mot dire son pli – et l'inconnu ne l'eut pas si tôt aperçu qu'il fit prestement disparaître le papier dans sa jaquette.

« Mister Brown ? dit-il d'une voix feutrée, dans un anglais au fort accent germanique.

— Moi-même. Brown, du Musée d'art moderne de New York.

— Par ici. »

Certes, il n'avait pas osé se présenter sous son nom complet, mais l'homme l'avait invité à le suivre sans s'arrêter à ce détail. Alors, Tim lui emboîta le pas en silence. Gonflant à nouveau le torse comme un personnage d'importance.

« Veuillez m'attendre un instant. »

Soudain, l'inconnu s'éclipsa en abandonnant son invité près de la bande de stationnement. Sans doute était-il parti récupérer son véhicule au parking. Ce qui en ferait le chauffeur attitré de Beyler ?

*Et voilà que mon cœur se remet à cogner en tous sens. Si ça se trouve, il va me conduire au diable... et si je ne revoyais plus jamais New York ? Pourvu que ce ne soit pas le cas !*

*Mais non, allons... nous ne sommes pas dans un roman de Raymond Chandler.*

Bras croisés, pointe des pieds en constant mouvement, Tim attendit dans une grande tension nerveuse qu'arrivât la voiture.

*A en juger par la discrétion avec laquelle l'homme m'a adressé la parole – et sa promptitude à faire disparaître le B de reconnaissance –, l'affaire est bel et bien des plus confidentielles pour Beyler. Pas étonnant : les marchands d'art et maisons d'enchères du monde entier convoitent ses trésors. S'il venait à se savoir qu'il a mandé près de lui un conservateur du MoMA pour expertiser un Rousseau inconnu au bataillon, le prix des autres tableaux du peintre pourrait bien ne pas tarder à flamber...*

Le véhicule allait probablement le rejoindre sous moins de cinq minutes. Cinq minutes, dont il ne s'imaginait guère venir à bout. Tim jeta un œil à sa montre : elle continuait à afficher l'heure de New York. Voulant l'avancer à l'heure locale, il leva les yeux vers la grande horloge jouxtant l'entrée de l'aéroport.

C'est alors que son regard croisa celui d'une inconnue postée sous le cadran.

Aussitôt, le jeune homme détourna son visage – mais la vague impression d'être observé redirigea un court instant ses yeux vers l'horloge. La femme, en effet, le fixait. Grande et élancée, dans un ensemble tailleur-pantalon de lin blanc, cintré aux hanches. De longs et épais cheveux châtains, dont les boucles se balançaient doucement au vent. Un visage aux traits bien dessinés. Leurs regards se rencontrèrent quelques secondes avant qu'elle ne tourne à son tour la tête de côté. Même s'il ne savait trop pourquoi, son profil lui évoquait vaguement quelqu'un… et soudain, ce fut l'angoisse.

*Cette femme pourrait bien être liée d'une manière ou d'une autre au monde de l'art… une artiste, peut-être, ou la secrétaire d'un administrateur du MoMA. Se faire repérer ici serait un comble. « Tiens, mais qui voilà ? N'est-ce donc pas cet assistant constamment collé aux basques de Tom Brown ? »*

Mais voici qu'une voiture noire s'immobilisait juste devant lui – une Cadillac à la carrosserie si bien lustrée que son visage s'y reflétait avec netteté. Quittant prestement son poste de conduite, l'homme en noir ouvrit d'une main experte la portière arrière. Tim poussa un soupir de soulagement en s'installant sur la banquette de cuir.

*La limousine favorite du président des Etats-Unis ! Si ce n'est pas de la mise en scène, ça !*

Comme le véhicule s'ébranlait avec fluidité, il se tourna à nouveau vers l'horloge : la femme avait disparu. L'espace de quelques secondes, l'euphorie d'avoir été accueilli à bord d'une voiture de grand luxe lui avait sorti de la tête cette œillade échangée avec l'inconnue.

*Il est vrai que je ne suis monté qu'une seule fois de ma vie dans une Cadillac, et avec Tom. Un des administrateurs du MoMA nous avait envoyé cette voiture pour rejoindre la réception qu'il donnait dans sa résidence. Rien à voir avec les taxis jaunes, question confort ! Moi, à Seattle, j'avais une Toyota de seconde main. En matière de consommation de carburant, y a pas à dire : rien ne vaut les japonaises. Parce que les voitures de riches, ça vous descend le réservoir comme une baleine engloutirait une nuée de crevettes.*

L'automobile s'engagea sur l'autoroute, dépassant les verdoyants villages dans une vive accélération. Tim vit un panneau indiquant la direction de Bâle. Sa rencontre avec le chef-d'œuvre de Rousseau n'aurait donc pas lieu dans le hangar de stockage d'une banque privée de Genève.

*C'est là que les collectionneurs du monde entier placent généralement leur collection d'art, chose la plus précieuse après leur propre vie. Il leur suffit de mettre leurs tableaux à la banque pour ne pas avoir à s'acquitter des droits de douane, ni à déclarer leur valeur aux douaniers. Et puis, les secrets de la clientèle sont bien gardés... une spécialité des banques privées suisses. Bien des toiles exceptionnelles – que personne, ou presque, n'a jamais caressées du regard – reposent ainsi dans ces hangars dont le niveau de sécurité confine au secret-Défense. J'imagine qu'en temps normal, le fameux chef-d'œuvre de Rousseau doit être conservé à Genève. On l'aura juste déplacé vers l'endroit où nous sommes en train de nous diriger – là où il attend mon arrivée.*

*Et dire que je vais l'avoir pour moi tout seul... que je vais pouvoir le contempler à l'envi, le dévorer des yeux jusqu'à satiété, l'analyser tout mon content !*

Dès l'instant où ces pensées le traversèrent, une indescriptible sensation de plaisir envahit le cerveau de Tim. Etre en mesure de s'accaparer un chef-d'œuvre... était-ce donc cela, la psychologie du collectionneur ?

Les conservateurs avaient beau se consacrer sans relâche aux œuvres et à leurs peintres, il leur appartenait également de présenter les peintures aux visiteurs – et de faire tout ce qui était en leur pouvoir pour améliorer la compréhension des artistes. Ils étudiaient de la manière la plus poussée un tableau qui ne serait jamais leur propriété. A vrai dire, Tim ne comprenait pas très bien les sentiments qui pouvaient animer le propriétaire d'une grande toile. Malgré la méticulosité de ses recherches sur Rousseau et la puissance avec laquelle *Le Rêve* l'avait happé dans son univers, il n'avait jamais songé à le faire sien. Comme la plupart des êtres ici-bas, il ne faisait pas partie des personnes pourvues de cet interrupteur-là. Cet interrupteur qui s'enclenchait, clac, dès qu'elles croisaient un chef-d'œuvre. L'interrupteur de la convoitise.

*Il est vrai que les personnes ainsi câblées ne sont pas si nombreuses dans le monde… Mais ce sont bien elles qui ont toujours tenu le destin des plus grandes toiles entre leurs mains. Certains collectionneurs se débrouillent pour passer administrateurs dans un musée d'art célèbre avant de léguer toute leur collection avec les honneurs, laissant pour la postérité leur nom sur une plaque en bonne place dans le hall. D'autres achètent des peintures à tour de bras pour les revendre une fois lassés et continuer à en acquérir de nouvelles. Et puis, il y a ceux qui accrochent leurs chefs-d'œuvre dans leur chambre à coucher, comme un plaisir secret et strictement privé, et qui dorment avec leurs tableaux. De quel genre d'interrupteur le cerveau de ce Beyler est-il donc pourvu ? Probablement pas celui de l'administration muséale, ni de la revente en série…*

La voiture avait fini par entrer dans le centre de Bâle. Les bâtiments historiques de la ville, bien entretenus, perduraient depuis le XIVe siècle pour les plus anciens. Ce foisonnement d'infatigables constructions de pierre ne conférait que plus de charme à l'endroit. Tout en observant les rues qui défilaient à la fenêtre, Tim se rappela sa première venue à Bâle. Un souvenir de jeunesse, certes fleur bleue, mais qui retroussa ses lèvres en un sourire amer. Il n'avait visité qu'une seule fois l'Art Basel, la grande manifestation internationale d'art qui se tenait chaque année en juin dans la ville – et ce fut pendant son année d'études à Paris. Les galeries du monde entier se retrouvaient à cette occasion pour exposer les œuvres de leurs protégés et vendre des tableaux à la commission. Aujourd'hui, cette foire inaugurée en 1970 était même devenue l'un des baromètres du marché mondial de l'art.

*C'était il y a huit ans... Je terminais mon échange en France et m'apprêtais à regagner Harvard vers la fin de l'été. J'ai débarqué dans cette ville en juin, après avoir proposé à la Française que je fréquentais à l'époque de venir à l'Art Basel avec moi. Une étudiante en lettres modernes, de la même université. Officiellement, je comptais profiter de cette manifestation pour m'offrir une sortie de quelques jours en sa compagnie. Mais mon véritable objectif était tout autre.*

*La ville de Bâle compte en effet l'un des plus vieux musées publics au monde. Et il se trouve que le bâtiment du Kunstmuseum Basel, qui fonctionnait déjà comme un musée au XVII^e siècle, abrite un chef-d'œuvre d'Henri Rousseau. Voilà ce qui m'a réellement attiré à Bâle. Plus que la manifestation d'art, et bien plus que l'escapade avec cette fille : je voulais à tout prix voir ce tableau avant de rentrer aux Etats-Unis…*

Tim avait donc commencé par se rendre au musée avec son amie, avec la promesse de ne pas s'y attarder. Et c'est là qu'une nouvelle fois, il avait été transporté dans l'univers du tableau.

La muse inspirant le poète. *L'un des plus admirables portraits réalisés par Rousseau.*

*L'œuvre date de 1909, l'année précédant sa disparition. Elle représente le couple formé par Marie Laurencin et Guillaume Apollinaire, qui avait découvert le malheureux Rousseau alors qu'il vivotait dans la plus extrême précarité. Le poète, toujours soucieux de venir en aide à son ami, lui avait d'ailleurs acheté ce tableau pour la somme de trois cents francs.*

*Quelques anecdotes amusantes concernant l'élaboration de ce portrait sont depuis restées célèbres. Rousseau aurait notamment voulu peindre son jeune ami avec un tel souci d'exactitude qu'il se serait armé d'un mètre ruban pour le mesurer de pied en cap pendant qu'il prenait la pose, relevant soigneusement la taille de ses yeux, de son nez, et même de sa bouche. D'où, peut-être, l'air peu naturel d'Apollinaire sur ce tableau. Et cette posture gauche, qui révèle plutôt une attendrissante physionomie.*

*Quant à ces œillets fleurissant aux pieds du couple en un délicat alignement, Rousseau s'était en réalité fourvoyé en peignant dans un premier temps des giroflées des murailles. Comme la figure du poète se devait d'être symbolisée par des œillets, il s'était finalement résolu à recommencer toute son œuvre, s'attelant sans tarder à la réalisation d'un second tableau qui conserverait la même composition. Son premier essai infructueux est maintenant au Musée des beaux-arts Pouchkine de Moscou. L'anecdote, en définitive, souligne la probité de l'artiste : Rousseau était incapable de ne repeindre qu'une seule portion de tableau.*

Tim avait souvent rencontré cette œuvre dans des livres d'art, mais c'était la première fois qu'il se trouvait en présence de l'original. Voyant qu'il dévorait la peinture des yeux, sa petite amie lui avait sèchement lancé : « Un tableau de peintre du dimanche, quoi. Je me demande ce que tu peux bien lui trouver de si intéressant… »

Passé le premier choc, une vive discussion s'était engagée entre eux au beau milieu de la galerie. Son amie, furieuse que la surveillante postée non loin soit venue les chapitrer, avait fini par rentrer. Mais pas à l'hôtel, non… directement à Paris. Rien que ça !

Au bout du compte, il ne l'avait jamais revue.

Malgré la meurtrissure qu'il venait de subir, Tim était retourné au Kunstmuseum le lendemain. En le voyant contempler le tableau de Rousseau, campé à l'emplacement précis où il se tenait un jour plus tôt, la même surveillante s'était approchée de lui pour lui glisser doucement quelques mots : « J'exerce ce métier depuis bien longtemps… et pourtant ! Jamais je n'avais encore rencontré quelqu'un comme vous. Quelqu'un capable de fixer un tableau aussi longuement, et encore plus intensément que moi. »

*C'est alors que j'ai compris. Je n'étais pas fait pour devenir chercheur ou critique. Autant de spécialistes qui se tiennent loin des œuvres pour mieux en disserter. Non, il me fallait un travail en contact direct avec les toiles que j'aimais, un travail qui me permette de respirer au plus près des tableaux. Conservateur, probablement… ou peut-être même agent de surveillance. Mais certainement pas collectionneur…*

Tandis qu'il remontait à loisir le fil de ses souvenirs, la limousine avait fini par s'introduire dans un vaste parc. Tim abaissa la vitre ; aussitôt, l'air frais du matin s'engouffra dans l'habitacle. Il exhalait un parfum d'un vert profond, celui d'une forêt de conifères.

Le chauffeur venait d'immobiliser la voiture quand une main vint en ouvrir la portière arrière. Celle d'un homme en costume-cravate noir proprement ajusté. Tim descendit de la limousine et se tint devant lui.

« Bienvenue, mister Brown », fit l'inconnu d'une voix grave et sonore.

Lui aussi parlait anglais avec un fort accent allemand.

« Bonjour, répondit succinctement Tim en tendant sa main droite.

— Je ne suis que Schunasen, le majordome de cette résidence. La personne dont il conviendra de serrer la main vous attend à l'intérieur. Par ici, je vous prie. »

Sans même un sourire, il pivota sur lui-même et franchit le porche pour gagner le vestibule. Tim, la main vainement tendue, suivit un moment des yeux la silhouette qui disparaissait dans la pénombre. Mais en levant la tête pour embrasser la demeure du regard, sa mâchoire manqua de se décrocher. C'était une imposante bâtisse en pierre de taille, il n'en avait jamais vu de pareille et il eût mieux valu la qualifier de manoir.

*Pour autant que je puisse en juger, me voilà devant une architecture du XVIII^e siècle, avec une abondance de verdure dans le parc, et quelques arbres gigantesques qui viennent presque recouvrir la toiture de leur feuillage. Dire que les milliardaires de Manhattan vivent généralement dans ces penthouses de l'Uptown… de bien coquettes cages, à côté de cette demeure !*

De ses yeux mi-clos, il scruta le chandelier qui scintillait faiblement au fond du vestibule, absorbant la clarté de l'entrée.

*Un pas dans ce manoir, et jamais plus tu ne pourras revenir en arrière.*

*Es-tu bien sûr de toi ?*

Approuvant mécaniquement sa voix intérieure d'un signe de la tête, il fixa la lueur du chandelier. Puis, comme aspiré par la lumière, il se mit à marcher vers son éclat.

La pièce se situait dans la partie la plus reculée de la demeure.

Tim avait progressé de couloir en couloir vers le fond toujours plus ténébreux de la résidence, suivant les pas de Schunasen. L'édifice était vaste, bien plus qu'il ne l'aurait imaginé – à se demander s'il n'égalait pas la superficie du Kunstmuseum. Sans doute ce manoir avait-il naguère appartenu à un aristocrate de sang royal. De vieilles tapisseries étaient accrochées aux murs et le moindre recoin du couloir regorgeait de mobilier. Dès qu'il passait à proximité, le regard du jeune homme ne pouvait s'empêcher d'en estimer la valeur. Des meubles Louis XIV, des tapisseries remontant selon toute vraisemblance au Moyen Age. Quelles merveilles ! Un véritable musée d'art décoratif. Et il avait parfaitement saisi, avant même d'avoir atteint la pièce où l'attendait ce personnage dont il s'apprêtait à serrer la main, à quel point celui-ci était un géant parmi les esthètes, un homme doué d'un œil incroyablement averti pour le beau.

*Ceci dit, ses goûts en matière de décoration intérieure m'ont l'air quand même assez vieillots. Pas une seule peinture impressionniste ou moderne sur ces murs… mais peut-être qu'il les a toutes cachées. J'imagine qu'un coffre-fort avec contrôle de température et d'hygrométrie doit leur assurer une sécurité optimale un peu plus loin dans la maison.*

Ils s'arrêtèrent enfin devant une porte. Le majordome frappa deux coups distincts contre les immenses battants sculptés, qui s'ouvrirent dans un inquiétant grincement. D'instinct, Tim corrigea sa posture.

Leur apparut alors un homme d'âge moyen, aux yeux sombres. Lui aussi arborait une mise impeccable dans son costume-cravate. Après s'être permis de considérer Tim des pieds à la tête comme s'il évaluait une marchandise, il lui tendit la main.

« Permettez-moi de vous souhaiter la bienvenue, mister Brown. Je suis Erik Kunz, l'avocat représentant les intérêts de monsieur Beyler. C'est moi qui vous ai envoyé cette lettre. »

Le jeune homme tressaillit : était-ce là l'étourdi qui avait commis cette faute de frappe sur l'enveloppe ?

« Enchanté de faire votre connaissance, Brown. »

Tim empoigna avec un sourire forcé la main de Kunz, mais ne tarda pas à la relâcher, craignant que ce dernier ne s'aperçoive de la moiteur de sa paume.

« Entrez, je vous prie. Monsieur Beyler vous attend. »

Les deux battants de la porte furent ouverts dans toute leur largeur. Mais Tim n'avait pas fait un pas dans la pièce qu'il suspendit sa respiration.

Le spectacle qui s'offrait à ses yeux était à peine croyable.

Chaque pan de mur était envahi du sol au plafond d'un débordement de tableaux. Ils dégageaient une aveuglante lumière. Comme si l'on déambulait sur une plaine exposée au grand jour, un rivage inondé de soleil.

*Tiens, d'immenses nénuphars ! Un Monet, sans erreur possible. Une femme aux traits mélancoliques s'appuyant contre son balcon, ça, c'est sûrement un Manet. Des danseuses sur une scène, fraîches comme des fleurs, voilà assurément un Degas. Mais comment ? Il y a encore là des Pissarro, des Lautrec, des Van Gogh, des Gauguin... et que des toiles jamais vues dans aucun livre, aucune exposition, aucun catalogue raisonné !*

« Pas possible... Mais comment une telle chose... Ça alors ! »

Sans doute Tim se serait-il aussitôt précipité sur ces peintures pour commencer à les examiner si Kunz ne s'était pas trouvé à ses côtés. Elles étaient magnifiques. Et il ne pouvait s'agir de contrefaçons. Car il émanait d'elles – de chacune d'entre elles – un rayonnement qui ne trompait pas.

*On croirait rêver... mais non, ce n'est PAS un rêve.*

*Je vois enfin de mes propres yeux la collection Beyler !*

« Diantre ! dit Kunz avec amusement. Vous m'avez tout l'air d'un chercheur pur jus. Prêt à vous jeter sur les toiles si je n'avais pas été là !

— Vous devriez pourtant savoir réprimer vos émotions devant un tableau, si vous êtes vraiment un chercheur. »

Une voix autoritaire s'était élevée dans leur dos.

Ainsi qu'un doux parfum. La senteur florale d'une contrée méridionale.

Tim se retourna dans un sursaut. Une femme se tenait près d'une sculpture aux allures de Rodin. De longs et raides cheveux noirs, de vifs yeux en amande. Une chemisette de couleur blanche sur une jupe plissée noire. De minces bras croisés sur sa poitrine, et un regard braqué sur lui.

« Ce détail n'était certes pas mentionné dans mon courrier, mais j'ai convoqué ici une autre grande figure de la recherche sur Rousseau. Une jeune femme brillante, qui…

— Le terme de femme me semble superflu, le coupa vigoureusement l'inconnue. Dans le domaine de la recherche, il n'y a ni homme ni femme qui tienne. »

Elle s'approcha de Tim en laissant claquer ses talons sur le sol.

« Hayakawa Orie. Ravie de vous rencontrer. Je ne me considère pas encore comme une grande figure, mais je travaille effectivement sur Henri Rousseau à la Sorbonne. »

Tous deux échangèrent une brève poignée de main, mais Tim ne proféra pas une parole. Qu'on eût invité un autre spécialiste lui avait asséné un coup.

*Quelqu'un de la Sorbonne ? De nationalité japonaise, malgré cet anglais parfait. Et une femme, en plus ! Mais qu'est-ce que tout cela signifie ?*

Comme Orie observait ses traits en silence, Tim fut pris d'un court instant de panique. Peut-être allait-elle le trouver bien jeune, pour un conservateur général – et ne pas se priver d'en faire la remarque. Sans rien montrer de son affolement, il s'adressa à Kunz sur le ton le plus posé dont il était encore capable.

« Eh bien, vous me plongez dans l'embarras, monsieur Kunz. Vous auriez dû me prévenir qu'une aussi charmante personne serait par ailleurs votre hôte…

— Miss Hayakawa n'est pas une simple invitée. Mais une spécialiste sollicitée par monsieur Beyler pour expertiser son tableau. Tout comme vous. »

Tim laissa soudain échapper un petit cri d'exclamation.

Le nom de Hayakawa venait de frapper son esprit comme un éclair.

*Hayakawa Orie… la jeune spécialiste d'Henri Rousseau qui fait tant parler d'elle dans les colloques internationaux en histoire de l'art. Ses travaux figurent dans la bibliographie du commentaire d'exposition que Tom doit rédiger, car elle maîtrise les subtilités de l'anglais comme du français, et publie de nombreux articles dans des revues spécialisées. C'est d'ailleurs pour le caractère novateur de son approche qu'elle a attiré l'attention de ses pairs. Après avoir passé l'éducation et la jeunesse du peintre au peigne fin, de ses bulletins scolaires au registre de la famille Rousseau conservé à Laval, elle a en effet signé des textes d'une grande originalité cherchant à comprendre pourquoi l'homme en était venu à peindre et comment il avait développé ses techniques d'expression si personnelles. Ses enquêtes se montrent si poussées que certains dénigrent parfois ses méthodes, arguant qu'elles « ne relèvent pas d'un chercheur mais d'un détective ».*

*Si Henri Rousseau a toujours été considéré comme un artiste aux antipodes de l'académisme, la théorie que défend Hayakawa Orie est tout autre. Certes, Rousseau n'a pas reçu d'éducation artistique à proprement parler, c'est une vérité inébranlable. Mais cette expressivité si particulière qui le caractérise viendrait, selon elle, d'un choix délibéré de l'artiste, d'un « acte prémédité ». Il aurait sciemment tracé son sillon avec cette technique « immature », cette technique de « peintre naïf », comme elle est usuellement qualifiée. Une posture liée à l'émergence d'aventuriers de l'art tels que Picasso ou Matisse, qui devaient radicalement transformer le paysage des arts du XX^e^ siècle.*

« Je vois. Figurez-vous que j'ai eu la chance de lire tous vos articles. Votre hypothèse de la "préméditation" du style Rousseau me paraît hardie, quoique peut-être un peu hâtive... »

Il semblait à Tim qu'introduire une objection avec aplomb était digne du conservateur général du MoMA.

« Tiens ! répondit Orie sans un battement de cils. En tout cas, j'espère que vous ne comptez pas intituler votre exposition "Le Douanier Rousseau" ! »

*Touché ! « Le Douanier Rousseau » fait justement partie des possibilités de titres sur lesquelles Tom cogite en ce moment. « Rousseau » tout court pourrait renvoyer au philosophe Jean-Jacques Rousseau, ou au peintre du XIX^e siècle Théodore Rousseau. Mais « Henri Rousseau » ne parlera pas davantage au grand public. Si on lui adjoint le qualificatif de « Douanier », il pourra aussitôt situer le personnage : « Ah, vous voulez parler de ce Rousseau-là ! » C'est dire si ce surnom s'est imposé. Il est simple, amical. Mais donne l'image d'un « peintre occasionnel qui aurait autrefois travaillé aux douanes »...*

Pour Tim, l'une des missions de la rétrospective Rousseau du MoMA serait justement de le défaire de ce surnom détestable de « Douanier » auquel on continuait à l'associer, et de transformer l'idée que le public se faisait du peintre.

Les paroles d'Orie avaient atteint leur cible en plein centre, souffletant au passage Tom Brown, qui d'ailleurs n'avait jamais publié le moindre article de recherche à propos de Rousseau. Tim redoubla de vigilance : cette femme n'était pas n'importe qui.

« Je ne m'attendais pas à un tel feu d'artifice, quand à l'intelligence se heurte l'acuité du regard ! Mais si vous le permettez, j'aimerais mieux que vous gardiez ce joli spectacle pour monsieur Beyler », ricana Kunz.

Cessant de se dévisager, Tim et Orie emboîtèrent le pas à l'avocat qui tâchait de gagner le fond de la pièce jonchée de tableaux. Là, une autre porte les attendait. Après avoir frappé deux brefs coups, Kunz annonça ses visiteurs à travers le battant. Nulle réponse ne se fit entendre, mais il tourna tout de même la poignée et ouvrit la porte.

Tim, le souffle suspendu, tenta d'ajuster sa vision à la demi-obscurité des lieux. Les rideaux de la chambre poussiéreuse étaient clos et une vieille lampe de bureau diffusait sa lumière orangée. Au milieu des toiles recouvertes d'un linge blanc, ils avisèrent soudain la forme d'une chaise roulante, où tremblait faiblement une échine courbée. Kunz se dirigea vers elle et saisit les poignées du fauteuil pour le faire doucement pivoter. Lorsque celui-ci se présenta de face, Tim put entendre Orie prendre une inspiration horrifiée.

Le personnage prostré sur sa chaise roulante devait être aussi âgé qu'une momie.

Sur son visage craquelé comme le fond d'un étang asséché, deux yeux d'un blanc opaque bougeaient en tous sens. Impossible de savoir s'ils voyaient encore ou non – jusqu'à ce qu'ils se braquent sur Tim, puis Orie, et les examinent à tour de rôle sans même ciller. Les deux jeunes gens s'étaient figés sur place, incapables d'émettre le moindre son.

*Voici donc Konrad Beyler, la légende vivante…*

« Bienvenue, monsieur Brown. Bienvenue à vous également, mademoiselle Hayakawa. »

D'une voix rauque, quoique plus nette qu'on aurait pu l'imaginer, Beyler accueillit ses visiteurs en langue française. Puis il tendit indifféremment sa dextre dans leur direction. Ce fut Tim qui, le premier, s'avança pour saisir cette main aussi fanée qu'un rameau sec. Et si froide qu'il douta qu'elle fût encore vivante.

« Enchanté, le salua-t-il tant bien que mal en français. Je vous remercie de votre invitation et suis honoré de faire votre connaissance. »

Même si l'allemand demeurait la langue officielle de la ville, nombre de Bâlois s'exprimaient couramment en français, du fait de leur proximité géographique avec les deux pays. Tim s'était inquiété de la manière dont il répondrait si Beyler lui avait parlé allemand. C'était une langue qu'il savait en effet lire, mais qu'il parlait fort mal. Et il ne manqua pas de se réjouir que le vieillard se fût adressé à lui en français.

Puis Orie serra à son tour la main de Beyler.

Etait-ce la tension nerveuse ou l'horreur, elle ne prononça aucune parole.

« Ils échangeaient déjà leurs opinions sur la question du Douanier avant même que je n'ouvre cette porte, précisa Kunz dans le dos du collectionneur. On ne peut plus prometteur !

— Parfait, dit Beyler en plissant ses yeux vitreux. Vous paraissez tous deux partager mon sentiment. »

C'est alors qu'Orie prit hardiment la parole, dans un français bien plus fluide que ne l'était celui de Tim.

« Ainsi, vous seriez le propriétaire d'un chef-d'œuvre de Rousseau. Mais quel est le but de cette expertise que vous m'avez… que vous nous avez demandée ? Et qu'est-ce qui vous permet d'affirmer qu'il s'agit bien d'un chef-d'…

— Comment osez-vous… ? »

Cette fois, le jeune homme n'hésita pas à durcir le ton – mais en anglais, tout de même.

« Bien sûr que c'en est un ! Pourquoi en irait-il autrement ? Il suffit de jeter un œil à tous les tableaux accrochés dans l'autre pièce. Des Monet, des Manet, des Degas, des Van Gogh ! Et rien que des chefs-d'œuvre parmi les chefs-d'œuvre, que nous n'avions jamais vus auparavant !

— A condition qu'ils soient bien authentiques… » répliqua sèchement Orie.

Tim serra les dents. Très fort.

*Toi, si tu n'étais pas une femme, je te rabaisserais volontiers le caquet...*

« Allons, allons, vous deux, s'immisça Kunz au moment opportun. Rien ne sert de vous quereller à propos d'un tableau que vous n'avez pas encore vu. Nous recueillerons vos avis à ce moment-là. Qu'en dites-vous, monsieur ? »

Après avoir approuvé d'un léger signe de la tête, Beyler murmura quelque chose en allemand à l'oreille de Kunz. L'avocat acquiesça à son tour, puis quitta la pièce en poussant doucement le fauteuil roulant. Tim et Orie les suivirent en s'efforçant d'éviter de se regarder.

Schunasen les attendait au bout du long couloir mal éclairé, devant une imposante porte en bois sculpté. Dès qu'il aperçut la silhouette de Beyler, il écarta les deux battants. Tim hâta le pas, brûlant d'impatience de poser ses yeux sur le chef-d'œuvre ne fût-ce qu'une seconde avant cette femme. Comme s'il pourchassait un arc-en-ciel prêt à s'évanouir avant d'avoir été saisi du regard.

Quand il atteignit la porte grande ouverte, il précédait en effet Orie d'une courte avance. Soudain, l'odeur florale de la jeune femme embauma de nouveau l'air. Tim se retourna ; leurs deux regards s'entrecroisèrent. Se retirant d'un pas, il lui ouvrit en silence le passage. Un conservateur digne de ce nom devait veiller à céder sa place aux femmes. C'était tout naturel... quoique rageant.

« Merci », lui dit tout bas Orie en esquissant un sourire. C'était la première fois qu'il la voyait sourire. A l'instant où elle le dépassa, son parfum de fleurs du sud effleura doucement les fosses nasales du jeune homme.

*Il est là… le Rousseau inconnu…*

Tim ferma les yeux un court instant, comme s'il priait. Les battements de son cœur propageaient leur écho à l'ensemble de son corps. Puis, avec l'impression de se jeter dans la mer du haut d'une falaise, il pénétra dans la pièce.

La première chose qu'il vit fut une longue chevelure noire. Celle d'Orie, qui s'était immobilisée devant lui. Et, par-delà ses cheveux, un grand tableau horizontal. Un bloc de verdure ombreuse, luxuriante. Une scène de jungle familière…

Incapable d'en croire ses yeux, Tim s'achemina avec lenteur vers la toile.

Un pas, puis un autre.

*Ça alors, mais c'est…*

C'était précisément *Le Rêve*. Cette œuvre pour laquelle, adolescent, il avait langui d'amour ; cette œuvre qui avait décidé de toute la suite de son existence.

*Une lune blanche et pleine dans un ciel vide, un homme noir jouant de la flûte… des fauves aux yeux étincelants… et cette femme, étendue dans sa nudité sur le canapé rouge…*

« Pas possible ! s'exclama-t-il inconsciemment en anglais. Est-ce bien *Le Rêve* ? Celui du MoMA ? Mais comment ? Comment se trouve-t-il ici ?

— Du calme, mister Brown. Ceci n'est pas *Le Rêve.* »

Ce n'est qu'alors qu'il s'aperçut de la présence de Kunz et Beyler à proximité du chevalet supportant la toile. En une fraction de seconde, l'univers du tableau l'avait si profondément happé qu'il avait balayé de son esprit tout ce qui pouvait l'entourer.

« Le joyau de votre musée ne saurait se trouver en ces lieux. Je vous prie de bien observer les détails de cette peinture. »

Tim secoua à deux ou trois reprises sa tête confuse, puis considéra de nouveau l'œuvre de face. Sa composition et ses motifs étaient rigoureusement identiques à ceux du *Rêve*. Mais le coup de pinceau, les nuances de couleurs en différaient subtilement. Ouvrant mieux les yeux, il découvrit enfin une divergence cruciale en un point précis du tableau.

*La main gauche ! La main gauche de Yadwigha... elle est fermée !*

Le visage de la jeune femme semblait plus doux que dans *Le Rêve*. Mais surtout : la main complétant son bras tendu enserrait fermement quelque chose, alors qu'elle le pointait du doigt dans l'autre tableau.

En effet, ce n'était pas *Le Rêve.* Tim lâcha un soupir.

« Vous semblez commencer à comprendre, fit le collectionneur d'une petite voix éraillée. Non, ceci n'est pas *Le Rêve*… L'œuvre que vous avez devant vous s'intitule : *J'ai rêvé.* »

Ils dévisagèrent simultanément Beyler, qui les fixa à son tour de ses yeux vitreux, les lèvres étrangement torves, comme s'il ricanait intérieurement.

« Il n'y a qu'une seule raison à ma requête. Je veux que vous déterminiez s'il s'agit d'un authentique Rousseau ou d'une contrefaçon. »

Aussitôt, le jeune homme porta son regard sur la signature apposée au coin inférieur droit du tableau. Peinture blanche, coup de pinceau majestueux, mais somme toute incertain… c'était bien la signature de Rousseau, telle qu'il l'avait déjà vue des centaines de fois. Se retenant comme il le pouvait d'entériner dès à présent l'authenticité du tableau, il demanda plutôt :

« Voulez-vous dire que vous l'auriez acheté sans même savoir s'il s'agissait d'un original ou d'un faux ?

— Non, intervint Kunz. Monsieur Beyler a entrepris d'acquérir cette toile sur la foi d'un certificat d'authenticité établi par une autorité absolue en matière d'art moderne. Regardez donc ceci. »

L'avocat s'empara d'une feuille de papier, qu'il présenta à Tim.

J'ai rêvé, *1910.*

*Je soussigné Sir Andrew Keats certifie que l'œuvre désignée ci-dessus est un tableau original d'Henri Rousseau.*

« Andrew Keats ?! »

Tandis qu'il s'exclamait à voix haute, les épaules d'Orie se soulevèrent dans un court frémissement.

*Andrew Keats... le conservateur général de la Tate Gallery de Londres, et le plus grand spécialiste mondial de l'histoire de l'art moderne avec Tom Brown. Il se murmure d'ailleurs que son talent pour monter des projets, flairer les tendances du moment et faire tourner la tête des dames fortunées égalerait – sinon surpasserait – celui de Tom. Entre eux, c'est une compétition permanente pour exposer les peintures les plus rares, les Picasso et les Matisse. Mais ce Keats, lui, a déjà approché ce tableau...*

*Dire qu'il nous a totalement échappé, à Tom comme à moi, quand nous avons dressé la liste exhaustive des œuvres de Rousseau... Ça, on s'est bien fait avoir !*

Tim fut assailli par un pénible sentiment d'échec. Dans le même temps, son intuition le poussait à croire que Keats et la Tate Gallery, préalablement avertis de l'existence de cette toile, manœuvraient d'ores et déjà pour s'en emparer.

« Monsieur Beyler n'a ainsi acheté cette peinture qu'une fois son authenticité certifiée. Mais comme vous le savez, ce bas monde recèle toutes sortes d'individus. Et pas seulement d'honnêtes experts... »

Les paroles de Kunz étaient lourdes de sens.

« Insinuez-vous que Sir Andrew aurait signé une fausse attestation ? protesta soudain Orie. Strictement impossible ! Je vous prie de rétracter tout de suite vos propos. Vous diffamez une sommité de l'histoire de l'art. »

*La science de Keats est effectivement si grande qu'il a été anobli et peut se prévaloir du titre de « Sir ». Cette femme connaît manifestement son affaire... Mais je ne crois pas que ces paroles soient pour autant diffamatoires. On a déjà vu certains spécialistes reconnus émettre des flots de faux certificats avec la complicité de marchands d'art privés. L'affaire se révélerait néanmoins des plus graves si l'on découvrait que le conservateur général de la Tate Gallery se livre aussi à ce genre d'agissements...*

Tim s'apprêtait à intervenir quand la voix rauque de Beyler s'éleva :

« Bien. Je m'enquerrai donc d'abord de votre avis, mademoiselle. Votre première impression me suffira. Ce tableau est-il un faux ? »

Mais Orie s'enferma dans un mutisme obstiné. Son visage jusqu'ici empourpré de rage avait perdu toute couleur, si bien que Tim se demanda si elle n'allait pas s'évanouir d'un instant à l'autre. Dans cet incompréhensible silence, il percevait une menace.

Une voix sans force finit par franchir les lèvres de la jeune femme :

« C'est un faux. »

Tim n'en croyait pas ses oreilles.

*Dire qu'elle s'emportait il y a quelques minutes en parlant de diffamer une sommité de l'histoire de l'art! Elle admet donc que Keats aurait pu rédiger un faux document? Non, ce serait diffamer cette œuvre elle-même…*

« C'est une œuvre authentique, contesta-t-il avec vigueur. Sans erreur possible : ce tableau est un authentique Rousseau.

— Je vois, fit Kunz en se caressant le menton. Votre jugement est bien péremptoire. Peut-on savoir sur quels éléments vous vous appuyez ?

— La matière, la couleur, la composition, le coup de pinceau… et puis, la signature. Tout porte à croire qu'il s'agit bien d'un original. Mais plus encore, il possède cette force d'attraction propre aux pièces authentiques. J'en tiens pour preuve la puissance avec laquelle il m'a aussitôt happé. »

*Je n'ai pas encore analysé la toile dans le détail, mais lors de l'évaluation d'un tableau, la première impression est essentielle. Celle qui se forme en vous à l'instant où vous posez votre regard sur lui. Bien sûr, ce n'est qu'après avoir sérieusement poussé son examen, comparé la toile au reste de l'œuvre de l'artiste, repéré les tics d'expression du peintre, qu'il convient de remettre son avis définitif. Néanmoins, le résultat de l'expertise coïncide souvent d'étonnante manière avec la première impression…*

Une vague d'hostilité le submergea dirigée contre Orie, qui avait soutenu qu'il s'agissait d'un faux.

*C'est assurément une brillante spécialiste, aucun doute là-dessus... mais je crois qu'elle n'a pas fait l'expérience d'une réelle confrontation physique avec les peintures de Rousseau. Elle n'a jamais eu un véritable dialogue de cœur et d'esprit avec ses tableaux. Voilà pourquoi elle a pu si facilement apposer à cette toile l'étiquette d'une contrefaçon...*

« Et vous, mademoiselle, qu'est-ce qui vous permet d'affirmer qu'il s'agit d'un faux ? »

Après un nouveau silence, Orie prononça ces quelques mots, le visage livide :

« ... Parce que *Le Rêve* existe déjà.

— Que voulez-vous dire ? demanda Tim.

— Si cette toile est bien authentique... alors celle de votre musée doit être un faux. »

A ces mots, son cœur sauta un battement.

En 1910, la misère du peintre atteignait son plus haut point. Il avait épuisé tout son argent à se procurer des fournitures pour son art. Ce fut en mars qu'il termina *Le Rêve*. Six mois plus tard, il devait être emporté par la maladie.

Comment aurait-il donc pu peindre simultanément deux grands formats, généreusement recouverts de matière, en une si courte période ?

Dans le cas de *La muse inspirant le poète*, les documents historiques relataient en toutes lettres comment l'artiste en était venu à peindre une copie de son tableau. De fait, il était prouvé que les toiles conservées à Bâle et à Moscou étaient bien toutes deux d'authentiques Rousseau. Mais aucun des documents d'époque que Tim avait pu consulter à ce jour n'insinuait que le peintre eût réalisé une autre version du *Rêve*.

« En ce cas, monsieur, permettez-moi de vous poser la question : le tableau se trouvant dans votre musée est-il bien l'authentique *Rêve* ?

— Mais cela va de soi ! Cette toile nous vient de la famille Rockefeller, par ailleurs membre de notre conseil d'administration. Nous avons vérifié son historique de propriété : cette peinture ne saurait être que le *Rêve* original. Un peu de bon sens, tout de même… »

Après qu'un lourd silence se fut installé dans la pièce, la bouche ridée du vieillard laissa soudain échapper un soupir.

« Un peintre terrifiant que ce Rousseau… »

Tim et Orie se tournèrent vers lui.

« Combien d'années cela fait-il ? Combien d'années aux côtés de ce tableau, à le voir soir et matin ? Peu à peu, j'ai fini par ne plus savoir. Rousseau a-t-il vraiment pu peindre cette toile en même temps que *Le Rêve* ? Si tel est le cas, quelle effrayante énergie, quel pouvoir confinant à la magie furent les siens ! »

*C'est vrai, il a joué un rôle déterminant dans le grand bouleversement des arts du* XX^e^ *siècle. Sans lui, Picasso n'aurait jamais accompli sa révolution esthétique, et le surréalisme ne serait pas davantage né. Pourquoi reste-t-il donc aussi mal perçu ?*

« Selon votre lettre, nous disposons d'une semaine pour répondre à votre question. Si je comprends bien, vous souhaitez donc que nous démarrions notre expertise au plus tôt. Nous sera-t-il permis de procéder à un examen aux rayons X ? »

Orie semblait avoir repris ses esprits. A son tour, le jeune homme se ressaisit.

*J'en demanderai le prêt si elle s'avère authentique. Je dois absolument récupérer cette toile, ce sera la pièce maîtresse de notre rétrospective.*

« Vous aurez largement le temps de mener votre expertise à bien, précisa Kunz après avoir alternativement évalué du regard les deux jeunes gens. Une fois que vous aurez analysé ce tableau de manière approfondie, nous vous demanderons de nous faire part de vos conclusions et du cheminement critique qui vous y a mené. Monsieur Beyler se rangera à l'opinion de celui ou celle d'entre vous qui se sera livré à la plus brillante démonstration. Quelle que soit sa conclusion, authenticité ou contrefaçon. Mais ce n'est pas tout… »

Après avoir marqué une petite pause, le chargé d'affaires poursuivit son explication sur le même ton neutre :

« Le vainqueur se verra céder l'intégralité des droits d'exploitation du tableau. Que vous souhaitiez le revendre à un tiers, le présenter dans une exposition, ou l'enfouir dans les ténèbres, libre à vous d'en disposer comme bon vous semblera. »

*La cession des droits d'exploitation...*

L'espace d'un instant, Tim peina à saisir le sens de ces mots. Il songea même à faire répéter Kunz. Ce n'est qu'après quelques secondes qu'il jeta un grand cri de surprise tant la proposition défiait le sens commun.

*Ne serait-il pas en train d'insinuer... qu'il donnera le tableau au vainqueur ?*

Sans doute Orie partageait-elle son état d'esprit : elle s'était en effet pétrifiée à ses côtés.

« Toutefois... »

A peine Kunz avait-il repris la parole que Beyler l'interrompit d'un geste de sa main fanée. Comme s'il voulait lui signifier son désir de continuer par lui-même à ce stade.

« Je ne vous demanderai qu'une chose pour mener à bien votre expertise. »

Le majordome Schunasen, qui savait pertinemment où le vieil homme voulait en venir, prit soudain congé de l'assemblée. Lorsqu'il reparut dans la pièce trois minutes plus tard, il portait avec respect un petit livre ancien. Après l'avoir reçu des mains de son majordome, Beyler poursuivit tout en caressant soigneusement la couverture brune de l'ouvrage :

« Dans ce livre, vous trouverez une histoire en sept chapitres. Je désirerais que vous la lisiez, à raison d'un chapitre par jour. A l'issue des sept journées, vous trancherez. Ce tableau est-il un original ou un faux ? »

Trancher sans examiner le tableau en détail, mais au fil de la lecture d'un récit. La méthode d'expertise ne s'était encore jamais vue, ni pratiquée nulle part.

*C'est une blague ?* hurla Tim en son for intérieur – la confusion, l'anxiété, mais aussi une excitation sans bornes déferlaient en lui comme un ouragan.

*Ne surtout pas se laisser submerger par cette tornade,* se martela-t-il. *Nous voilà désormais de redoutables rivaux, cette bonne femme prétentieuse et moi…*

*Pas question que je m'incline devant elle !*

Jetant un regard à la dérobée vers Orie, il s'aperçut qu'elle venait d'en faire autant.

Les yeux de la jeune chercheuse flamboyaient. D'une beauté si glaciale qu'elle le fit frissonner.

## 4

## LE JOUR DU SEIGNEUR
## (Bâle, 1983 ; Paris, 1906)

L'abondant drapé des superbes rideaux en gobelin masquait les hautes fenêtres du sol au plafond. Tim poussa un discret soupir. Combien de fois ne les avait-il pas déjà écartés pour jeter un œil au-dehors ?

Comme on le faisait patienter dans l'un des nombreux salons du grand manoir, il déplaça son regard vers le petit bureau de style Tudor, celui où trônait une horloge de table Rolex. 11 h 35. Seulement cinq minutes s'étaient écoulées depuis la dernière fois qu'il avait vérifié l'heure. Croisant les bras, il soupira à nouveau. C'est alors qu'un domestique en cravate et veste blanches vint le trouver avec une tasse en porcelaine de Saxe sur son plateau d'argent.

« Un autre café ?

— Non merci, répliqua Tim en français. J'en suis déjà à mon troisième. Vous n'auriez pas plutôt un sandwich ou quelque chose de ce genre ? J'ai comme un petit creux.

— Tout de suite, monsieur. »

Après lui avoir répondu poliment – quoiqu'en anglais –, le domestique se retira. Tim soupira comme jamais.

*Ça va faire une heure et demie que cette Hayakawa Orie a disparu dans le bureau d'à côté. Je me demande bien ce qu'elle est en train d'y lire... et si je vais lire la même chose qu'elle. Si ça se trouve, une histoire entièrement différente m'attend sous la même couverture de cuir marron...*

Le mode d'expertise qui leur était imposé était des plus insolites. Chaque jour, l'un après l'autre, Tim et Orie devraient lire un chapitre du récit contenu dans le livre ancien que leur avait soumis Beyler. Le septième jour, à l'issue de la lecture du dernier chapitre, chacun se livrerait à un examen critique et le collectionneur accepterait la conclusion la mieux argumentée. Là-dessus, Erik Kunz avait solennellement ajouté qu'il n'existait qu'un seul exemplaire au monde de ce livre.

L'ordre de lecture avait été déterminé par ses soins à pile ou face, comme s'il s'était agi de choisir le côté d'un terrain de football. Orie l'avait emporté, et décidé de prendre la main. Naturellement : n'importe quel chercheur digne de ce nom aurait voulu accéder le plus rapidement possible à une source que nul autre n'avait jamais consultée. Tandis qu'elle rejoignait l'étude dans les pas de Kunz, la jeune femme s'était brièvement retournée sur Tim avec un sourire. « Un peu facile », s'était-il dit avec amertume tout en l'accompagnant du regard.

*Devant quel genre de récit se trouve-t-elle donc à présent ?*

*Car Beyler n'a pas parlé de mémoire, de source historique, ou de rapport de recherche. Mais d'une histoire. Et Hayakawa Orie doit être une lectrice perspicace. S'il lui faut près d'une heure et demie pour terminer un seul chapitre, autant s'attendre à un texte obscur. Peut-être qu'il n'est pas écrit en français, ni en anglais. Non, quand même pas en latin ? L'affaire serait pliée avant même que je n'aie commencé !*

Tim observa une nouvelle fois l'horloge. 11 h 40. La tension et l'anxiété l'accablaient. Il ouvrit les rideaux et porta ses doigts sur l'espagnolette pour respirer un peu d'air frais.

C'est alors qu'il avisa dans le jardin un homme en noir. Lunettes de soleil sur le nez, en pleine observation attentive des parages. Service de sécurité privée. Par réflexe, il referma prestement les rideaux. Les alentours du manoir semblaient être placés sous bonne garde. Sans bouger de la fenêtre, il leva cette fois les yeux, discrètement, vers les quatre coins du plafond. Deux caméras de surveillance avaient été fixées à deux endroits distincts.

*Je vois… Nous sommes espionnés en permanence. La moindre action équivoque entre ces murs serait immédiatement repérée.*

Un frisson lui parcourut l'échine.

*J'ai vraiment mis les pieds dans un sacré panier de crabes... mais plus question de reculer. Sous aucun prétexte.*

Toc, toc. Quelques coups se firent soudain entendre contre la porte.

Après avoir toussoté, Tim signifia à son visiteur d'entrer.

« Voici votre déjeuner. »

Le domestique de blanc vêtu fit glisser son chariot de service sur l'épais tapis. Dans son sillage apparut Kunz, suivi d'Orie. Tim jeta un rapide coup d'œil à la jeune femme pour en saisir la physionomie : lèvres à demi ouvertes, joues colorées d'une légère roseur. Une expression étrange, embrumée, comme si elle venait à peine de s'éveiller d'un rêve. Il comprit que l'histoire qu'il s'apprêtait à lire était une source de premier ordre, propre à bouleverser un chercheur avisé.

Kunz donna un ordre en langue allemande au domestique, lequel déplaça son chariot au coin du salon, sans s'arrêter devant Tim. Puis, ironiquement, le chargé d'affaires ajouta à l'intention du jeune homme :

« Par ici, mister Brown. Votre sandwich attendra la fin de votre lecture. »

Alors qu'il s'apprêtait à quitter la pièce dans les pas de Kunz, Tim gratifia Orie d'un sourire. Ne serait-ce que pour lui donner à son tour une impression d'assurance. Mais celle-ci ne lui accorda pas un regard. Les yeux plongés dans le vague, elle semblait absorbée par ses pensées.

Kunz ouvrit sans bruit la porte du cabinet d'étude jouxtant le salon où il avait fait patienter Tim. Une énième porte sculptée de motifs complexes. A peine ce dernier l'eut-il franchie qu'il se figea sur place : des étagères remplies de livres aux reliures de cuir multicolores recouvraient du sol au plafond les murs de l'étroite pièce dépourvue de fenêtre. Vasari, Winckelmann, Wölfflin, Gombrich… l'espace était saturé d'histoire et de philosophie, celles des beaux-arts de tous les temps et en tous lieux. Quel chercheur n'aurait pas senti son cœur s'emballer devant tel spectacle ? Comme il restait planté à l'entrée de la pièce, hébété par l'abondance d'ouvrages, la voix de Kunz résonna dans son dos :

« Allez-y, entrez. Vers la table centrale, je vous prie. »

Au milieu du cabinet d'étude, un livre à la couverture de cuir brun reposait sur une imposante table en acajou. Tim s'en approcha et laissa choir son regard sur le volume fermé.

*Aucun titre, aucun nom d'auteur sur la première de couverture. Ils doivent être reproduits au verso, comme c'est généralement l'usage pour ce genre d'ouvrages anciens. Mais… non, je ne vois pas le moindre caractère d'imprimerie là non plus. Tout juste deux ou trois filets dorés.*

« Qui a écrit ce livre ? Et quand…

— Aucune question ne sera tolérée. La seule chose qui vous est autorisée dans cette pièce, c'est de lire chaque jour un chapitre de l'histoire reproduite dans ce volume. Inutile de nous faire part de vos interrogations et impressions jusqu'à la dernière page du récit. Par ailleurs, il vous est interdit de prendre des notes, des photographies, ou de quitter la pièce en cours de séance. Vous avez quatre-vingt-dix minutes. Merci d'utiliser la sonnette à votre disposition en cas d'urgence, ou si vous désirez sortir avant le terme de votre lecture. Je viendrai alors vous chercher. »

Après ce discours des plus factuels, Kunz ajouta :

« Oh, à ce propos… Miss Hayakawa a utilisé tout le temps dont elle disposait. »

On avait en effet placé près du livre une sonnette, ainsi qu'une petite horloge dorée dont les aiguilles marquaient 11 h 50.

« Des questions ?

— Aucune question ne sera tolérée, pas vrai ? »

La fulgurante réplique de Tim fit poindre un sourire cynique sur le faciès de l'avocat.

« Dans ce cas, nous nous retrouvons dans une heure et demie. Bon voyage ! »

Là-dessus, il disparut derrière la porte.

Devant la table de travail, Tim s'installa sans délai sur l'unique chaise, de style Art Déco, que comportait le cabinet. En levant les yeux devant lui, il remarqua tout de suite la présence d'une caméra de surveillance.

*Kunz doit m'observer depuis une autre pièce. Si je m'avisais d'aller plus loin que le premier chapitre, il surgirait probablement comme une tornade pour m'ordonner sur-le-champ de quitter l'étude. Eh bien, il semblerait que je ne puisse rien faire d'autre que ce qu'il m'a demandé...*

Doucement, il effleura le cuir souple du bout de ses doigts. Puis il ouvrit le livre avec non moins de lenteur, réprimant son désir de poser sans plus attendre son regard sur le récit. Une étrange senteur sucrée, un parfum de fleurs du sud lui parut à cet instant s'élever du volume. Sur la page de garde jaunie, quelques lettres formaient selon toute vraisemblance le titre de l'histoire – en français : *J'ai rêvé.*

*Le même titre que le tableau... et la même notion de « rêve ». Employée comme un substantif dans le cas de l'œuvre conservée au MoMA, et comme un verbe ici.*

Tim passa le gras de son doigt sur le papier. Un peu épais, de bonne qualité, il ne présentait aucune détérioration majeure si ce n'est son aspect jauni. La fonte utilisée ne donnait pas vraiment une impression d'ancienneté. Tim comprit d'instinct que ce livre ne méritait pas l'épithète de « vieux » : l'ouvrage datait selon toute vraisemblance du tout début du XX<sup>e</sup> siècle.

Quelques pages plus loin, il découvrit l'intitulé du chapitre initial :

## Chapitre 1
## Le jour du Seigneur

A la vue de ces mots, une salve d'interrogations le secoua.

*Cette histoire n'est-elle pas supposée concerner Henri Rousseau ? Moi qui espérais impatiemment découvrir dans ces pages quelque vérité nouvelle au sujet du peintre… voilà un titre qui ne laisse rien augurer de tel.*

Comme un plongeur assis sur le plat-bord d'un bateau, prêt à basculer dans la mer, Tim retint mécaniquement, profondément son souffle… et il tourna la page.

*Bon voyage !*

Dans son esprit affleurèrent soudain les dernières paroles prononcées par Kunz en quittant l'étude. Oui : cette euphorie qui soulevait sa poitrine lui rappelait très précisément l'excitation d'un départ en voyage. Ou plutôt, du début d'une aventure.

—

C'était un jour radieux d'hiver, le jour du Seigneur.

Sur le parvis de la cathédrale Notre-Dame s'était posté un vieil homme usé, l'air las, un éventaire suspendu à son cou. Quelques ballons rouges et blancs étaient rattachés à son panier par une ficelle, ondoyant de temps à autre au gré de la brise. Dans le grand bleu du ciel, des mouettes s'en allaient vers la Seine en effleurant la flèche de Notre-Dame.

Tout à coup, la cloche de la cathédrale se mit à sonner. Les fidèles venus assister à l'office du dimanche sortirent les uns après les autres, puis se dispersèrent sur le parvis. Il y avait là des messieurs aux chapeaux de soie, des dames coiffées d'un bonnet, et quelques enfants en chemisette à volants, qui trottinaient entre les adultes. Dans sa redingote rapiécée, le vieillard projeta sa voix vers cette marée humaine en grande tenue.

« Qui veut des bonbons ? Les meilleurs bonbons de Paris, doux et délicieux ! Et aujourd'hui seulement : un ballon en cadeau ! Bonbons ! Qui veut des bonbons ? »

Une fillette aux blonds cheveux enrubannés de soie rouge, s'arrêtant devant lui, commença à tirer sur le bas de la robe d'une femme, selon toute apparence sa mère.

« Maman, achète-moi des bonbons ! »

Avec un gracieux sourire, la dame accéda aux désirs de la petite.

« Un sachet, s'il vous plaît. Combien ?

— Cinquante centimes le sachet de cinq pièces. Et pour deux sachets achetés, je vous offre un ballon.

— Oui ! J'en veux un ! »

La femme fronça un instant les sourcils devant la fillette qui s'agrippait à sa toilette en réclamant son cadeau, mais finit par sortir un billet d'un franc de la bourse brodée pendant à son poignet.

« Vous savez vous y prendre, monsieur ! Tiens, Jeanne, voici ton ballon…

— Un ballon assorti à votre ruban, mademoiselle ? »

Le vieil homme extirpa de son éventaire deux sachets de confiseries, puis défit la ficelle d'un ballon rouge pour le remettre à la fillette.

« Elles sont toutes sales, tes mains ! » proféra innocemment l'enfant en recevant l'objet.

Aussitôt, l'embarras gagna le visage de la mère.

« Oh ! Voyons, Jeanne, il ne faut pas dire de telles choses. Veuillez pardonner ma fille de son impertinence…

— Mais non, je vous en prie ! Ce n'est que pure vérité. J'ai beau les laver, ces taches ne veulent pas partir… »

Il présenta ses deux mains en riant : des traces de peinture vertes et noires adhéraient à chacun de ses dix doigts.

« Vous peignez à vos heures perdues ?

— Pas à mes heures perdues, répondit-il avec une certaine fierté. C'est là mon véritable métier : je suis peintre. »

Après avoir sorti de son panier une carte de visite, il ajouta :

« Je donne également quelques cours. Si cela vous intéresse, pourquoi ne pas venir en compagnie de mademoiselle ? »

Sur cette carte était écrit :

***Henri Rousseau,***
***de la Société des artistes indépendants***
***Leçons de peinture et de violon sur demande***
***2 bis, rue Perrel, Paris***

Le n° 2 de la rue Perrel était situé en retrait de Montparnasse, dans un quartier peuplé, en dépit de sa position intra-muros, par les couches les plus misérables de la société. Au quatrième des cinq étages de l'immeuble, un petit deux-pièces accueillait l'atelier et le logement du peintre.

Un modeste logement, mais bien suffisant pour le veuf, qui l'occupait seul. Même s'il parvenait à tirer tant bien que mal quelques maigres revenus de ses cours de peinture et de violon, ainsi que de ses ventes dominicales de confiseries, le plus gros de cet argent finissait toujours par disparaître dans ses fournitures artistiques. S'astreindre à des repas frugaux et éviter toute dépense superflue ne l'avait pas empêché d'accuser deux mois de retard dans le paiement de son loyer, au point qu'il lui avait fallu promettre de réaliser gracieusement un portrait de famille à son propriétaire le sommant de s'acquitter de ses arriérés. Encore devait-il se procurer à cet effet une toile et des pigments, alors qu'il espérait régler avant la fin du mois les sommes que son fournisseur de confiseries lui réclamait depuis déjà soixante jours. Sans compter ce tableau qu'il peignait actuellement, et qu'il devait se hâter de terminer pour le Salon des indépendants qui aurait lieu dans deux autres mois. Il ne lui restait même plus de quoi régler le marchand de couleurs : presque toutes ses recettes avaient déjà filé dans ses précédents achats de matériaux. Plus il se dévouait à son travail, plus il consacrait d'énergie à sa peinture, et plus son quotidien s'enfonçait dans l'indigence. Pour lui, il n'y avait pas de jour du Seigneur.

Hissant à son épaule l'éventaire où quelques bonbons étaient restés invendus, Rousseau gravit les marches grinçantes de l'étroit colimaçon de son immeuble. A quatre-vingt-un ans, emprunter les escaliers le fatiguait. A cause des cinq francs que lui coûtait chaque intervention, il s'efforçait de ne faire appel au commis du magasin de couleurs qu'en cas de très grandes toiles à déplacer. C'était une somme qu'il regrettait de devoir débourser, mais dont il ne pouvait s'épargner la dépense lorsque le format de ses tableaux l'exposait au risque d'une chute, voire d'une fracture, qui l'auraient empêché de continuer à peindre.

Une fois parvenu à grand-peine au quatrième étage, il fit jouer sa clef dans la serrure et ouvrit la porte de son logement. La plupart des habitants de l'immeuble ne verrouillaient pas leur entrée : aucun cambrioleur n'eût été assez fou pour visiter d'aussi miteux appartements. Mais le peintre, lui, ne lésinait pas sur les tours de clef. Ce qu'il conservait chez lui de plus précieux, c'était son violon. Un instrument qui n'aurait pourtant pas valu vingt francs aux puces. Se serait-on cependant aventuré à le voler qu'on aurait compromis ses leçons de musique, le privant d'un expédient nécessaire à sa subsistance.

Rousseau avait été initié dès son enfance au violon, son compagnon de vie. Après le décès de sa première femme, Clémence, il avait composé sur son instrument une valse en sa mémoire, puis fait imprimer la partition pour la distribuer à son cercle de connaissances. Peut-être serait-il devenu musicien s'il avait été issu d'un milieu plus aisé. Par chance ou par malchance, la musique n'était restée pour lui qu'un passe-temps. A présent qu'il se considérait comme un peintre professionnel, il s'estimait heureux de ne pas s'être engagé plus avant dans une carrière musicale.

A peine avait-il ouvert sa porte qu'une étouffante odeur de peinture à l'huile l'accueillit. Le salon sur lequel donnait son entrée hébergeait en effet son atelier. Et son espace exigu était envahi de toiles dressées à la verticale. Portraits de personnages à l'air grave, vues de la banlieue de Paris, arrangements de dahlias dans leurs vases, moues d'adorables bambins… Sur le chevalet au centre de la pièce reposait une imposante toile, où flottait avec légèreté, en sa partie supérieure, une déesse jouant de la trompe. Le reste du tableau, toujours vierge de peinture, laissait faiblement entrevoir l'esquisse au fusain de troncs d'arbres et d'oriflammes.

Aux murs, divers papiers avaient été punaisés : photographie d'un dirigeable, carte postale de la Tour Eiffel, coupures de journaux – pour la plupart issues de *L'Illustration*. L'une d'elles titrait : *Notre Henri Rousseau défraie une fois de plus la chronique au Salon d'automne !* Une manchette qui suscitait toujours en lui autant d'intérêt.

Après avoir déposé son éventaire sur le canapé de velours rouge près du chevalet, le peintre se tourna vers la toile en chantier, toujours vêtu de sa redingote. Il observa un moment son tableau, les bras croisés, puis finit par jeter un long soupir.

« Ah ! Ça ne va pas du tout. Encore un tableau qui va défrayer la chronique une fois terminé… »

Dong, dong, dong… la cloche de l'église voisine sonna 3 heures. Revenant brusquement à lui, Rousseau ouvrit la fenêtre. Aussitôt, l'air froid s'engouffra dans la pièce. Grimpant sur le rebord de la fenêtre, il regarda plus bas, dans la cour intérieure. Une femme se tenait près du puits central, pressant avec ardeur le bras de la pompe pour remplir sa bassine mordorée d'eau.

« Bonjour, Yadwigha ! »

L'appel de son nom lui fit lever la tête un court instant, mais elle retourna immédiatement à sa tâche. D'une voix chantante, Rousseau ajouta :

« Je viens de rentrer ! Et j'ai quelque chose pour toi ! Attends-moi un instant… »

Il s'empara en toute hâte d'un sachet de bonbons et d'un ballon avant de dévaler l'escalier. Si son quatrième étage lui avait semblé aussi haut que le ciel lorsqu'il était revenu de Notre-Dame, il ne lui avait fallu cette fois-ci qu'une fraction de seconde pour gagner la cour pavée. Le dimanche, il savait qu'elle se montrait au puits à 15 heures. C'est pourquoi il lui avait précieusement gardé son dernier ballon.

« Tu es vraiment besogneuse, Yadwigha, pour travailler le jour du Seigneur ! » lui lança-t-il comme elle frottait vigoureusement contre sa planche à laver le linge de corps entassé dans la bassine. Pas la moindre réaction. Rousseau fléchit les reins pour lui présenter son ballon rouge et ses confiseries.

« Tiens. Ils sont pour toi. Je serais heureux qu'ils te plaisent… »

Soudain, la femme interrompit sa lessive et se tourna vers lui, portant à ses hanches les mains rougies et gercées qu'elle venait d'essuyer dans son tablier.

« Tu serais pas un peu bêtasson, des fois ? Franchement… quelle femme se réjouirait de recevoir de pareilles gamineries ? J'en ai peut-être pas l'air comme ça, mais je ne suis plus une demoiselle. J'ai un époux. Si tu veux courtiser une femme mariée, avise-toi de lui porter quelque chose d'un peu plus sophistiqué !

— Je comprends bien, Yadwigha… et je sais que tu as un honnête mari… le commis du transporteur… mais je ne pensais pas à mal en agissant ainsi. Simplement…

— Simplement quoi ?

— Non, enfin… il me semblait que toutes les dames aimaient ce genre de choses, dit Rousseau en manipulant son ballon. Des choses légères, joliment colorées, des choses comme un rêve…

— Ce genre de petites choses ? Tant qu'à faire, offre-moi plutôt cette chose, là… celle qui peut s'envoler plus haut que la Tour Eiffel… oui, voilà : un dirigeable !

— Un dirigeable ? Tout ce que tu voudras, mais ça… je me demande combien ça peut aller chercher, à la journée, pour en louer un… Enfin, si tel est ton désir, ça devrait pouvoir s'arranger. En passant par l'une de mes connaissances. Un professeur de l'Académie des beaux-arts. »

Alors qu'elle le considérait jusqu'ici d'un œil dédaigneux, Yadwigha éclata de rire devant l'excessif emballement dont il faisait preuve.

« Mais quel idiot ! Un rendez-vous galant sur la Seine, en aérostat ? Entre une lavandière et un vendeur de bonbons ? Ce serait d'un ridicule achevé !

— Tu te trompes, Yadwigha, lui répondit-il valeureusement, ravi de l'avoir fait rire. Je ne suis pas un vendeur de bonbons, mais un peintre. Un artiste reconnu du Salon d'automne comme de la glorieuse Société des indépendants. »

Yadwigha gloussa encore plus fort.

« Et tu n'es pas davantage une lavandière, poursuivit Rousseau avec une exaltation croissante, tout en recourbant la moustache dont il était si fier. J'en suis convaincu. Veux-tu que je t'apprenne une chose que personne ne sait, pas même toi ? Eh bien, en vérité, tu es une princesse du paradis. Le flûtiste et l'éléphant, le singe et le lion retiennent leur souffle dans la jungle en épiant chacun de tes mouvements. Tous, autant qu'ils sont, n'ont d'yeux que pour toi… »

Mais la lavandière continuait à rire sans même prêter l'oreille à ses propos.

Huit semaines que le vieux peintre avait déménagé rue Perrel. Sept qu'il avait rencontré Yadwigha. Et son amour non partagé ne cessait de grandir chaque jour du Seigneur.

Henri Rousseau avait tout juste quarante ans lorsqu'il commença sérieusement à peindre. L'Octroi de Paris l'employait alors comme petit fonctionnaire. Ainsi formulée, sa situation aurait pu paraître enviable. Mais dans les faits, son emploi de gabelou consistait à arrêter les charrettes à bras et attelages des commerçants arrivant aux portes de Paris afin de collecter les taxes d'entrée de leurs marchandises dans la ville. Du gardiennage, en quelque sorte. L'homme menait du reste une existence fort modeste : il travaillait durement et humblement sans pour autant gravir les échelons de l'Octroi, rentrait directement chez lui une fois son labeur terminé, et vouait ses jours de repos à la pratique du violon.

Rousseau avait vu le jour à Laval, une localité de l'ouest de la France où son père, ferblantier, tenait par ailleurs une petite affaire immobilière. La famille s'était installée sur les remparts médiévaux de la ville, dans l'une des tours de la porte Beucheresse.

Le garçon, quoique peu doué pour les études, présentait de belles dispositions musicales et plastiques. Hélas, aucun membre de son entourage ne semblait s'en apercevoir. Il grandit ainsi de la façon la plus ordinaire, sans jamais aspirer à devenir un artiste, et bientôt commença à travailler chez un avocat d'Angers. C'est alors qu'en compagnie d'un camarade, il s'avisa de voler de l'argent à son employeur, sur une pulsion passagère. Le larcin fut découvert, la faute avouée, mais Rousseau n'obtint que de justesse les circonstances atténuantes du tribunal. Suite à cette affaire, le jeune homme s'engagea volontairement dans le régiment d'infanterie d'Angers pour épargner la calomnie à sa famille. Jouer au soldat lui fut douloureux, mais toujours préférable au titre infamant de rapineur qu'il aurait pu traîner toute sa vie dans son sillage.

A l'âge de vingt-quatre ans, il rejoignit Paris, prit emploi dans l'étude d'un huissier et se maria peu de temps après avec la fille du propriétaire de son logement, Clémence. Celle-ci lui donna deux garçons et trois filles, successivement disparus en bas âge ; seuls leur fille cadette Julia et leur second fils Henri-Anatole sortirent de l'enfance. Sa femme devait par la suite mourir des suites d'une tuberculose, avant que la maladie n'emporte également Henri-Anatole, à dix-huit ans. Julia partit vivre au même âge à Angers, dans la maison de son oncle, sans plus donner de nouvelles à son père une fois mariée. Rousseau, lui, avait atteint le milieu de la cinquantaine lorsqu'il épousa en secondes noces Joséphine, que la mort allait à son tour lui arracher – quatre années seulement après leur union.

Quand il travaillait à l'Octroi de Paris, son autre plaisir dominical consistait à se rendre au Louvre. Tout avait commencé le plus simplement du monde, par une question qu'il s'était lui-même posée : puisqu'il se trouvait dans la capitale, pourquoi ne pas fréquenter les musées dont la ville était si fière ?

Paris connaissait en effet un certain essor des arts. L'Exposition universelle avait permis au grand public de découvrir des œuvres, des objets rares des quatre coins du monde, et d'extraordinaires artistes rivalisaient de talent au Salon de peinture et sculpture que tenait chaque année l'Académie des beaux-arts. Les Parisiens jouissant des plaisirs de la vie urbaine venaient y dénicher des peintres à leur goût, auxquels ils commandaient ensuite portraits et paysages. Ceux qui avaient été adoubés par l'Académie et sélectionnés pour le Salon gagnaient alors officiellement leurs galons d'artistes, comme une promesse de voir leurs œuvres un jour accrochées aux murs des intérieurs bourgeois, si ce n'est exposées au Louvre.

Ce musée représentait pour Rousseau un lieu aussi exaltant qu'un jardin d'agrément. Il s'y sentait d'autant plus grandi, comme s'il avait lui-même donné naissance à tous ces chefs-d'œuvre, qu'il se dédiait quotidiennement à une morne existence. Entré dans la peau de Jean-Louis David, il assistait au sacre de Napoléon I$^{er}$ ; devenu Géricault, il chevauchait un radeau en perdition sur les flots tempétueux. Ses chimères l'emportaient, et il s'imaginait bientôt peintre attitré de la cour et de l'empereur, signant pour la postérité d'illustres tableaux.

Puis, à quarante ans, il obtint son agrément de copiste au Louvre. Loin d'être accordé au tout-venant sur simple demande, ce privilège requérait d'authentiques dispositions artistiques. Se voir autorisé à peindre dans l'enceinte du musée porta naturellement Rousseau au comble de la joie, lui qui s'adonnait tout aussi volontiers à la peinture qu'à la musique.

Un jour qu'il copiait des toiles dans les galeries du Louvre, il fut profondément saisi par un tableau du peintre de l'Académie des beaux-arts le plus en vue du moment : William Adolphe Bouguereau.

*Tiens ? Si ça se trouve, je pourrais très bien peindre les muses et les anges comme lui…*

Une fois cette idée en tête, l'envie de peindre ses propres tableaux n'eut de cesse de le travailler. Il se rendit chez un marchand de couleurs, où il retourna ses poches pour s'offrir un ensemble de toiles, pigments, pinceaux et palettes de la meilleure qualité. A défaut de chevalet, il dressa sa toile fraîchement acquise sur la table et la peignit d'après une photographie choisie parmi ses coupures d'illustrés. Son tableau représentait des jeunes gens qui dansaient avec passion. Et le résultat fut pour le moins surprenant: Rousseau n'en croyait pas ses yeux lui-même, mais il lui semblait bien avoir accouché sans effort d'un chef-d'œuvre surpassant la peinture de Bouguereau.

Confiant en ses mérites, il soumit cette première création au Salon et attendit le verdict du jury, s'imaginant déjà serrer la main du grand peintre devant la toile de ses débuts, qui serait sûrement sélectionnée avec les honneurs. Or, son tableau fut mystérieusement rejeté par le comité de sélection. Après avoir déprimé toute une journée, il s'attela dès le lendemain à la réalisation d'une nouvelle œuvre en vue du prochain Salon.

*Tout ça, c'est parce que Bouguereau ne faisait pas partie des jurés. Il suffirait de le mettre dans un jury pour qu'il hume dans ma peinture le noble parfum de ce romantisme que nous partageons. Allons : du moment que c'est lui qui me juge, il ne devrait y avoir aucun problème.*

Malgré les encouragements qu'il s'adressait, son désappointement n'était pas moins immense. Nombre de peintres nettement plus jeunes que lui avaient fait leurs débuts au Salon avec succès. Lui, à quarante et un ans, entrait déjà dans la seconde moitié de son existence. Le comité de sélection n'avait-il même pas la courtoisie de prendre en considération l'âge des candidats ?

Sur ces entrefaites, Rousseau apprit l'existence d'une exposition réunissant les recalés des Salons officiels. Ce Salon des indépendants, ainsi qu'il se nommait, accueillait les œuvres de tout artiste désireux d'y participer, sans qu'aucun jury n'intervînt dans le choix des tableaux.

*Il est certes regrettable que cet événement ne se tienne pas au Grand Palais, mais il permet de présenter ses toiles au grand public. N'est-ce pas là l'occasion d'être jugé par le peuple ? Qu'importe ce qu'en disent les artistes de l'Académie : c'est en gagnant l'adhésion du peuple que l'on devient un véritable peintre !*

Rousseau avait vu parfaitement juste. Dès leur apparition au Salon des indépendants, ses œuvres rencontrèrent un étonnant succès. A peine arrivés sur les lieux, les visiteurs se disputaient le passage jusqu'à la salle où ses toiles avaient été accrochées. Là, certains se tenaient le ventre, d'autres ne parvenaient plus à respirer tant ils riaient ; une vieille dame quitta même la galerie, livide, en prétendant n'avoir jamais vu une peinture d'aussi mauvais goût. Journaux et revues d'art étaient unanimes : « Henri Rousseau crée l'événement au Salon des indépendants ! Souhaitons-lui de continuer à barbouiller gentiment ses toiles sans céder aux moqueries ! ». Après la parution de ces articles, le public se pressa encore plus nombreux à l'exposition. C'était une véritable foire.

Rousseau découpa dans la presse tous les entrefilets le mentionnant, si calomnieux fussent-ils, et les colla proprement dans un album. Mais pourquoi ne recevait-il aucune commande, alors qu'il n'avait jamais tant attiré l'attention ? Peut-être le préposé du bureau des indépendants était-il embarrassé par la quantité de demandes sous laquelle il croulait ? Convaincu qu'il en allait ainsi, le peintre n'hésita pas à lui poser la question. Mais pour toute réponse, il se vit froidement opposer un : « Non, monsieur Rousseau. Nous n'avons pas reçu la moindre commande pour vous. »

Sa famille, quant à elle, gardait le silence en le voyant négliger peu à peu son travail pour se vouer avec acharnement à ses pinceaux. Un jour qu'il contemplait avec admiration un tableau qu'il venait d'achever, Rousseau finit par annoncer son intention de devenir sans plus tarder « un peintre à temps complet ». Sa femme ne lui prêta aucune attention, pas plus que ses enfants, qui se contentèrent d'affecter un air absent.

Le plaisir qu'il prenait à peindre était si grand qu'une seule idée l'emplissait désormais : ne plus gaspiller aucune parcelle de son temps à une autre activité. C'est ainsi qu'à quarante-neuf ans il quitta résolument son travail à l'Octroi. Ce qui le motivait, c'était de « vivre dorénavant de son seul pinceau ». Ses supérieurs et collègues eurent beau se moquer de lui ou lui témoigner leur sincère inquiétude, sa conviction devait demeurer inébranlable.

Une décennie s'était écoulée. Sa femme et son fils avaient quitté ce monde ; sa fille était partie prendre époux. Quand il y pensait, cela faisait trois ans qu'il menait une vie des plus solitaires. Ne rien manger que du pain et de la soupe lui était à peu près aussi pénible que de se déplacer dans les escaliers. Mais ce qui l'affectait le plus, c'était que ses tableaux, qu'il peignait avec tant d'énergie, ne se vendaient pas.

Rousseau continuait à présenter ses œuvres une fois par an, au Salon des indépendants. L'année précédente, il avait également exposé au Salon d'automne, et remporté à cette occasion un grand succès public. Mais toujours pas la moindre commande sérieuse en vue. C'était à peine si un voisin lui demandait parfois une nature morte, quand il ne proposait pas de lui-même un portrait pour rembourser ses dettes. Les toiles qu'il soumettait au Salon des indépendants s'étaient faites d'année en année plus imposantes, pour finir par s'accumuler chez lui, faute d'acheteur. Il avait dû déménager à plusieurs reprises, tant le salon de ses appartements devenait toujours trop petit pour son atelier – et tant les relances de ses propriétaires l'insupportaient.

*Un jour, tous ces tableaux se vendront.*

Telle était la conviction avec laquelle il enveloppait soigneusement ses grands ouvrages dans du papier paraffiné, avant de les conserver précieusement.

*Et ce sera tout sauf un miracle, quand ils finiront par se vendre. Puisque la chose est inévitable, il me suffit de l'attendre sereinement. Mais combien de jours me faudra-t-il encore attendre ? Combien de jours, avant que ne se présente à moi un marchand d'art, un millionnaire, un grand collectionneur, qui me dira : « Monsieur, vous êtes un génie ! Je vous achète tout ! » et détachera un chèque de son carnet ?*

Ainsi avait-il atterri à la fin de l'année précédente dans ce logement de la rue Perrel. Une semaine plus tard, il devait prendre la décision de s'atteler à des ouvrages toujours plus grands, et toujours plus extraordinaires. C'était après avoir rencontré Yadwigha. Elle venait chaque dimanche faire la lessive dans la cour intérieure de l'immeuble. L'œil en amande, le sourcil épais, la chevelure châtain, longue, légèrement ondulée. Rousseau rentrait de la cathédrale Notre-Dame lorsqu'il l'aperçut, bataillant avec le linge dans sa bassine, et il fut frappé par cette vision.

Sur le moment, la nature exacte de son émotion lui échappa. Peut-être était-ce « l'inspiration », comme de nombreux peintres l'appelaient ? En tout cas, à cet instant précis naquit en lui le désir de peindre cette femme. Il lui fallut trois jours du Seigneur supplémentaires pour lui arracher son prénom ; trois autres, pour apprendre qu'elle était mariée. Et il ne savait combien encore, avant de lui avouer qu'il ne songeait qu'à elle.

Rousseau avait pris la décision de s'accorder deux autres dimanches. Le temps de peindre un paysage au dirigeable. Elaborer pour elle ce petit tableau alourdirait encore sa charge de travail et creuserait sa dette envers le marchand de couleurs. Mais si c'était pour elle, ces deux perspectives suffisaient à le remplir de joie.

S

—

Les rues de Bâle restaient assez lumineuses, en ces soirées d'été.

Le Rhin coulait tumultueusement sous les ponts, reflétant un ciel qui virait progressivement à l'orangé. Installés sur les transats disposés de place en place le long du fleuve, des Bâlois conversaient amicalement, un verre de vin à la main.

La Cadillac qui transportait Tim et Orie s'arrêta devant l'hôtel des Trois Rois. Un prestigieux établissement implanté sur les berges. A peine le portier du palace s'était-il déplacé pour leur ouvrir la portière arrière que deux grooms se précipitèrent. Puis ce fut le directeur des lieux, Josef Richard, qui vint les accueillir en personne sur le perron.

« Au nom de notre établissement, je vous souhaite la bienvenue. Vos chambres sont prêtes. Mais que diriez-vous d'un verre de champagne au bar, si vous n'êtes pas trop fatigués pour ce faire ?

— Merci, mais ça ira. Je suis justement un peu fatiguée… »

Tim avait bien envie de boire quelques verres pour se changer les idées. Mais puisqu'Orie avait décliné la proposition, il se contenta à son tour de refuser, et assez maladroitement.

« Eh bien… de même…

— Je comprends, fit le directeur, un sourire affable sur les lèvres. Souhaiterez-vous dîner ce soir dans notre restaurant ? Nous pouvons également vous réserver une table en ville, si vous préférez opter pour de la cuisine suisse.

— Non merci. Je n'ai besoin de rien, si ce n'est me reposer.

— De mêm… non, en fait, je vais probablement prendre un repas léger, ajouta expressément Tim, se rappelant qu'il était ici sous l'identité de Tom Brown. Vous savez, il y a ce petit restaurant de poissons qui donne sur le Rhin, pas très loin du pont… c'est là que je vais tous les ans, pendant l'Art Basel.

— Ah, oui, le Träumerei ! Je vous recommande leur truite au bleu, un chef-d'œuvre. A quelle heure désirez-vous dîner ?

— Mettons, à 8 heures ?

— Entendu. Je vais prévenir le patron du restaurant afin qu'il nous transfère la note. Notre propriétaire y tient. Sachez d'ailleurs que toute réservation effectuée par notre intermédiaire sera intégralement prise en charge par l'établissement. Qu'il s'agisse de vos repas, de la location d'une voiture, d'une commande de fleurs, ou même d'une prestation de coiffure... ne vous privez surtout pas. Naturellement, il en va de même pour vous, mademoiselle. »

Là-dessus, Richard adressa un sourire à Orie.

*Tiens... il a bien mis l'accent sur « par notre intermédiaire »...*

*Faut-il y voir un moyen de mieux surveiller chacun de nos mouvements ?*

L'hôtel historique des Trois Rois – en allemand *Drei Könige* – avait naguère accueilli de grandes figures telles que Goethe ou Napoléon Bonaparte. Autant dire que ce n'était pas vraiment le genre d'établissement où séjournerait un assistant-conservateur en temps normal. Après avoir changé de propriétaire à plusieurs reprises au cours de sa longue existence, le palace appartenait aujourd'hui à Konrad Beyler. Tim avait d'ailleurs peur d'être démasqué lorsque la réception lui demanderait son passeport pour l'enregistrement. Mais au final, pas la moindre formalité ne fut exigée de lui. Le collectionneur préférait peut-être que les employés de son hôtel ne sachent pas qui étaient ses invités.

Après avoir achevé leur lecture du premier chapitre de *J'ai rêvé*, Tim et Orie avaient tardivement déjeuné en compagnie de Beyler et Kunz, mais la conversation à table n'avait pas été très animée. Tout comme Orie, le jeune homme avait pleinement utilisé ses quatre-vingt-dix minutes pour parcourir ce chapitre pourtant peu volumineux. Une première lecture rapide, suivie d'un examen attentif et détaillé. C'était la stratégie qu'il comptait appliquer… s'il ne s'était pas fait happer par l'univers du récit à la vitesse d'une ancre s'enfonçant vers les abysses.

C'était la première fois qu'il posait les yeux sur ce texte. Qu'aurait-il fait s'il s'était avéré particulièrement ardu, ou sans aucun rapport avec Henri Rousseau ? Heureusement, les deux premières lignes de l'incipit avaient suffi à dissiper ses craintes. Le récit – si simple qu'il en manquait presque de rythme – était écrit dans un français des plus accessibles, et se focalisait bel et bien sur la personne de Rousseau.

*Pas besoin de se creuser la tête pour comprendre que l'histoire se déroule dans le Paris de 1906. En effet, Rousseau s'est installé au 2 bis de la rue Perrel fin 1905 : les événements décrits dans ces pages se déroulent donc l'année suivant son déménagement. A cette époque, le peintre était devenu un habitué du Salon des indépendants. Il commençait enfin à attirer l'attention du public, depuis qu'il avait présenté* Le lion, ayant faim, se jette sur l'antilope *au Salon d'automne 1905. Ses tableaux avaient toutefois du mal à trouver preneur et nous savons qu'il a pu vendre des confiseries afin de subvenir à ses besoins. Le résumé qui nous est fait de sa vie est donc à peu près conforme à la réalité historique.*

*Mais cette histoire a tout de même quelque chose d'étrange…*

*Nous raconte-t-elle la vérité ?*

*Mais surtout : qui a écrit ce texte ? Et dans quel but ?*

*Il y a plusieurs points en particulier qui me chiffonnent. D'abord que Rousseau, aveuglément persuadé de peindre des chefs-d'œuvre surpassant ceux de Bouguereau, apparaisse si confiant en ses talents. Ensuite l'apparition de Yadwigha. Elle porte le même prénom que la femme du* Rêve. *Et du poème que le peintre a dédié à ce tableau, juste avant sa mort. Un poème certes mal tourné, d'un strict point de vue littéraire, mais bucolique, intime, sentimental.*

*Ainsi, il s'agirait d'une histoire d'amour. Une poignante histoire d'amour, racontée du point de vue d'Henri Rousseau.*

*Enfin, il y a cette lettre qui conclut le texte… ce S. Mais je n'avais pas fini d'observer fixement la mystérieuse majuscule que le temps qui m'était imparti avait déjà filé. Se pourrait-il que cette lettre… soit l'initiale de l'auteur du chapitre ?*

« Bien, vous pouvez refermer le livre. Ce sera tout pour aujourd'hui. Merci de vous joindre au déjeuner de bienvenue que monsieur Beyler vous réserve. »

Contre toute attente, ce n'était pas Kunz, mais Schunasen qui était venu le chercher dans l'étude.

Dans la salle à manger illuminée de candélabres, un silence de funérailles domina le repas que les deux jeunes gens durent partager avec Kunz et Beyler. Comme si ses pensées ne cessaient de l'absorber, la chercheuse ne touchait guère à sa fourchette. Et il en allait de même pour Tim. Kunz leur avait bien précisé que toute question ou remarque seraient inutiles. A quoi bon parler, en ce cas ?

« Demain matin, une voiture vous attendra à 9 heures devant l'hôtel, précisa l'avocat au moment où ses hôtes prenaient congé. Je vous prierai de vous présenter ensemble au manoir. Comme aujourd'hui, vous disposerez d'une heure et demie pour lire le deuxième chapitre, en commençant par miss Hayakawa. Vous serez ensuite libres de vos mouvements. »

Dépliant la couverture en cuir d'un porte-documents, il ajouta :

« Si vous pouviez avoir l'obligeance de signer ceci… »

Sur la feuille qu'il présentait, ces phrases avaient été notées en anglais : *Je m'engage par la présente à ne révéler en aucune façon ce que j'aurais été amené à voir ou entendre dans l'enceinte de la résidence Beyler. En cas de contrevenue à cet accord, je me tiens prêt à assumer mes responsabilités.*

Tim et Orie examinèrent un petit moment le document, qu'elle signa la première. Quelques secondes d'hésitation plus tard, l'assistant-conservateur apposa à son tour une signature au bas de la feuille – un *T. Brown* imitant l'écriture irrégulière de son supérieur.

*Et voilà, falsification de signature ! Si le MoMA apprend ça, c'est la porte. Ou pire encore. Peut-être que je ne pourrai plus jamais travailler dans le milieu des arts. Et merde... qu'est-ce que tu ne me pousses pas à faire, Rousseau !*

Aussi ne rechignait-il pas à boire quelques verres pour se vider l'esprit – mais pas question d'inviter Orie à se joindre à lui. Leurs impressions mutuelles devaient rester secrètes jusqu'au jour de la présentation finale.

*Puisque c'est comme ça, je vais aller me gaver de truite et m'arroser la panse de riesling dans ce petit restaurant recommandé par Richard.*

Tim et Orie grimpèrent ensemble dans l'ascenseur de l'hôtel. Leurs chambres se trouvaient respectivement aux troisième et quatrième étages. L'étroite cabine dorée, vieillotte mais bien entretenue, commença doucement à s'élever. Toujours aucun échange entre eux deux. Orie ne lui avait pas adressé une parole depuis que Kunz l'avait conduite au cabinet d'étude.

« Eh bien, à demain… »

L'ascenseur était arrivé au troisième avec un « ting ! » caractéristique quand Tim, s'apprêtant à descendre, se retourna sur la chercheuse avec ces mots. Orie resta silencieuse. Puis, tout à coup, elle se glissa entre les portes qui se refermaient et se campa devant le jeune homme figé de surprise.

« J'aurais une petite chose à vous demander. Est-ce que vous avez vu sous la dernière phrase du chapitre… une lettre majuscule ? »

Ses yeux étaient graves. Un regard le priant de ne rien dire d'autre que la vérité.

« Oui, répondit Tim en hochant spontanément de la tête. J'en suis certain.

— Et cette lettre était ?

— Un S. »

D'un seul coup, le regard de la jeune femme s'adoucit.

« Tant mieux, dit-elle avec un soupir de soulagement. En effet, c'était un S. Ce qui signifie que le document que vous avez lu était bien identique à celui qui m'a été présenté. »

*Tiens, tiens : la question de savoir si nous lisons bien la même histoire semble l'avoir tracassée autant que moi…*

« Cette lettre pourrait-elle être l'initiale de l'auteur de cette fiction ? Qu'en pensez-vous ? » demanda-t-il à son tour, encouragé par la question qu'elle avait osé lui poser. Mais Orie, esquissant un sourire, endossa aussitôt son personnage polémique de chercheuse.

« Et qu'est-ce qui vous permet de parler de fiction ? »

Ting ! La porte dorée de l'ascenseur s'ouvrit de nouveau. Une fois à l'intérieur de la cabine, Orie se retourna vers Tim dans une volte-face de cheveux noirs et lui lança sèchement :

« A demain. »

Un instant plus tard, son énigmatique sourire avait disparu derrière la porte.

## 5

## LE FOSSOYEUR
## (Bâle, 1983 ; Paris, 1908)

Peut-être était-ce grâce au riesling dont il s'était abreuvé aux frais de Beyler que Tim avait réussi à dormir à poings fermés durant sa première nuit à Bâle. Et son sommeil fut tellement profond qu'il ne fit pas le moindre rêve. Sans la réception qui l'avait réveillé à 8 heures, il aurait probablement continué à dormir ainsi jusqu'à midi.

Le jeune homme sortit sur le balcon de sa chambre, côté fleuve. Les rayons du soleil matinal étaient éclatants, l'air frais et agréable. A New York, le mercure aurait déjà atteint les trente degrés. Comme s'il était en vacances dans le premier palace de Suisse, loin de l'étouffante chaleur de Manhattan, il se hissa sur la pointe des pieds et se pencha au-dessus de la balustrade. Le flot tumultueux du Rhin scintillait dans le soleil levant. Sur le pont du Milieu, le Mittlere Brücke, des tramways se croisaient paisiblement sous le doux balancement de drapeaux suisses et bâlois.

Baissant un peu les yeux, il remarqua la terrasse du restaurant de l'hôtel. Parmi les têtes grisonnantes des couples qui prenaient leur petit-déjeuner, une femme aux noirs cheveux lustrés accrocha son regard. Un serveur vêtu de blanc apportait une omelette à sa table. Aussitôt, il se précipita vers sa salle de bains pour passer un coup d'eau sur son visage et se raser ; après avoir enfilé en toute hâte une chemise et un pantalon de coton blancs, il quitta sa chambre d'un pas pressé.

« Bonjour. Puis-je prendre mon café avec vous ? »

Se postant devant la jeune femme en train de finir son omelette, il se risqua à cette salutation matinale. Il ne fallait pas qu'il oublie qu'il était ici sous l'identité de son supérieur, Tom Brown. Il s'efforça donc d'adopter une voix et une physionomie empreintes du minimum d'autorité qui s'imposait. Orie, après avoir légèrement haussé ses fins sourcils, lui répondit avec un petit sourire :

« Mais je vous en prie. »

Une fois installé face à elle, Tim commanda un café au serveur.

« Je pensais partir sans petit-déjeuner. Disons que j'ai un peu trop bu, hier soir, s'excusa-t-il sans même y avoir été invité. Le directeur avait raison, la truite au bleu du Träumerei était divine. Je n'aurais jamais cru qu'un plat de truite puisse être aussi fin…

— Vous venez pourtant à Bâle tous les ans, non ? Qu'avez-vous l'habitude d'y manger, si ce n'est de la truite ?

— Eh bien… fit-il avec un rire gêné, profitant de sa maladresse pour affecter une aisance digne du conservateur général du MoMA. J'apprécie le saumon, mais beaucoup moins la truite. Trop aqueuse à mon goût. C'est pourquoi je prenais toujours du saumon, quand j'allais dans ce restaurant. Du moins, jusqu'à hier ! »

*Tu ferais surtout mieux d'arrêter de raconter n'importe quoi…*

Heureusement, Orie ne semblait pas avoir relevé ses paroles. Tout en sirotant son café, Tim l'observa porter ses morceaux d'omelette à sa bouche. Silencieusement. Le regard de la jeune femme, rivé sur le fleuve, ne cherchait même pas à croiser le sien. Après la nuit qui venait de s'écouler, il la sentait toujours aussi méfiante.

*En vérité, ma soirée à boire tout seul au Träumerei m'a profondément ennuyé par sa fadeur. J'ai beau me trouver à Bâle, j'ai beau avoir rencontré le légendaire collectionneur, posé mes yeux sur un chef-d'œuvre attribuable à Rousseau, et lu une bien étrange histoire… quel dommage de n'avoir personne avec qui partager tous ces bonheurs ! En temps normal, cette nouvelle étoile du milieu académique qu'est Hayakawa Orie aurait dû être la partenaire idéale pour discuter de Rousseau et de son œuvre. Sans doute aurions-nous échangé toute la soirée autour d'un verre de riesling bien frais, si nous n'avions pas eu à nous affronter dans les jours à venir...*

*Mais qui a bien pu écrire ce récit ? Quand ? Dans quel but ? Et pourquoi Beyler s'est-il mis en tête de nous faire expertiser son tableau avec ce livre pour seul indice ? Son contenu est-il fictionnel ? Décrit-il la réalité ?*

*Et que va-t-il se passer pour Rousseau dans la suite de l'histoire ?*

Clang ! Orie reposa bruyamment son couteau sur l'assiette.

« Veuillez m'excuser, dit-elle, mais la voiture doit venir nous chercher à 9 heures. Nous nous reverrons tout à l'heure.

— Attendez ! »

Alors qu'elle quittait sa place, Tim tâcha spontanément de la retenir.

« A votre avis, quels développements le récit va-t-il connaître aujourd'hui ? »

Orie fronça les sourcils devant la soudaineté de la question, mais finit par se rasseoir. L'expression débordante de curiosité de Tim y était peut-être pour quelque chose.

« Ma foi... puisque l'histoire se terminait hier en janvier 1906, je pense qu'elle devrait reprendre la même année, avec les événements du Salon des indépendants. Le tableau que Rousseau exposa lors de ce Salon était d'ailleurs brièvement évoqué dans ce premier chapitre... »

*En mars 1906, Rousseau présenta en effet cinq toiles au 22^e^ Salon des indépendants, dont*

La Liberté invitant les artistes à prendre part à la 22e Exposition des Indépendants. *Le chapitre de la veille faisait allusion à ce tableau dans ce passage : « Sur le chevalet au centre de la pièce reposait une imposante toile, où flottait avec légèreté, en sa partie supérieure, une déesse jouant de la trompe. Le reste du tableau, toujours vierge de peinture, laissait faiblement entrevoir l'esquisse au fusain de troncs d'arbres et d'oriflammes. » Ne pas reconnaître en moins de trois secondes l'œuvre en question vous aurait recalé au plus basique des quiz Rousseau...*

« Je vois... même si je ne suis pas tout à fait d'accord avec vous. »

Orie fixa Tim de ses yeux sombres.

*Si c'est bien une chercheuse, elle doit probablement être très intéressée par l'opinion qu'une pointure en art moderne pourrait avoir là-dessus...*

Après avoir suffisamment éveillé sa curiosité, il ajouta :

« A mon avis, nous ne devrions pas tarder à croiser Picasso. »

Il vit alors les prunelles de la jeune femme osciller faiblement. Peut-être l'avait-il prise au dépourvu, mais elle semblait chercher ses mots pour lui répondre. Constater la surprise sur son prétentieux visage lui procura un réel plaisir, même si elle n'échoua qu'un bref moment à dissimuler son trouble, avant de recouvrer son expression conquérante.

« Ah oui ? C'est vrai que vous êtes un expert mondial en la matière. »

En ce qui concernait Picasso, le conservateur général du MoMA était effectivement considéré comme l'une des plus grandes autorités au monde. Mais ce n'était pas à cela que pensait Tim. Depuis sa lecture de la veille, il n'avait cessé de se demander pourquoi l'auteur du texte avait choisi cette année 1906 comme cadre temporel de son premier chapitre.

Rousseau était mort en 1910. Les cinq dernières années de sa vie avaient été marquées par une succession d'événements notables, y compris dans son activité picturale. Durant cette période, il avait fréquenté des peintres qui devaient porter l'art du XXe siècle vers ses sommets. Et le plus important d'entre eux était Pablo Picasso.

Même si le Salon d'automne de 1905 était à peine évoqué dans le texte, Tim avait été interpellé par un court passage à ce propos : « L'année précédente, il avait également exposé au Salon d'automne, et remporté à cette occasion un grand succès public. Mais toujours pas la moindre commande sérieuse en vue. »

Cette édition du Salon d'automne avait accueilli plusieurs toiles devant faire date dans l'histoire de l'art moderne : ce fut l'attaque des « fauves » déchaînés par Henri Matisse et André Derain. Ces œuvres étranges, où s'écoulaient avec violence des torrents de couleurs, occupaient une salle entière de l'exposition. Et c'est dans cette

« cage aux fauves », comme la surnommait la critique de l'époque, que se trouvait par hasard accroché *Le lion, ayant faim, se jette sur l'antilope*.

L'émergence du fauvisme défrayait tant la chronique que de nombreux peintres avaient visité à leur tour cette cage. Picasso était l'un d'eux. Si le peintre de génie devait bientôt compter parmi les artistes qui révéleraient Rousseau, aucun document n'a été conservé qui nous apprendrait comment il a perçu le *Lion* de Rousseau. Mais ce tableau couronné d'« un grand succès » se démarquait nettement des œuvres ayant jusqu'alors valu à Rousseau d'être persiflé pour son amateurisme, sinon traité comme un phénomène de foire. Ainsi venaient d'être balisés les premiers mètres du chemin qui conduirait le peintre à cueillir le plus mûr des fruits durant sa dernière année de vie…

Picasso était celui qui personnifiait le mieux la révolution artistique de l'époque. Et malgré son écriture simple, presque enfantine, Tim sentait bien qu'une trame scrupuleuse avait été tissée par l'auteur du récit.

« Oui, Picasso va sûrement faire son apparition. Je suis prêt à le parier. »

Même s'il ne disposait d'aucune preuve pour étayer ses dires, il comptait bien déstabiliser sa rivale en usant de son titre d'« autorité en art moderne ».

« Et que voulez-vous parier ? répliqua audacieusement Orie.

— Si Picasso est absent du deuxième chapitre, alors… je vous laisserai décider lequel de nous deux rendra le premier ses conclusions à la fin de la semaine. Mais s'il montre le bout de son nez… » Tapotant la table du bout de son index, il termina : « … prendrez-vous ce soir un verre de riesling avec moi, à cette même table ? »

—

## CHAPITRE 2
## LE FOSSOYEUR

Un petit homme trapu s'était posté à l'entrée d'une boutique d'antiquités de la rue des Martyrs. Mains dans les poches, coudières aux deux manches de sa veste râpée, il restait figé sur place sans esquisser un geste. Depuis combien de temps se tenait-il là, immobile comme une statue ? Son regard de hibou prêt à frapper sa proie dans les ténèbres s'était solidement rivé à un monticule de toiles.

« Eh bien, qui voilà donc ! lui lança l'antiquaire en sortant de l'arrière-boutique. Monsieur Picasso ! A la recherche d'une toile d'occasion ? »

L'homme semblait un habitué des lieux. Huit ans auparavant, il avait quitté Barcelone pour Paris. Son objectif: devenir un peintre professionnel. Rien d'autre ne revêtait pour lui d'importance. Ses grands yeux étincelants ne brillaient que pour le nouvel art auquel il aspirait.

« Combien pour celle-ci ? »

Picasso désigna du doigt une toile parmi toutes celles empilées.

« Mais laquelle ? soupira l'antiquaire comme il ébranlait les dizaines de pièces formant cette montagne de peintures.

— Non, pas celle-là. Plus en dessous… oui, voilà. Celle avec le visage de femme. C'est ça. »

Après avoir retiré les toiles de la pile par poignées de trois ou quatre, le propriétaire de la boutique récupéra enfin le grand tableau enfoui sous tous les autres. Et le portrait se révéla pleinement à Picasso. Une femme au corps potelé, vêtue d'une robe noire.

A cette époque, les peintres ne disposant pas des moyens de s'acheter un support neuf se procuraient souvent des toiles usagées que leur revendaient les antiquaires pour une bouchée de pain. Il ne leur restait plus qu'à les recouvrir d'une couche d'apprêt avant d'y peindre leurs propres œuvres sur la surface de nouveau vierge. Aucun des tableaux alignés dans la vitrine n'avait la moindre valeur. Si on les avait rassemblés là, c'était précisément à des fins de recyclage.

« Il n'y a pas à dire, monsieur, vous avez l'œil. Cette toile devrait bien se récupérer. Un support de belle taille… pas si vieux… Allez, je vous le laisse pour cinq francs.

— Cinq francs ?

— Pardonnez-moi, mais je ne peux pas descendre plus bas, ajouta précipitamment l'antiquaire devant le regard médusé de son client. Je n'en tirerais plus rien si je devais baisser son prix d'un seul franc… »

Picasso agita un moment ses mains dans les poches de son pantalon, puis en sortit très exactement cinq pièces d'un franc.

« Alors ne regrette pas de me l'avoir vendue pour cinq francs, mon vieux ! » dit-il en riant comme il déposait l'argent dans la paume de l'antiquaire.

Après avoir juché sur son dos le tableau dont la largeur égalait celle de sa carrure, l'artiste prit triomphalement la direction de son atelier de Montmartre. Cette toile que son regard acéré avait repérée dans la pile de vieux tableaux destinés à la récupération n'était ni plus ni moins que le *Portrait de femme* d'Henri Rousseau. Qu'il eût déniché de la sorte une œuvre de Rousseau, avec tant de facilité, le comblait de joie.

Il se trouvait que par le plus grand des hasards, Picasso venait de visiter quelques jours plus tôt l'atelier de la rue Perrel avec son ami Guillaume Apollinaire. Lui qui se permettait toujours de critiquer les œuvres des autres peintres en leur présence, avait pour une fois été abasourdi en découvrant les jungles de peinture fraîche et les portraits de personnages à l'air grave. Sur le chemin du retour, il avait murmuré à part lui quelques mots, néanmoins assez fort pour qu'Apollinaire les entendît distinctement :

« Extraordinaire… C'est bien lui, le véritable créateur… voire, le fossoyeur… »

Nul n'ignorait le nom de Pablo Picasso parmi les artistes parisiens qui se revendiquaient alors d'avant-garde. Certains l'appelaient « l'enfant révolutionnaire », d'autres « le créateur », et d'autres encore, « le destructeur ». Lequel de ces surnoms s'appliquait le mieux à sa personne ? Probablement tous…

L'année précédant sa rencontre avec Rousseau, l'Espagnol avait donné naissance à un tableau qui allait infléchir de manière déterminante le cours de l'art du XXe siècle. Cette œuvre, c'était *Les Demoiselles d'Avignon*.

Mais en quels termes pourrions-nous bien évoquer cette toile ? Plutôt que de parler à tort et à travers du tableau en lui-même, nous devrions plutôt nous intéresser aux réactions des proches et des soutiens de Picasso, qui rendront sans doute un compte bien plus compréhensible des choses.

A l'époque, Picasso habitait le Bateau-Lavoir, une cité d'artistes perchée sur la butte de Montmartre. Son fidèle chien Frica et sa compagne, la belle Fernande Olivier, vivaient avec lui dans l'atelier saturé d'effluves de peinture et d'odeurs canines, sans le moindre endroit pour poser le pied. Autour de cette cité où le jeune peintre ambitieux de vingt-sept ans avait élu domicile, de très nombreux artistes multipliaient les allées et venues. Des peintres et des poètes, des écrivains et des critiques, des musiciens, des acteurs, auxquels s'ajoutaient parfois des collectionneurs en herbe et des marchands d'art avides de nouveauté. Dans un tapage proche d'une fête foraine et d'un cirque réunis, tout ce petit monde s'adonnait jour après jour à de houleux débats, de sulfureux ébats, quand n'éclataient pas quelques disputes dont les protagonistes en venaient aux poings. Gonflés d'espoir par ce siècle nouveau qui s'amorçait, les habitants du Bateau-Lavoir nourrissaient tous la conviction que leur heure n'allait pas tarder à sonner – qu'ils forceraient bientôt les portes délabrées de la cité. « Au diable, les Salons de monsieur Bouguereau ! » : ces Salons officiels auxquels Rousseau s'était âprement accroché, eux les maudissaient.

Le vent d'un art nouveau soufflait alors en toute liberté sur Paris. Les espaces d'expression ouverts en marge des manifestations officielles – tels que le Salon d'automne, ou celui des indépendants – retenaient toutes les attentions ; Cézanne et Monet voyaient leur réputation grandir ; le Palais du Trocadéro et le musée du Louvre consacraient des expositions aux primitivismes d'Afrique et d'Ibérie. Les artistes étrangers désireux de se mesurer à la capitale des arts libérés affluaient vers elle depuis les pays frontaliers, voire même les Etats-Unis, comme l'avait fait avant eux Picasso.

Par sa maîtrise technique comme son ambition personnelle, le peintre espagnol versé dans les portraits d'arlequins et de mendiants aveugles, qu'il peignait dans ses tons caractéristiques de bleu et de rose, possédait indubitablement une longueur d'avance sur ses camarades. A vrai dire, les artistes de l'époque ne faisaient pas grand cas du « métier » : il existait un nombre incalculable de bons peintres, et les débats s'étaient déjà considérablement éloignés de ce critère. Après tout, qu'était-ce qu'un « bon tableau » ? Quel genre d'artiste pouvait-on qualifier de « bon peintre » ? Personne ne fut bientôt plus en mesure de le définir avec exactitude. Les « bons tableaux », dans tous les cas, n'étaient plus seulement ceux qui capturaient fidèlement sur la toile le sujet placé devant les yeux du peintre – personnage, nature morte, ou paysage. C'était davantage par sa sensibilité exacerbée et sa volonté de devancer son temps que Picasso se distinguait de ses contemporains. Toutefois, il n'avait toujours pas trouvé de mode d'expression aussi percutant que ceux qui avaient révélé Matisse et Derain, les « libérateurs de la couleur », auprès du grand public. Le jeune peintre multipliait les sorties dans les musées, et sentait, lorsqu'il visitait les expositions de Gauguin ou de Cézanne, quelque chose de brûlant envahir sa poitrine – quelque chose qui le travaillait. Ainsi continuait-il à exposer son cœur tourmenté aux remous de son époque, petit bout par petit bout.

Un été, il séjourna avec Fernande dans la petite ville espagnole de Gósol. Comment son regard avait-il perçu l'abrupt paysage rocheux, la vie fruste de la population locale ? Toujours est-il qu'un changement se produisit dans sa peinture à la suite de ce voyage. Guidé par une fulgurante inspiration, il multiplia les esquisses. Des continents où personne n'avait jamais posé le pied se profilaient derrière sa ligne d'horizon. Comme des gouttes de pluie cinglaient la surface de la terre, Picasso prit conscience qu'une violente tempête s'apprêtait à se lever. Et son tableau fut enfin terminé.

Durant les quelques mois qu'avait nécessités sa réalisation, le peintre s'était reclus dans son atelier. Des jours entiers s'étaient parfois écoulés sans que personne ne vînt visiter cet endroit d'ordinaire si animé. Fernande, sa compagne, était celle qui connaissait le mieux la démesure avec laquelle il pouvait se jeter dans son travail. Mais cette fois-là, les choses avaient atteint de telles proportions qu'elle dut elle-même partir s'installer dans un appartement voisin.

Quelques amis proches du peintre furent conviés à l'atelier pour être les premiers à découvrir ces *Demoiselles d'Avignon*. Devant elles, ils restèrent absolument pétrifiés. Sans plus de voix que de mots.

« Où sont passés tes portraits de mères avec leur enfant ? Et tes arlequins ? »

Même Apollinaire, au verbe le plus adroit d'entre tous, semblait déconcerté. D'ordinaire, le poète admirait plus que quiconque le lyrisme de ces portraits bleus et roses dans lesquels Picasso excellait. Mais à son grand désarroi, toute forme de lyrisme avait disparu de ce nouveau tableau.

« Affreux ». Le mot fut lâché par l'écrivaine américaine Gertrude Stein, qui n'hésitait pourtant jamais à prendre la défense de Picasso et de Matisse. « Avoir consacré autant de temps et d'énergie à accoucher de ça, quel terrible gaspillage ! » Son frère aîné, le collectionneur Leo Stein, se lamenta tout autant : « Voilà que Picasso s'est engagé sur le chemin de la destruction. » Et le choc asséné au peintre Georges Braque ne fut pas moins rude : « Mais pourquoi donc avoir peint tes personnages comme des monstres ? Et ces nez ? On dirait des cales de porte ! »

Ne pouvant plus y tenir, André Derain alla raconter dans tout Montmartre : « C'est une tentative désespérée. Un jour, nous apprendrons que Picasso s'est pendu derrière sa toile. » Mais le plus sévère fut Matisse, qui devait déclarer sans ménagement : « Picasso est un fou, un fossoyeur de la peinture moderne ! »

Ces *Demoiselles d'Avignon* suscitaient le trouble, la colère et de désespoir de tous ceux qui avaient jusque-là soutenu Picasso, subjugués par son talent. Et pour cause : elles bouleversaient entièrement l'idée qu'ils se faisaient des futures mutations de la peinture.

Le tableau représentait cinq femmes, manifestement des prostituées. Celle de gauche poussait une sorte de rideau, les deux du milieu avaient un bras relevé, voire les deux. Du côté droit, une quatrième se tenait assise, le dos tourné, et la dernière émergeait du fond du tableau. A mesure que le regard progressait de gauche à droite, les visages étaient de moins en moins expressifs. Leurs traits semblaient se décomposer. Le dernier n'était même plus une figure humaine, mais un effrayant faciès de monstre, un masque maléfique. Les corps anguleux ne dégageaient pas une once de sensualité. Celui du personnage assis apparaissait de dos quand son visage, lui, se présentait de face. Ces cinq nus repoussants semblaient avoir été grossièrement collés sur la toile, avec le souci d'en éliminer toute sensation de perspective ou de tridimensionnalité.

En résumé, c'était un tableau hideux. « Quelle perte pour l'art français ! » – des mots pertinents pour décrire le sentiment des spectateurs jusque-là enivrés par la beauté des œuvres mélancoliques de Picasso. Les connaissances du peintre maudissaient cette œuvre qui les frustrait du plaisir de contempler à nouveau ses beaux portraits fragiles. Or, ces *Demoiselles*, c'était le résultat des réflexions ininterrompues de Picasso sur l'art et le beau. La conclusion à laquelle il avait abouti après moult essais, erreurs et souffrances. Ce « tableau hideux » posait des questions d'une immense, d'une fondamentale importance : qu'est-ce que la beauté ? Qu'est-ce que l'art ?

Pour celui qui regardait cette œuvre, la réponse proposée par Picasso lui remuait le cœur à mains nues.

Il y avait un livre que Picasso lisait, à cette époque. Le recueil de Rimbaud, *Une saison en enfer*. Un passage de ce texte lui avait enfoncé un doigt au creux du cœur, et ne l'avait plus quitté : « Un soir, j'ai assis la beauté sur mes genoux. Et je l'ai trouvée amère. Et je l'ai injuriée. » A sa lecture, Picasso avait éprouvé un grand frisson, comme si une langue glacée lui léchait la nuque. Ces quelques phrases n'exprimaient que trop bien son sentiment. Lorsqu'il pensait au beau, il était dévoré de colère, d'envie de tordre les choses en tous sens. La beauté ressemblait à ces femmes infatuées d'elles-mêmes qui ne se seraient jamais retournées sur lui malgré toute sa tendresse à leur égard. La beauté ! Quelle chose amère et irritante ! A défaut de pouvoir la faire sienne, il aurait voulu l'injurier, la rouer de coups, l'assassiner. Le jeune génie de la peinture était si violemment obnubilé par le beau qu'il en venait paradoxalement à ne plus pouvoir le supporter.

Certaines rencontres avaient intensifié son trouble, même s'il n'avait pas su définir avec précision si ces choses relevaient ou non du domaine du beau. La rudesse du climat de Gósol, la sculpture ibérique des IV^e^ et V^e^ siècles, les masques africains, les peintures romanes de Catalogne, les Tahitiennes de Gauguin, Cézanne lorsqu'il décomposait la nature en cylindres, sphères et cônes… et puis : Henri Rousseau.

La première fois qu'il avait vu l'un de ses tableaux, c'était environ deux ans avant qu'il ne termine *Les Demoiselles d'Avignon*. Dans la « cage aux fauves » du Salon d'automne. La femme au visage d'un vert brutal présentée par Matisse attirait alors tant de regards qu'aucun attroupement de visiteurs pliés de rire ne s'était formé devant le dernier Rousseau, habituelle attraction vedette des Salons. Mais Picasso considérait le défi que Matisse avait lancé à la couleur d'un œil assez indifférent. Ce qui l'avait interpellé, c'était surtout *Le lion, ayant faim, se jette sur l'antilope*. Au milieu des couches de vert foncé superposées avec acharnement, une antilope se faisait dévorer sans un cri par un lion. Une larme unique mouillait son œil, bille d'un noir de jais, tandis qu'un sourire malsain semblait tordre la gueule du fauve l'assujettissant de tout son poids. Au centre de la toile guère plus profonde qu'un décor de théâtre, le soleil s'apprêtait impitoyablement à se coucher. Picasso ouvrit ses yeux aussi sombres que les ténèbres.

Ce n'était ni du Cézanne, ni du Gauguin; cela ne ressemblait à aucun peintre du passé ni du présent. Son regard fut totalement accroché par ce tableau qui ne relevait d'aucune école de peinture.

A l'époque, la plupart des artistes et des critiques n'accordaient pas la moindre valeur aux tableaux de Rousseau. Seul un fou aurait qualifié de « belle » cette œuvre étrange et dramatique où un lion se jetait sur une antilope. Mais Picasso l'avait senti dès l'instant où il avait croisé cette toile: des fragments d'une beauté nouvelle grouillaient dans les profondeurs de cette sombre jungle.

Lors des Salons suivants, il continua à couver du regard les tableaux de Rousseau. Le vieil homme avait retenu l'attention d'autres artistes d'avant-garde : l'écrivain Alfred Jarry, le peintre Robert Delaunay, mais aussi Apollinaire. Même s'ils ne savaient pas trop pourquoi, ce Rousseau les préoccupait, tous autant qu'ils étaient.

Sur ces entrefaites, Picasso avait donné naissance aux *Demoiselles d'Avignon*. Un enfant si diabolique qu'il fut aussitôt tenu à respectueuse distance par ceux qui avaient posé leurs yeux sur lui. Mais le peintre n'en fut pas affecté, car une conviction l'animait : chaque chef-d'œuvre venait au monde avec une dose de laideur en lui.

Cette laideur était la preuve du combat mené par son créateur. Cette laideur donnant la chasse au beau était le nouveau beau du nouvel art.

L'Espagnol, fort de cette logique esthétique d'une audace inouïe, jouissait d'une absolue confiance en lui – comme si Dieu, entre toute l'humanité, avait accordé à sa seule personne la mission de tout détruire, pour tout reconstruire à neuf. La provocante beauté des *Demoiselles d'Avignon* et le cubisme devaient profondément modifier le cours qu'allait désormais suivre la peinture. Et ses confrères, tout comme les futurs historiens de l'art, ne seraient pas sans remarquer la place occupée par Henri Rousseau dans le cœur du jeune guide appelant de tous ses vœux à une révolution esthétique.

P

—

Résidence Beyler, deuxième jour.

Ce midi encore, le déjeuner prit place dans la vaste, trop vaste salle à manger.

Du riesling fut versé dans les verres que tous levèrent pour trinquer. Tim jeta un coup d'œil de biais à Orie, installée à ses côtés. Comme si elle admettait la victoire de son adversaire aujourd'hui, elle arbora un sourire légèrement contrit.

Autour de la grande table, Konrad Beyler s'était assis en face de Tim ; Kunz, en face d'Orie. Comme la veille, les convives gardaient le silence, les yeux rivés à leurs mains. Seule différence avec le déjeuner d'hier : les deux concurrents manipulaient cette fois leurs couverts avec une belle énergie. La justesse de sa prédiction quant à l'apparition de Picasso avait visiblement mis Tim de bonne humeur.

« Vraiment, on se croirait à une messe commémorative, marmonna soudain Beyler. C'est d'un sinistre ! »

Tim essuya hâtivement sa bouche dans sa serviette et répondit en français :

« Eh bien, dans la mesure où nos questions et impressions personnelles sont jugées importunes jusqu'à la décision finale… n'est-ce pas, monsieur Kunz ?

— Ce qui signifiait qu'il était inutile de nous faire part à l'avance de vos conclusions, répliqua l'avocat en lui adressant un regard dépourvu d'émotion. Mais si vous avez un point de vue à exprimer, allez-y, mister Brown. Je vous en prie. »

*Ce type est imbuvable…*

Comme l'envie le démangeait sérieusement d'exprimer son « point de vue », Tim ne perdit pas un instant pour le faire.

« En lisant hier le premier chapitre de *J'ai rêvé*, j'étais persuadé que nous n'allions pas tarder à y croiser Picasso. C'est un personnage important de l'histoire, voyez-vous. Mais je ne m'attendais pas à le voir apparaître dans le cadre d'une théorie aussi originale.

— Une théorie originale ? répéta Beyler. De quoi parlez-vous ?

— Des *Demoiselles d'Avignon.* Ce chapitre se concluait par l'idée qu'en amont, Rousseau aurait influé sur la naissance de cette œuvre révolutionnaire. Autant que je sache, c'est là une théorie tout à fait nouvelle. »

Il se tourna vers Orie, recherchant son approbation.

« N'êtes-vous pas de cet avis ? »

Mais celle-ci suspendit sa main au-dessus de son assiette.

« Je trouve que vous décidez bien hâtivement de la nouveauté de cette hypothèse. Malheureusement, je ne puis vous suivre sur cette voie… »

*Pas moins imbuvable que Kunz. Quelle poseuse…*

« Mon opinion diffère quelque peu, continua Orie. Il ne fait aucun doute que Guillaume Apollinaire, Alfred Jarry et Robert Delaunay ont contribué à faire découvrir Rousseau, mais je me suis toujours demandé si le véritable artisan de cette découverte n'était pas plutôt Picasso. L'histoire de sa rencontre fortuite avec le *Portrait de femme*, chez un antiquaire, est célèbre. Tout comme le fait qu'il n'a jamais voulu se séparer de ce tableau. Pourquoi Picasso était-il donc si attaché à Rousseau ? A mon sens, cette question est liée à celle des bouleversements de l'art moderne. Comprendre la manière dont ils se produisirent nous apportera sans doute un élément de réponse.

— Mmm… oui. »

Beyler acquiesça à voix basse. Une voix qui semblait admirer l'aisance avec laquelle Orie avait avancé ses arguments. Tim devait se dépêcher de relancer le débat.

*Il n'aurait pas un petit avant-goût de présentation finale, le débat qui s'est invité à cette table ? Hors de question de lui laisser la main…*

« Rousseau et Picasso ne devaient pas se rencontrer physiquement avant 1908. Or le tableau des *Demoiselles d'Avignon* a été achevé en 1907. Voyez-vous un seul point commun entre cette peinture et les œuvres que Rousseau a montrées dans les Salons des années 1905, 1906 et 1907 ? Seuls trois tableaux d'Henri Rousseau ont pu être aperçus de Picasso avant qu'il ait achevé *Les Demoiselles d'Avignon*. Ce sont *Le lion, ayant faim, se jette sur l'antilope* en 1905, *La Liberté invitant les artistes à prendre part à la 22e Exposition des Indépendants* et *Joyeux Farceurs* en 1906. La filiation entre les *Demoiselles* et ces trois toiles me semble parfaitement improbable. C'est un gouffre qui sépare les deux hommes, autant dans leurs sujets de prédilection que dans leur style, leur technique d'expression, leur vision de l'art.

— Et Ingres ? demanda Orie de but en blanc.

— Comment ça, Ingres ?

— Picasso doit avoir vu la rétrospective Ingres du Salon d'automne de 1905. Cette année-là, il a peut-être dédaigné la révolution colorée des fauvistes, mais je ne pense pas que les œuvres d'Ingres aient échappé à son regard. La preuve, c'est qu'il s'est mis à travailler sur *La Coiffure* et la *Femme à l'éventail*. Deux toiles conservant des caractéristiques de sa période rose, mais où il stylise les poses et les physionomies. »

Orie fixa le vide, imaginant devant elle les tableaux.

« Ces deux femmes et cet enfant nu presque inachevés… Cette femme tenant son éventail dans une étrange posture… Picasso n'avait pas appris d'Ingres une nouvelle technique d'expression. Il avait appris à styliser ses personnages. La manière dont sont peintes ces femmes nues dans *Le Bain turc*, dont est modelée la chair de ces baigneuses… n'est-ce pas, au fond, une forme de stylisation proche de l'abstraction ? Voilà pourquoi nous pouvons supposer que la peinture des *Demoiselles d'Avignon* a été influencée par Ingres. D'ailleurs, qu'est-ce qui rapproche ces deux tableaux ?

— Leur représentation de femmes blanches dénudées ! intervint gaiement Beyler. C'est à peu près tout.

— Effectivement. Un peintre influencé par un autre peintre ne réalisera pas pour autant une œuvre similaire à celle de ce dernier. L'hypothèse d'une influence de Rousseau sur Picasso me semble donc se tenir, quand bien même *Les Demoiselles d'Avignon* ne ressemblent en rien aux peintures de Rousseau. »

Kunz, qui avait observé cette passe d'armes en silence, profita de ce que Tim ne trouvait rien à ajouter pour reprendre la parole :

« Bien, fit-il après avoir vidé ce qu'il restait de vin blanc au fond de son verre. Et si nous en restions là pour aujourd'hui ? Il serait fort ennuyeux que l'issue de votre duel se décide avant le dernier jour… »

Dans la voiture qui les ramenait vers l'hôtel, Tim souffrait mille tourments d'avoir été ridiculisé par sa rivale sous les yeux de Beyler. Malgré tout, il était convaincu que cette jeune chercheuse ne pouvait pas l'emporter sur lui.

*Non seulement je sors de Harvard, mais j'appartiens au département de la Conservation du MoMA. Je travaille tout près de galeries exposant en permanence des toiles de Rousseau, moi. Alors pas moyen de se laisser distancer par une novice qui ne fait qu'échafauder des théories à son bureau ! Cependant je dois bien reconnaître que cette Hayakawa Orie est plus coriace que je ne l'aurais imaginé. Et en plus d'être odieuse...*

Il avisa discrètement le profil qui contemplait le paysage à la fenêtre.

*... elle est belle.*

Soudain, les yeux noirs de la jeune femme se portèrent sur lui. Percevant un petit rire étouffé, il se hâta de baisser le regard et détourna volontairement le visage vers la vitre de son côté.

« A quelle heure dois-je vous rejoindre en terrasse, ce soir ? »

La question d'Orie lui fit sauter un battement de cœur.

*C'est vrai, j'ai remporté notre pari de ce matin...*

« Vous vous en souvenez? Après la rouste que vous m'avez infligée, j'ai bien cru que la promesse ne tenait plus.

— Une promesse est une promesse. »

Elle ajouta en riant sous cape :

« Pour ce qui est de la rouste, je suis capable d'en infliger de bien pires. »

Tim ne put s'empêcher d'afficher un sourire amer.

*Ça, on ne peut pas dire qu'elle mâche ses mots...*

Après s'être engagés à se retrouver vers 19 heures sur la terrasse de l'hôtel, les deux concurrents se séparèrent dans le hall. Reprenant ses esprits, le jeune homme regagna sa chambre.

*Orgueilleuse... insolente d'intelligence... mais au moins, elle ne manque pas de franchise.*

Tandis qu'il ôtait sa chemise en chantonnant – histoire d'aller prendre une douche avant le dîner –, un détail se rappela abruptement à son esprit.

Comme la veille, le chapitre du jour se concluait par une majuscule.

Un P... et quelque chose à ce sujet le chiffonnait.

*Tiens ? Hier, c'était un S.*

*Un P... et un S... Que peuvent bien signifier ces deux lettres ?*

*Il est vrai que l'écriture du deuxième chapitre m'a semblé différente de celle d'hier. Comme si elle était plus... adroite ?... intellectuelle ? Se pourrait-il que les deux chapitres n'aient pas été écrits par la même personne ?*

C'est alors que la sonnerie du téléphone de la chambre le ramena à lui. Il avait en effet demandé à la réception de lui réserver une table en terrasse, mais malheureusement c'était complet : on l'appelait sûrement pour l'informer d'un désistement. Plein d'espoir, il décrocha le combiné.

« Un appel international pour vous, monsieur. Le prenez-vous ? »

Ce n'était que le standardiste de l'hôtel. Son cœur se mit à palpiter.

*Un appel international ?*

« Qui cherche à me joindre ?

— Monsieur Manning. De New York. »

*Manning ? Jamais entendu ce nom-là. Vite… le carnet d'adresses mental. Pas le mien, non : celui du chef. Manning… Manning… mais qui est-ce ?*

« Dois-je vous mettre en relation ? » insista le standardiste.

*Bon, on va bien voir…*

« Allez-y. »

Poutch ! Le bruit de la liaison qui s'établissait évoquait le chuintement d'un filet d'eau. Une voix se fit bientôt entendre.

« Allô ? C'est toi, Tom ? »

Elle ne lui rappelait strictement rien. Comment imiter la voix de son supérieur ? Le visage trempé de sueur, Tim décida de rester aussi succinct que possible dans sa réponse.

« Oui ?

— Ça va ? C'est Paul Manning. Alors, tu prends du bon temps ? »

Tout lui revint.

*Paul Manning, le directeur du département Art moderne et Impressionnistes de la succursale new-yorkaise de Christie's. La plus grande maison d'enchères au monde. Nous nous sommes déjà croisés à plusieurs reprises lors de ventes aux enchères ou de réceptions au MoMA. Maintenant que j'y pense, Tom nous avait présentés... et nous avons même échangé quelques mots. A en juger par son ton, ce Manning doit être assez proche de mon boss.*

« Sa... salut Paul ! Comment t'as su que j'étais là ? Je ne dis pourtant jamais aux gens où je m'apprête à partir en vacances... pas même à mon propre directeur ! »

Tim sentait maintenant la transpiration lui dégouliner le long du dos. Tandis qu'il s'exhortait intérieurement à se calmer, il s'appliquait à bien reproduire les tournures qu'employait généralement Tom. Son cœur cognait si fort qu'il aurait pu compter chacun de ses battements.

« Rien de plus simple. Tu le sais, les maisons d'enchères sont un peu comme des espions pourchassant une œuvre d'art. Dès que nous soupçonnons qu'un trésor s'apprête à bouger quelque part dans le monde, nous cherchons à savoir qui se cache derrière ces mouvements. Encore une fois, il ne nous a pas échappé qu'une pièce exceptionnelle allait sortir de l'ombre. Alors pas question de la laisser filer... A ce propos, il semblerait que tu aies reçu une invitation de la part de... »

Manning marqua une pause grandiloquente.

« ... Konrad Beyler, le plus mystérieux des collectionneurs. Alors comme ça, Beyler voudrait que tu expertises un certain chef-d'œuvre ? »

Sueurs froides.

*Il est au courant ? De tout ?*

*Je sais très bien que les maisons Christie's et Sotheby's surveillent attentivement les mouvements des chefs-d'œuvre cachés aux quatre coins de la planète. Ils ne reculent devant rien pour suivre les collectionneurs à la trace et les convaincre d'acheminer leurs tableaux jusqu'à leurs salles d'enchères respectives. Manning devait guetter le trésor de Beyler depuis un certain temps. Voilà probablement pourquoi Christie's aurait déjà découvert l'existence d'une collection que les conservateurs eux-mêmes qualifient de mythe…*

« Konrad Beyler ? Tu veux dire que le mythique collectionneur se trouverait à Bâle ? »

Tim feignit de ne pas comprendre. Il lui fallait surtout empêcher son cœur de venir crever la surface de sa peau.

« Ne joue pas les ignorants, répondit froidement Manning. Nous savons qu'il a récemment demandé à quelqu'un d'évaluer sa collection. C'est que le vieux monstre doit bien avoir quatre-vingt-quinze ans… Pas étonnant que l'avenir de ses tableaux nous intéresse. D'ailleurs, il y en a un qui m'intéresse tout particulièrement… Tu sais, *J'ai rêvé*. La toile au certificat d'authenticité mensonger. »

Comme s'il cherchait à s'assurer de la disposition d'esprit de son interlocuteur, Manning marqua une nouvelle pause. La stupéfaction de Tim était telle qu'il en resta bouche bée.

*Comment suis-je donc supposé réagir ? Par une petite flatterie ? Oh, tu en sais, des choses, dis donc, tu n'es pas directeur chez Christie's pour rien !*

« Pour faire expertiser le plus secret de ses joyaux, Beyler a besoin d'une personne de confiance. Même un homme aussi trouble que lui n'irait certainement pas mandater quelqu'un capable de signer sans état d'âme un certificat de complaisance. Le nombre de personnages à même de satisfaire sa demande se trouve donc très limité en ce monde. Et si l'on considère que le conservateur général de la Tate Gallery ne fait pas partie de ces personnages… qui reste-t-il ? »

A ce stade de la conversation, Tim réalisa que son interlocuteur était déjà au parfum de tout ce qui pouvait concerner de près ou de loin ce tableau.

*Il sait que Beyler détient* J'ai rêvé. *Qu'Andrew Keats lui a signé un certificat d'authenticité – qu'il estime d'ailleurs être « de complaisance ». Et qu'aucune autre autorité que Tom Brown ne peut expertiser une toile de Rousseau. Il ne manquerait plus qu'il ait déjà compris l'implication de Hayakawa Orie dans cette affaire…*

« C'est bon, Paul. Tu ne voudrais pas plutôt m'expliquer la raison de ton appel ?

— Je vais être franc avec toi. J'ai une proposition à te faire concernant la toile que tu expertises en ce moment. »

La réponse de Manning ne s'était pas fait attendre.

« Comme je te l'ai dit, Beyler a bien quatre-vingt-quinze ans. Il doit déjà entrevoir la porte du ciel du coin de l'œil. Sa plus grande préoccupation à l'heure actuelle, c'est de savoir ce que va devenir ce tableau. Tous ses proches sont morts, il n'a aucun héritier. Va-t-il léguer sa toile à un musée ? La vendre ? La céder à un tiers ? Bien sûr, nous avons déjà tenté de l'approcher de diverses manières, mais le bonhomme ne saurait se fier à une maison d'enchères. Par contre, il se pourrait qu'il accepte de traiter avec nous si une personne de confiance lui en touchait deux mots. Par exemple, l'une de celles à qui il a demandé d'expertiser son tableau… »

*Ainsi, cela ferait quelques années qu'il tente d'approcher l'entourage de Beyler avec d'extrêmes précautions, et sans doute pas mal d'argent. Voilà donc comment il a obtenu toutes ces informations…*

« Et qu'attends-tu de moi ? » demanda Tim avec une pointe d'irritation.

*Quelles formidables facultés d'investigation… Il a déjà compris qu'il y avait un deuxième expert sur les rangs. Si ça se trouve, il doit tirer les ficelles d'un proche de Beyler : son chauffeur, son domestique, son infirmière, son majordome, ou son avocat.*

« Allons, du calme. Ce n'est pas une mauvaise affaire que je te propose. Pour être franc, nous ne savons malheureusement pas quel accord vous avez passé, toi, Beyler, et la seconde personne convoquée pour l'expertise. Quoi qu'il en soit, je voudrais que tu obtiennes du collectionneur qu'il te cède les droits de propriété de *J'ai rêvé*. Mais pas au nom du MoMA, non : en ton nom propre.

— En mon nom ?

— C'est cela. En clair, tu vas devenir le propriétaire de ce tableau… que tu vas ensuite confier à un commissaire-priseur de chez Christie's New York. Bien sûr, nous ne dévoilerons pas ton identité, mais ce sera bien toi le vendeur. Estimation de la vente : trois millions de dollars. Et on ne te prendra que vingt pour cent là-dessus – dix pour nous, dix pour l'acquéreur. En un coup de marteau, tu seras millionnaire ! »

Tim en ravala toute sa salive.

Son oreille collée contre le combiné s'était engourdie et commençait à le brûler.

« On… on ne peut pas faire ça. Accepter le legs d'un tableau pour le compte du MoMA, passe encore… Mais trois millions de dollars pour cette toile ? Qui te dit qu'elle les vaut ? »

*Et voilà, il a enfin révélé ses véritables intentions…*

*Le souci, c'est que les tableaux d'Henri Rousseau n'ont pratiquement jamais été proposés aux enchères. Nous ne disposons pas vraiment de précédent qui nous permette d'estimer le prix qu'ils pourraient atteindre sur le marché de l'art. Mais ce ne sont pas des Picasso ni des Monet, et il serait extraordinaire qu'ils franchissent la barre du million de dollars. Qu'est-ce que ce type peut bien avoir derrière la tête pour estimer son prix d'adjudication à trois millions ?*

« Si ce tableau venait à entrer au MoMA, nous perdrions à tout jamais l'espoir de le voir un jour sur une table d'enchères. Rien que pour ça, il a de la valeur. »

Manning parlait sérieusement. Au fond, il semblait prêt à mettre toute sa carrière en jeu pour décrocher cette œuvre et la vendre aux enchères. Quitte à se servir du conservateur général du MoMA… son ami. Devant cette noirceur d'âme, Tim frissonna un peu plus encore.

*Le véritable Tom Brown accepterait-il une telle proposition ? J'ai beau y réfléchir, la chose me paraît impossible.*

« Je ne peux hélas donner suite à cette farce, répondit-il après avoir exhalé un profond soupir. J'ai été invité par Beyler à titre de conservateur général du Musée d'art moderne de New York. Ce qui veut dire que je transférerais aussitôt le tableau au musée si jamais il lui venait à l'idée de me céder ses droits de propriété. Je serais évidemment on ne peut plus heureux d'ajouter cette toile à ma collection personnelle, mais…

— Arrête ton char, Tim. »

Stupeur.

*C'est bien « Tim », ce que je viens d'entendre là ?*

« Je sais parfaitement qui tu es. Le spectacle touche à sa fin.

— H… hein ? Mais qu'est-ce que tu racontes, Paul ? Ça suffit les plaisan…

— J'ai téléphoné ici parce que j'étais sûr que tu séjournais dans cet hôtel, puisque tu es l'hôte de Beyler. Les Trois Rois ont beau être un palace de première classe, leur standardiste est vraiment de seconde zone. Il m'aura suffi de demander "mister Brown" pour qu'il me mette en relation – mais pas avec Tom Brown. Avec toi, mon cher Tim Brown. »

Cette fois, c'en était trop. Le jeune homme perdit totalement l'usage de la parole.

« Je t'ai vu hier matin dans le hall de l'aéroport de Zurich, poursuivit lentement Manning, comme s'il dénouait l'écheveau d'une intrigue policière. Tu montrais une enveloppe marquée d'un sceau doré au chauffeur de Beyler. Un B. Manque de chance, je passais justement là par hasard. J'allais prendre mon vol pour rentrer aux Etats-Unis après un détour par les entrepôts de Genève. Enfin, je dois dire que ma destination n'était pas New York. Mais l'île d'Oahu, à Hawaï. »

En un éclair, la scène de son arrivée à l'aéroport frappa son esprit.

*Oui, je lui ai bien montré une enveloppe… mais un instant… à peine un bref instant. Comment Manning a-t-il pu apercevoir cet échange ? Il n'a pas duré plus de deux ou trois secondes…*

« J'avais promis à un ami qu'on dînerait ensemble à Hawaï. Alors j'ai profité de mes congés pour honorer ma promesse. Et avec qui crois-tu que je partageais une assiette de saumon lomi-lomi il y a quelques minutes ? Eh oui : avec Tom Brown, ton supérieur ! »

Tim avait l'impression que des cloches pulsaient violemment dans sa tête. Que son sang allait se retirer de toutes ses veines. Dans la caverne de ses oreilles, l'écho de la voix triomphale de Manning ne cessait de résonner. Elle lui répétait : « Si tu ne veux pas être renvoyé de ton cher MoMA, tu vas avoir intérêt à faire ce que je te dis. Pigé, Tim ? »

## 6

## LA PRÉDICTION
## (Bâle, 1983 ; Paris, 1908)

Une fois n'est pas coutume, Tim avait eu le plus grand mal à trouver le sommeil.

Il était enfin parvenu à s'assoupir aux aurores quand un songe l'avait tourmenté au point de le réveiller. La pendule n'indiquait pas encore 6 heures, mais le soleil perçait déjà par l'interstice des rideaux. Le jeune homme quitta son lit, tira les rideaux et ouvrit largement la porte-fenêtre. Aussitôt, une agréable brise de rivière pénétra dans la pièce. Comme il s'accoudait à la balustrade de sa terrasse orientée vers le Rhin, il repensa au coup de téléphone de la veille.

*Qu'est-ce que je fiche dans ce cauchemar ?*

Cet appel international de Paul Manning lui avait fait l'effet d'une lame venue s'enfoncer dans sa trachée.

*Manning prétend avoir vu le chef pendant ses congés à Hawaï. Mensonge ou vérité ? Je ne sais pas. Toujours est-il qu'il me tient.*

*Dans ces conditions, il me reste plus qu'à l'emporter sur Orie pour obtenir les droits de cette toile, comme il le veut. Elle finira aux enchères chez Christie's et moi je serai millionnaire.*

*Avec ça, je pourrais me payer un beau deux cents mètres carrés dans l'Uptown de Manhattan. Ou une résidence avec piscine, si j'achète à Seattle. On pourrait y vivre, avec mes parents. A moins que je n'investisse en titres, j'aurais alors de quoi subsister tout en me contentant de signer quelques papiers de recherche par-ci par-là. Et pourquoi ne pas prendre une heureuse retraite anticipée, comme tous les Américains en rêvent au moins une fois dans leur vie ?*

Ainsi Tim essayait-il de se persuader de l'avenir radieux qui l'attendait. Mais toutes ces projections ne parvenaient pas à lui redonner du baume au cœur.

*Si je faisais ça… alors je suivrais la trajectoire inverse de Rousseau.*

*Lui s'est mis à peindre sur le tard alors qu'une retraite paisible l'attendait pour peu qu'il poursuivît son travail à l'Octroi. Il a choisi d'avancer avec passion sur le chemin auquel il aspirait, jusqu'à vendre des confiseries tant ce choix l'avait plongé dans la misère. Vais-je donc conduire aux enchères ce tableau auquel le peintre a peut-être consacré toute son âme, et l'échanger contre quelques millions de dollars ?*

Il laissa échapper un profond soupir.

*Ah ! Tout est de ta faute, Rousseau !*

« Bonjour, mister Brown. Je ne vous ai pas aperçu en terrasse, ce matin… est-ce que vous avez bien dormi ? »

Aujourd'hui encore, la voiture envoyée par Beyler s'était garée à 8 h 55 devant l'hôtel. Il était 9 h 10 lorsque Tim arriva dans le hall. A ces quelques mots lancés par Josef Richard devant la porte tambour, le jeune homme répondit par un bref « bonjour » et s'engouffra dans la Cadillac.

« Bonjour, comment allez-vous ? »

Cette fois-ci, la question venait d'Orie, qui l'attendait à son bord.

Peut-être la chercheuse n'avait-elle aucun penchant pour l'alcool, car la veille, elle n'avait pratiquement pas touché à son riesling. Leur rencontre n'avait duré que le temps pour Tim de vider son verre. Dans l'ascenseur qui les ramenait à l'étage, il avait prétexté le contrecoup du décalage horaire.

« Bonjour, s'efforça-t-il de répondre gaiement. Apparemment, ça ne s'est pas arrangé, question décalage… Voilà qui va être embêtant pour aujourd'hui.

— Ah ? Vous aurez peut-être du mal à vous concentrer sur la suite du récit, en effet… »

Tim tendit son bras gauche et tapota du bout de l'index le siège de cuir du chauffeur. Comme Orie portait sur lui un drôle de regard, il pencha ostentatoirement la tête de côté, les lèvres closes. Une posture qui signifiait, ne me parlez plus.

*Puisque j'ignore qui est le contact de Manning, et comment ils communiquent, me voilà contraint de soupçonner tout le monde. Josef Richard, et même ce chauffeur.*

Orie parut un bref instant déconcertée par son attitude, mais se tourna bientôt sans rien dire vers le paysage de l'autre côté de sa vitre. Comme si de rien n'était.

Tim lui en fut reconnaissant.

Sitôt la Cadillac arrivée à destination, Schunasen s'empressa d'en ouvrir la portière arrière.

« Bonjour. Il semblerait que vous ayez dix minutes de retard, dit-il avec une ironie qui taisait son nom. Avez-vous rencontré des embouteillages sur la route ? »

*Bien sûr, le majordome est tout aussi suspect que les autres.*

Tim gagna la résidence sans lui accorder une seule parole de réponse. Dans le désormais habituel salon, ils furent accueillis par le chargé d'affaires de Beyler. Instinctivement, le jeune homme s'efforça d'éviter son regard. Tous les signaux d'alerte étaient passés au rouge dans son esprit.

*Mais c'est encore lui le plus dangereux de tous.*

« Mister Beyler est on ne peut plus à cheval sur la ponctualité, leur signifia Kunz sans ciller. Veuillez vous en souvenir. Bien, allons-y, miss Hayakawa… »

Là-dessus, il tourna les talons et quitta la pièce. La chercheuse adressa à son rival un regard légèrement teinté d'anxiété, mais lui emboîta le pas sans tarder. Après que la porte se fut refermée dans un claquement sonore, Tim s'enfonça de tout son poids dans son fauteuil, conscient des caméras qui le surveillaient.

*Je me doutais bien qu'il m'arriverait des choses, une fois embarqué dans ce jeu.*

*Nous n'en sommes qu'au troisième jour, et je suis déjà épuisé.*

*Vais-je pouvoir tenir jusqu'au bout ?*

—

## Chapitre 3
## La prédiction

Ce jour-là, la lavandière avait encore reçu un tableau.

De tout petits personnages, droits comme des I, qui se promenaient sur les berges de la Seine. Enfin, ils n'avaient pas bien l'air de marcher. Par-delà le fleuve, une tour comme celle d'Eiffel. Et dans le ciel, un genre… d'aérostat.

Portant ses deux mains à sa poitrine, Yadwigha exhala un soupir de profonde irritation.

« Ce satané barbouilleur de toiles ! J'prétends pas comprendre grand-chose à l'art, vu que j'ai pas d'éducation. Mais je peux t'assurer que ça, ça vaut pas un clou. C'est quoi, ces petits bonshommes saugrenus ? Et ce truc-là, derrière, il comptait peindre la tour Eiffel ? Moi, tout ce que j'vois là, c'est une vilaine tapette à mouches. »

En l'entendant pester dans son dos contre la peinture à l'huile qu'elle avait posé sur le sol déformé de leur vieil appartement, Josef s'approcha de son épouse en faisant craquer le parquet sous ses pas.

« Combien de fois faut-il que je te le répète… Un tableau, ça se regarde à la verticale. Comme ça. »

Après avoir soigneusement ramassé la toile, il la jucha sur la table branlante pour la dresser contre le mur.

« Bah, comme ci ou comme ça, c'est du pareil au même, souffla Yadwigha avec colère. La dernière fois, il m'en avait laissé une grande : j'l'ai même pas rapportée à la maison. J'ai directement été la vendre à l'antiquaire de la rue des Martyrs. Tu sais, j'avais entendu dire qu'il reprenait les vieilles toiles plus cher que les brocanteurs du coin. Mais au final, j'en ai tiré seulement quatre francs ! J'en suis tombée sur les fesses. Dire que j'm'étais donné tout ce mal pour la porter…

— Une grande toile ? répondit Josef, les yeux luisants. Quel genre de toile ?

— Je sais plus. Tout ce que je me rappelle, c'est que c'était moche.

— Toi alors, quelle grossièreté envers l'artiste ! Son tableau peut bien être mauvais, ou tout ce que tu voudras, tâche au moins de te souvenir de ce qu'il représentait.

— Qu'est-ce qui te prend ? s'insurgea Yadwigha, le fusillant du regard. Il tourne autour de ta femme et tu te ranges de son côté ? Mais où c'est que tu vois un artiste, d'abord ? Si ce barbouilleur est un artiste, comme tu l'affirmes, eh bien moi, je peux en dire autant des mômes du quartier qui gribouillent par terre. C'est quand même pas croyable d'entendre des choses pareilles ! »

Sur ces paroles, elle tourna le dos à son époux et se glissa dans ce qui leur servait de lit.

*Allez, juste un mot tendre… un petit « ne te fâche pas comme ça »… et que tu viennes m'enlacer par-derrière…*

Yadwigha le pensa, mais ne l'exprima pas à haute voix. Comme elle enserrait son corps entre ses propres bras, elle murmura plutôt au fond d'elle-même :

*Plus la moindre tendresse à attendre de lui…*

Déjà deux années qu'elle s'était mariée avec cet homme, mais le ciel ne leur avait pas accordé la bénédiction d'un enfant. Persuadée que son corps ne pouvait donner la vie, la jeune femme en avait pratiquement sombré dans le désespoir.

*Il ne va sûrement pas tarder à demander le divorce. Puisque j'ai même pas été capable de lui faire un gosse, alors qu'il m'a épousée pour en avoir ! Vraiment, ça ne fonctionne pas…*

Josef et Yadwigha avaient tous deux grandi dans la misère la plus noire. Ils avaient dû très tôt soutenir les finances de leurs familles, en livrant du lait, ou en gardant des enfants. C'était un jeune homme loyal et gentil, quand elle l'avait rencontré, et avec lui, elle avait cru pouvoir fonder un foyer qui ne manquerait de rien, même dans la pauvreté…

« Je ne veux pas infliger à mes enfants ce que nous avons pu traverser. Je veux les envoyer à l'école, et en faire d'honnêtes gens. »

Voilà ce que Josef avait déclaré, l'air radieux, le jour où il avait demandé Yadwigha en mariage.

Après leurs noces, il avait pris un emploi de commis chez un transporteur et gagnait son salaire à déplacer des marchandises, des meubles et des objets de boutiques en maisons, d'appartements en appartements. Depuis que les demandes des galeristes s'étaient accrues, environ un an auparavant, il lui arrivait également de donner un coup de main au transport des toiles, soit vers le domicile de particuliers, soit vers les salles d'exposition. C'était peut-être bien à ce moment-là qu'il avait commencé à reprocher à sa femme sa manière d'examiner et de manipuler les tableaux. Mais tout ce que Yadwigha avait l'occasion de voir se limitait à la production de ce barbouilleur de toiles qui leur servait de voisin. Henri Rousseau. Un peintre offrant tableau sur tableau à la femme d'autrui, sans jamais y joindre de billets doux. Yadwigha se doutait qu'il s'agissait d'une manière indirecte de la courtiser, mais peinait à comprendre la véritable raison de ces envois continus. D'autant qu'on ne pouvait guère qualifier les nombreuses toiles dont il accouchait de « bons tableaux », même par politesse. Néanmoins, ces peintures avaient en elles quelque chose de passionné. Et ce n'était pas Yadwigha, mais Josef qui s'en était aperçu.

Bien sûr, il n'allait pas le faire remarquer à son épouse. Il se contentait de la regarder en silence cracher son fiel contre les cadeaux du mystérieux peintre, sans émettre aucune opinion à leur sujet, même lorsqu'ils finissaient par disparaître on ne sait où. En réalité, Yadwigha allait tous les revendre. Les premiers temps, elle avait escompté en obtenir de bons prix, puisque c'étaient des tableaux et qu'elle avait entendu parler des sommes étonnamment élevées que les peintures exposées dans les Salons officiels pouvaient atteindre à la vente. Mais toutes les galeries où elle s'était présentée avec sa première toile l'avaient refoulée à leurs portes. En désespoir de cause, la lavandière avait dû se résoudre à porter son présent chez un antiquaire – pour n'en tirer qu'à peine deux ou trois francs.

*Voilà ce qu'on m'aurait offert ? Des croûtes ne valant pas mieux qu'un bout de papier peint ?*

A cette pensée, Yadwigha fut dévorée par la colère. Comme si on l'avait frappée d'un fer récusant toute sa valeur de femme.

Avec la maigre somme qu'elle avait tirée de la vente du tableau de Rousseau, elle acheta une bouteille d'absinthe qu'elle partagea autour d'un frugal repas avec son mari, rentré épuisé du travail. C'était le seul luxe que le jeune couple pouvait se permettre.

« Au fait, j'ai livré un tableau bien étrange à la nouvelle galerie de la rue Vignon, raconta un soir Josef. Le propriétaire avait des airs d'Allemand…

— Hum… »

Bien que Yadwigha ne semblât pas manifester grand intérêt à ses propos, il poursuivit avec entrain :

« C'était une toile vraiment effrayante de mauvais goût. L'air pas finie. Une sorte d'étude. Avec cinq femmes, pires que des monstres. L'une d'elles était assise de dos alors que son visage se présentait de face ! C'était abominable, mais en même temps, comment dire ? Ces demoiselles avaient quelque chose d'incroyablement attirant.

— Ah oui ? répondit Yadwigha, coudes sur la table, yeux à demi ouverts. Si t'appelles ça de l'art, j'espère que ce tableau-là se vendra un peu plus cher que les autres… »

Sur la table de la salle à manger était dressé un portrait d'enfant, que Rousseau lui avait – encore – fait parvenir la veille. Un visage de bébé, qui regardait devant lui sans même faire l'effort de sourire. Malgré la fleur et la poupée qui l'agrémentaient, son expression presque menaçante évoquait davantage le faciès d'une femme d'âge mûr. Et fort étrangement, Josef avait empêché Yadwigha de se précipiter chez l'antiquaire pour le revendre.

« Je désirerais le contempler deux ou trois jours », avait-il dit.

Fallait-il y déceler sa tristesse de ne pas avoir d'enfant ? S'était-il attaché à cet horrible portrait de bébé ? La jeune femme s'interrogeait sur l'attitude de son mari.

« Dis, pourquoi tu ne porterais pas cette peinture au galeriste qui vient d'ouvrir ? Il a l'air d'acheter des toiles dont personne ne veut. Des toiles d'"avant-garde", selon ses termes.

— Bah, on n'en tirera pas plus de trois francs !

— Là n'est pas la question. Tu sais, il y a des gens qui arrivent à trouver de la valeur à des tableaux aussi monstrueux que celui aux cinq femmes. C'est amusant, non ? Si ça se trouve, quelqu'un trouvera peut-être ce portrait-là intéressant. N'est-il pas terriblement moderne ?

— T'es devenu fou, ou quoi ? Qu'est-ce que ça veut dire, d'abord, moderne ?

— Je ne le sais pas trop moi-même. Mais le galeriste à la tête d'Allemand n'a pas cessé de répéter ce mot. Peut-être entendait-il par là “nouveau” ? Une nouvelle peinture… de nouvelles valeurs… ce genre de choses. »

*Comment ça se fait que Josef s'intéresse aux tableaux de ce peintre ? Il n'est pas du genre à causer de choses compliquées à coups de “moderne” et de “nouvelles valeurs”. Quelque chose en lui a changé, depuis qu'il tourne autour de ces galeries dernier cri…*

« D'accord. J'irai lui rendre visite demain. »

Ainsi Yadwigha se rendit-elle le jour suivant chez Daniel Kahnweiler, le galeriste de la rue Vignon à qui son mari avait fait livraison du « monstrueux tableau ». Tout en serrant contre elle le portrait qu'elle avait enveloppé dans une feuille de papier paraffiné, elle jeta un œil à travers la devanture.

Au milieu des tableaux emballés et disposés à la verticale contre le mur, un homme de complexion trapue discutait avec un personnage ayant tout l'air du jeune galeriste. L'individu court et large remarqua le premier cette femme pauvrement accoutrée, qui rôdait devant l'enseigne avec une toile entre ses bras.

« Qu'est-ce que tu veux ? T'es peintre ? » lui lança-t-il d'une voix emplie de curiosité en ouvrant la porte. Ses yeux perçants, d'un noir de jais, la fixaient bien en face.

Après avoir penché la tête de côté, Yadwigha se résolut enfin à lui répondre :

« Pourriez-vous… m'acheter ce tableau ? »

Aussitôt, les deux messieurs se dévisagèrent.

C'était bien la première fois qu'on l'invitait à pénétrer dans une galerie. Mais en découvrant le tableau sous le papier paraffiné, le galeriste et l'inconnu se murèrent dans un même silence. Tandis qu'ils le considéraient, immobiles, bras croisés, d'un air sombre, Yadwigha dut lutter contre l'impression que des griffes lui labouraient tout l'intérieur de la poitrine.

*Evidemment, personne au monde ne pourrait trouver « nouvelle » une toile pareille !*

Après un long moment, l'un d'eux exhala un soupir, puis ouvrit la bouche.

C'était celui aux grands yeux noirs.

« Je ne sais pas pourquoi tu nous as amené cette peinture, mais ne t'avise plus jamais de l'apporter comme ça dans une galerie. Ce serait un grand gâchis. »

La lavandière porta sur lui un regard luisant.

« Veux-tu que j'te dise ? Un de ces jours, ce tableau va prendre une valeur colossale. Pour la bonne et simple raison que son peintre est un génie. »

Elle l'observa longuement. Avec insistance. Elle ne comprenait absolument pas le sens de ses paroles, mais elle avait remarqué qu'un résidu de peinture blanche adhérait à sa joue. Un autre à sa veste. Et encore d'autres, au bout de ses doigts.

« T'es peintre, c'est ça ?

— Oui. Et je sais qui est l'auteur de cette toile.

— C'est vrai c'que tu me dis là, que ce tableau va prendre de la valeur ?

— Dis, galeriste ? T'es pas d'accord avec moi ? »

Un sourire se dessina sur le visage du deuxième homme.

« J'en sais trop rien, répondit-il dans un français aux lourds accents germaniques. Mais dans tous les cas, voilà incontestablement une peinture nouvelle.

— Tu veux dire, “moderne” ? »

A ce mot qu'ils n'attendaient pas dans la bouche de cette femme, ils se dévisagèrent et se mirent à rire.

« Oui, moderne. Je suppose qu'on peut dire ça…

— Alors pourquoi ne pas me l'acheter maintenant ? Tu pourrais la revendre plus cher, et…

— On te l'a dit : tu perdrais beaucoup à t'en séparer maintenant, lâcha abruptement le galeriste. Attends… attends que sonne son heure ! »

Et Yadwigha avala d'une seule gorgée ces paroles.

Le jeune peintre paraissait à peine plus âgé qu'elle. Et pourtant, une telle certitude animait sa « prédiction », qu'elle n'en méritait presque plus le nom.

« Une valeur colossale… un génie…

— Exactement, acquiesça l'homme avec un large sourire. Voici l'archétype même d'une peinture nouvelle. »

Finalement, la galerie de la rue Vignon ne lui avait pas acheté son tableau. Yadwigha regagna son misérable appartement sans faire de détour par la boutique de l'antiquaire. Après avoir replacé la toile sur sa modeste table, elle enfonça son menton entre ses mains et observa longuement le portrait. A la lumière de la lampe à pétrole, lorsque fut tombé le sombre. Des heures entières, jusqu'à ce que Josef rentrât.

*Une peinture nouvelle ? Mais que voulait-il dire ?*
*Attendre ?… que sonne son heure ?*

Ainsi le soir – le premier que la pauvre lavandière devait consacrer à laisser vagabonder ses pensées autour de la question de l'art – s'était-il paisiblement écoulé vers la nuit profonde.

O

—

14 h 30. Tim avait pris place à bord du tramway qui parcourait le centre de Bâle.

A côté de lui, Orie. Toutes les fenêtres étaient agréablement ouvertes et un vent frais balayait d'avant en arrière l'espace de la rame. Tandis que la chevelure de la jeune femme ondoyait sous son souffle, un doux parfum floral vint chatouiller les narines de Tim. Leur tramway se dirigeait vers le jardin zoologique de Bâle.

*Pas un musée, non : un zoo. Jamais je n'aurais imaginé une seule seconde me rendre dans un endroit pareil avec ma rivale… du moins, jusqu'à la fin du déjeuner d'aujourd'hui.*

Après avoir terminé de lire le troisième chapitre de *J'ai rêvé*, tous deux s'étaient joints à la table de Beyler et Kunz pour partager le désormais rituel repas du midi. Contrairement à la veille, Tim se contenta cette fois-ci de n'ouvrir la bouche qu'à de strictes fins alimentaires.

« Le retour de la messe commémorative… chuchota Beyler, sans dissimuler son ennui.

— Aucun point de vue à exprimer aujourd'hui ? »

La question de Kunz n'eut d'autre réponse qu'un trivial : « Ma foi, non. »

*D'une, il me faut réduire au strict minimum toute conversation avec cet homme. De deux, il est trop dangereux de me livrer autour de cette table à d'inutiles joutes verbales avec Orie. Je serais cuit si Manning venait à apprendre de sa bouche que « miss Hayakawa présente de meilleures chances de victoire que mister Brown ». J'ignore s'il l'a déjà contactée, mais il n'y aurait rien d'étonnant à ce qu'il cherche à placer ses billes sur le concurrent le plus susceptible de l'emporter. Autant dire que ça la rend tout aussi suspecte que les autres...*

*Se pourrait-il que Manning ait déjà proposé le même accord à Orie ? S'approcher d'elle comme de moi serait en effet le plus court chemin pour s'approprier ce tableau, quel que soit le vainqueur des débats.*

Tout à coup, le jeune homme se leva de sa chaise. Le plat de résistance n'avait même pas encore été servi.

« Navré, mais je crois que je ne me sens pas très bien. Il vaut mieux que je vous laisse pour aujourd'hui. »

Tournant le dos à la tablée, il quitta la salle à manger d'un pas pressé et arpenta les longs couloirs en direction du vestibule. Alors qu'il demandait au domestique posté sous le porche de faire venir la voiture, le son claquant d'une paire de talons le rattrapa.

« Je rentre avec vous », dit Orie dans son dos.

Tim se retourna. Les prunelles noires le considéraient d'un air soucieux.

« Laissez-moi seul, répondit-il, même s'il lui était reconnaissant de cette sincère inquiétude.

— Vous vous comportez étrangement, depuis hier. Vous est-il arrivé quelque chose ?

— Rien du tout. C'est juste que je supporte mal le décalage horaire.

— Dans ce cas, je vais vous apprendre une astuce qui va vite vous remettre sur pied. Vous venez de New York, et moi de Paris. Quand on y pense, la situation n'est pas équitable. Comment nous mesurer loyalement si nous ne pouvons pas étudier le document et nous présenter à l'examen critique dans les mêmes dispositions physiques ? »

La Cadillac s'était immobilisée devant la demeure. Juste avant de prendre place sur la banquette arrière, Orie ajouta :

« Venez donc avec moi, quand nous serons rentrés à l'hôtel. Je vais vous emmener dans un endroit qui effacera d'un seul coup votre fatigue. »

Et c'est ainsi qu'ils s'étaient retrouvés au jardin zoologique de Bâle.

« Quelle surprise… Je ne voyais pas ce zoo si grand ! »

Fort de ses treize hectares de superficie, ce parc animalier inauguré en 1874 comptait parmi les zoos les plus anciens et les plus appréciés au monde. Tim avait beau en connaître l'existence, l'idée ne lui serait jamais venue de visiter ici autre chose qu'un musée, puisque c'était précisément en tant que professionnel du monde de l'art qu'il se rendait à Bâle.

« Vous êtes peut-être un habitué de Bâle mais on voit bien que vous n'avez jamais mis les pieds dans ce parc, dit Orie en s'amusant des regards qu'il jetait de tous côtés.

— C'est bien normal, pour un conservateur ! Je n'aurais jamais cru qu'un tel endroit puisse être aussi efficace contre le décalage horaire. Et vous ? Vous y venez souvent ?

— Chaque fois que je passe à Bâle. Mais pas pour soigner mon décalage horaire, vu que je n'ai qu'une heure d'avion depuis Paris. Non, j'aime cet endroit. Tout simplement. »

Une fois parvenus du côté des lions, ils s'arrêtèrent derrière la barrière pour admirer les fauves somnolant dans ce qui paraissait, plutôt qu'un enclos, une sorte d'oasis foisonnante de verdure. Observer les bêtes s'adonner avec nonchalance à la sieste donnait à Tim des envies de dormir. En le voyant laisser échapper un bâillement, Orie se mit à rire.

« Tenez, vous voyez ! Vous vous sentez apaisé, vous avez naturellement envie de dormir. Allez donc dans un parc animalier ou un jardin botanique, si vous n'arrivez pas à trouver le sommeil. Allez n'importe où, mais pas dans un musée. C'est mon père qui me l'a appris.

— Votre père ?

— Oui. A cause de son travail, j'ai vécu à l'étranger depuis ma petite enfance. Nous voyagions souvent en famille dans d'autres pays et je souffrais toujours du décalage horaire. J'adorais déjà fréquenter les musées, à l'époque ! Dès que nous arrivions dans une ville inconnue, mon premier réflexe était de visiter le musée. L'art était comme un ami qui m'accompagnait partout où je pouvais aller dans le monde. Et le musée, c'était un peu sa maison…

— L'art, un ami… le musée, sa maison… oui, j'ai pu ressentir la même chose, à un certain moment.

— N'est-ce pas ? Ceux qui aiment l'art sont tous pareils ! C'est en me voyant justement si passionnée que mon père m'a conseillé d'aller ailleurs pour me détendre. J'ai essayé une première fois, et je me suis rendu compte qu'il avait raison. C'est ainsi que j'ai commencé à arpenter les zoos et les jardins botaniques dès que je commençais à ressentir la fatigue du décalage horaire. Histoire d'être en pleine forme pour aller m'amuser chez mon ami… »

Son père disait des jardins zoologiques et botaniques qu'ils étaient « des lieux semblables mais différents ». La petite Orie n'avait alors pas très bien saisi le sens de ces mots. Mais depuis quelque temps, il lui semblait être enfin parvenue à les comprendre.

*Le musée, c'est un endroit où s'amoncellent les merveilles nées de l'expression artistique. Mais au zoo et au jardin botanique sont réunies les merveilles de ce monde. Les fleurs et les animaux que les artistes n'ont cessé de caresser du regard depuis les temps les plus anciens.*

*Comprendre l'art, c'est comprendre ce monde. Aimer l'art, c'est aimer ce monde.*

*Tu peux prétendre aimer l'art autant que tu voudras, crois-tu vraiment qu'il te suffise pour ce faire de contempler les tableaux dans les livres et les musées ? Si tu aimes vraiment l'art, alors il est important que tu voies, que tu sentes, que tu aimes le monde dans lequel tu vis.*

« Une fois, j'ai eu comme l'impression que mon père se tenait tout près de moi pour me chuchoter ces mots… Mon père, pourtant parti au ciel depuis si longtemps !

Après l'accident qui l'a emporté, ma mère est rentrée au Japon pour s'occuper de ma grand-mère, qui vivait seule dans la maison familiale. Moi aussi, je suis restée seule, mais à Paris. Et pour tenter de répondre aux attentes de mon père disparu, aux espoirs de ma mère désormais si loin, je me suis consacrée à la recherche en histoire de l'art. Toutes les forces qui pouvaient m'animer, je les y ai jetées.

Mais un jour que je cherchais à soulager mon décalage horaire dans ce jardin des plantes où Rousseau aimait à se rendre, j'ai eu une révélation. Je me suis soudain demandé si, à force de n'avoir d'yeux que pour l'art, j'avais déjà vraiment regardé ce monde rempli de beauté et de surprises.

C'est alors que j'ai plus ou moins compris ce que Rousseau pouvait ressentir. Ses yeux ne voyaient pas seulement l'art : ils n'avaient cessé de voir les merveilles de ce monde.

Dans ses portraits de personnages au visage grave, dans ses dirigeables et ses tours Eiffel aux formes singulières… dans ses jungles luxuriantes, dans ses couchers de soleil rougeoyants… dans ses lions, ses singes, ses poules d'eau… dans ses femmes à la peau noire jouant de la flûte… dans ses nus aux longs cheveux…

C'était précisément parce que son œil de peintre n'avait cessé d'observer le vivant, les hauts faits de l'activité humaine, les divins secrets de la nature, qu'il était parvenu à reproduire avec autant d'ingénuité la beauté de la vie et la pluralité des paysages sur ses toiles. Comme autant de paradis sans égal… »

Tandis qu'elle déroulait calmement ses pensées, son visage se para d'une pointe de mélancolie. En l'écoutant, Tim sentit subitement son cœur frémir.

*Oui… voilà comment ma poitrine avait tremblé ce jour-là… exactement comme ça.*

C'était au MoMA, lors de sa première rencontre avec *Le Rêve*. Un seul regard lui avait suffi pour comprendre qu'il s'agissait là d'une œuvre enchantée. Après avoir esquissé un pas vers la jungle, le jeune Tim s'était adressé à cette femme allongée de profil sur le canapé.

*Qu'est-ce qui te rend si triste ?*

Quelque chose l'attristait, la chagrinait, au-delà du supportable – et il en ignorait la raison. Mais il savait qu'il voulait lui porter secours. Et il était là, des années plus tard. Comme il voyait le beau profil d'Orie, la même émotion soulevait à nouveau étrangement sa poitrine.

Cet après-midi-là, les deux concurrents profitèrent largement du temps dont ils disposaient pour arpenter le parc zoologique. Dans celui de Bâle, on laissait généralement en liberté les animaux présentant le moins de risques de s'enfuir et de blesser les visiteurs. C'est ainsi qu'ils aperçurent d'énormes pélicans traverser les allées juste sous leur nez, quand ce n'étaient pas des wallabys qui bondissaient posément dans les massifs herbeux. Et ils se laissaient chaque fois surprendre par ces apparitions, éclatant de rire à l'unisson.

La jeune chercheuse à l'esprit acéré semblait aujourd'hui avoir disparu. Mais Tim, lui, était travaillé par l'envie de parler avec elle de ce troisième chapitre – et de le faire maintenant.

*L'écriture de cette « Prédiction » m'a paru très différente de celle du « Fossoyeur ». Son auteur aurait-il à nouveau changé, puisque le texte s'achève par une nouvelle initiale ? Et s'il s'agissait d'une œuvre collective où chaque participant se relayerait d'un chapitre à l'autre ?*

*La composition de cette partie m'a semblé encore moins élaborée que le premier chapitre. Cela dit, il s'en dégage une fraîcheur inédite. Yadwigha sans fortune ni éducation s'y éveille à l'art… et cette vitalité nouvelle qui bourgeonne en elle, comme un souffle d'air printanier, m'a semblé littéralement jaillir de la surface du papier. Sans oublier Rousseau, dont l'aura écrasante plane sur tout le texte, alors même qu'il n'y apparaît pas une seule fois en personne. Le respect que lui portaient les piliers de l'art du* XX*e* *siècle nous est dévoilé sans détour. Que ce soit dans cette courte conversation entre le légendaire marchand d'art Daniel Kahnweiler et ce jeune peintre en qui on peut reconnaître Picasso, quoique son nom ne soit pas précisé – ou dans cette fameuse « prédiction ».*

*Ses sentiments amoureux, Rousseau ne les exprimait ni par des billets doux, ni par d'habiles discours. Mais ils ne continuaient pas moins à grandir lorsqu'il peignait avec abnégation les toiles qu'il allait offrir à Yadwigha… Si seulement elle avait pu les accepter !*

Alors qu'il ne songeait hier encore qu'à percer le mystère que l'on avait sans doute caché entre ces lignes, Tim avait quitté le cabinet d'étude sur cette unique idée.

Et avec une question, qu'il brûlait à présent de poser à Orie.

*Et toi, qu'en as-tu pensé ? Aurais-tu répondu aux sentiments du vieux peintre sans nom ni fortune, à la place de Yadwigha ?*

« Et si nous faisions une petite pause après cette longue marche ? proposa Orie comme ils atteignaient une esplanade. Je vais aller nous chercher des cafés…

— Laissez-moi plutôt vous offrir le vôtre, pour vous remercier d'avoir pris soin de mon décalage horaire. Attendez, je reviens dans un instant ! »

Tim regagna à pas pressés le comptoir qu'il avait repéré un peu plus haut dans l'allée. Il se sentait d'humeur plutôt légère.

*On se croirait vraiment à un rendez-vous de lycéens…*

« Deux cafés, s'il vous plaît. Dont un noir. »

Il attendit en chantonnant que sa commande soit préparée, puis réceptionna les deux gobelets d'où se dégageait une vapeur parfumée.

C'est alors qu'une voix féminine se fit entendre dans son dos.

« Auriez-vous un instant, monsieur ? J'ai quelques questions à vous poser… »

Elle s'adressait à lui dans un français plein de douceur. Ce n'est qu'après avoir gaiement répondu « oui ? » que Tim se retourna pour découvrir face à lui une souriante inconnue.

« Que puis-je faire pour vous ? »

Mais alors qu'il prononçait ces mots, tout lui revint.

*Un ensemble tailleur-pantalon de lin blanc… de longs cheveux châtains et bouclés… un visage aux traits typés… je la connais. En tout cas, je l'ai déjà aperçue quelque part. Mais pas moyen de retrouver qui c'est...*

Sans se départir de son sourire, elle ajouta d'un ton posé :

« Vous vous déplacez souvent chez Konrad Beyler, en ce moment... pour expertiser un certain tableau, c'est bien ça ? »

*Tiens donc ! Quelqu'un de chez Christie's... ou une envoyée de Manning ?*

« Tant pis si vous ne voulez pas me répondre. Mais je vous saurai gré de m'écouter en vous rappelant bien que nous sommes déjà au courant de tout. De tout ce que vous êtes en train de faire... et de tout ce que vous projetez d'accomplir. »

Elle tira une sorte de petit carnet de sa poche intérieure et le brandit sous le nez du jeune homme. Après avoir écarquillé les yeux devant l'objet déplié, il s'efforça de déchiffrer les lettres gravées sur la plaque.

*O... I... P... C... ?*

« Juliette Leroux, coordinatrice de l'unité d'Interpol qui s'occupe des œuvres d'art. Je viens de Paris pour enquêter sur une peinture. Une œuvre que vous êtes chargé d'expertiser... au même titre qu'une seconde personne.

— Ah ! Ça brûle ! »

Un soubresaut, et Tim avait laissé déborder son café.

« Faites donc attention, répondit-elle placidement, insensible à son cri de douleur. Dans tous les cas, nous en aurons fini avant que votre boisson n'ait eu le temps de refroidir. »

*Maintenant que j'y pense, j'ai déjà été contacté par Interpol. Juste une fois. Une demande de renseignements à propos d'un tableau de nos collections. Et mon interlocuteur s'est aussi présenté comme un coordinateur. Le travail de ces gens, c'est de repérer les œuvres volées pouvant faire l'objet de transactions secrètes à l'international.*

*Si la plaque d'identification qu'elle vient de me montrer est bien authentique, est-ce que je dois accepter de lui parler ?*

« Et donc, que me voulez-vous ? » se décida-t-il à demander une fois ses gobelets reposés sur le comptoir. S'il était bien une chose dont il avait conscience, c'est qu'il ne pourrait pas nier qu'il avait quelque chose à voir avec ce tableau.

« Vous poser une simple question au sujet de cette toile que l'on vous a demandé d'examiner. Je pense que vous aviez compris que *J'ai rêvé* était une œuvre volée ?

— Pardon ?! »

Une légère distorsion crispait les commissures des lèvres de Juliette.

« Vraiment, vous n'étiez pas au courant ? fit-elle dans un petit soupir.

— Jamais cette idée ne m'a effleuré. Mais alors, qui est son vrai propriétaire ?

— Un Russe jadis très riche. C'était là sa fortune cachée, celle qu'il avait pu emporter avec lui en s'exilant en Suède. Jusqu'à ce qu'une organisation criminelle d'envergure internationale la lui dérobe, il y a une dizaine d'années, et la fasse circuler sur le marché parallèle. Autant vous dire que dans l'intervalle, son prix a atteint des sommets. La toile a été plusieurs fois revendue avant que Beyler ne la rachète. Ce qui l'a poussé à se porter acquéreur, c'était le certificat d'authenticité qui l'accompagnait : un document signé de la main d'Andrew Keats, une des plus grosses pointures mondiales en art moderne. Prix d'achat : trois millions de dollars. »

Tim déglutit.

*La somme concorde parfaitement avec le prix d'adjudication envisagé par Manning…*

« Etonnant, non ? Vous êtes bien placé pour savoir que la cote du peintre est encore instable et qu'il n'y a de fait aucune chance pour qu'une de ses œuvres atteigne un prix aussi élevé. »

Juliette riait du regard : elle avait parfaitement cerné la pensée de Tim. Ce qui n'était pas sans l'angoisser.

*Cette femme sait tout, absolument tout de ce tableau. Bien plus encore que Manning.*

*Mais pourquoi me divulguer des informations qui ont sans doute nécessité des mois d'enquête ?*

« Vous venez à peine de me rencontrer. Etes-vous bien sûre de pouvoir me révéler des choses aussi… sensibles ? demanda-t-il en réprimant du mieux qu'il pouvait les tremblements de sa voix.

Tout ceci est top secret pour Interpol, n'est-ce pas ? Quelle certitude pouvez-vous avoir que je n'ébruiterai pas ces informations ? »

Elle lui jeta un regard incisif, peut-être pour mieux percer ses véritables intentions.

Puis, d'un ton extrêmement calme, elle finit par dire :

« Je ne travaille pas sur cette affaire en tant qu'agent d'Interpol. Mais à titre personnel, parce que je voudrais sauver ce tableau. »

*Le sauver ?*

Tim regarda fixement Juliette. Comme si une langue étrangère aux curieuses sonorités venait de parvenir à ses oreilles.

« J'ai découvert que Beyler allait organiser une expertise pour faire authentifier *J'ai Rêvé*. Sept jours d'expertise pour être exacte – jusqu'à mercredi prochain. »

Tandis que Tim écoutait ses explications avec un certain détachement, les circuits de sa mémoire commencèrent à crépiter en se connectant entre eux.

*Je l'ai déjà rencontrée, pour sûr. Ou plutôt… aperçue, il me semble. Mais où, et quand ? Ça, je n'en sais rien…*

« Mais je n'avais pas réussi à savoir exactement qui étaient les experts qu'il avait invités… Jusqu'à ce que je vous aperçoive par hasard avant-hier, à l'aéroport de Zurich. Vous montiez à bord de la Cadillac de la maison Beyler. »

*Ah !*

Ça y est : tous les circuits s'étaient d'un seul coup reconnectés.

*Je sais ! C'est la femme qui attendait sous l'horloge de l'aéroport.*

*Un costume blanc, de longs cheveux ondulés, des traits bien dessinés... Je m'étais bien dit que je l'avais déjà vue quelque part, mais... j'avais aussitôt regardé ailleurs. Ça alors... qui aurait pu se douter qu'elle était d'Interpol !*

« Tout de suite, j'ai fait suivre cette voiture par un taxi. Et je suis restée derrière vous jusqu'à ce que vous entriez dans le parc de la résidence Beyler. »

*Qu'est-ce qu'elle me chante là ? Manning n'aurait pas été le seul à m'apercevoir dans cet aéroport ? Oh, mais quelle imprudence !*

Assailli par de bien pénibles sentiments, Tim fléchit les épaules sans y prendre garde.

Dans le même temps, il était estomaqué par l'extraordinaire opiniâtreté dont les experts en œuvres d'art pouvaient faire preuve.

*Voilà comment ils ratissent le périmètre du trésor sur lequel ils ont jeté leur dévolu. Ces gens-là sont prêts à poursuivre un tableau jusqu'au bout du monde... et à mobiliser des personnes, des sommes d'argent et des réseaux dont un banal conservateur comme moi n'a même pas idée...*

Voyant qu'il avait perdu la parole, Juliette se décida à l'interroger.

« Que comptez-vous faire de cette toile, si vous arrivez à la récupérer ? »

Tim ferma les yeux et lui opposa une courte réponse, la seule qu'il était en mesure d'articuler :

« Je ne peux pas vous le dire. »

Un souffle de vent vespéral circula entre eux, soulevant les longs cheveux de Juliette.

« Est-ce que vous la croyez authentique ? »

Les lèvres de Tim esquissèrent un sourire.

« Je n'ai aucune raison de vous répondre ici et maintenant, n'est-ce pas ?

— Je vois, fit-elle en arborant à son tour un sourire contrit. Au fond, peu m'importe que vous la déclariez fausse ou non. Du moment que vous la sauvez… »

Le jeune homme la regarda dans les yeux. Ses iris d'un brun profond vibraient faiblement.

Un bref instant, tous deux se dévisagèrent sans rien dire.

« Je vais vous révéler le secret de cette toile, murmura-t-elle enfin, les prunelles toujours tremblantes. Mais en échange, promettez-moi de l'arracher à tout prix des griffes de ce monstre et de la préserver. »

La sonorité de sa voix, aussi solennelle que si elle énonçait une prophétie, cingla doucement les oreilles de l'Américain.

« *J'ai rêvé* recèle un autre trésor. Sous ce paradis… repose en réalité un monumental Picasso de la période bleue. »

## 7

## LA VISITE ; LE BANQUET (Bâle, 1983 ; Paris, 1908)

Porté par le vent du soir, l'écho d'un clocher lui parvint depuis le lointain.

*Voilà sans doute les cloches de la cathédrale de Bâle sonnant 5 heures. Les cloches du grand édifice gothique achevé au XV^e siècle... C'est ce son que j'ai entendu hier, à l'hôtel, près de ma fenêtre laissée grande ouverte,* songea Tim dans un coin de son esprit confusément exalté. Dans ses mains, les deux gobelets de café étaient froids. Et le liquide marron les éclaboussait à chaque pas qu'il faisait.

Orie l'attendait sur un banc. En le voyant, son visage désœuvré s'éclaira d'un sourire ; elle se leva pour marcher dans sa direction.

« Vous en avez mis, du temps ! Où étiez-vous donc passé ?

— Eh bien... en fait... un vertige m'a pris sur le chemin, et j'ai dû m'asseoir un moment. Navré de vous avoir fait attendre... »

S'emparant de ce prétexte, Tim lui tendit son gobelet, les doigts agités d'un faible tremblement. La jeune femme le remercia et avala une gorgée de café froid sans lui adresser de remarque à ce propos. Il aurait sans doute mieux valu lui racheter une boisson chaude, mais ce qu'il venait d'apprendre l'avait bien trop ébranlé pour que cette pensée l'effleurât.

*Sous ce paradis repose en réalité un monumental Picasso de la période bleue.*

Telle était la stupéfiante révélation que cette femme d'Interpol était venue lui faire. Mensonge, ou vérité ? S'il n'en avait aucune idée, Juliette Leroux ne lui avait pas moins exposé l'ensemble des faits avec une grande volubilité.

« *J'ai rêvé* est sans aucun conteste une authentique peinture d'Henri Rousseau. Simplement, elle recouvre un chef-d'œuvre inconnu de la période bleue de Picasso.

Bien entendu, son premier propriétaire ignorait ce détail lorsqu'il l'acheta cinq mille francs à un marchand d'art français. C'était peu après la mort de Rousseau, et l'homme devait bientôt fuir la Révolution russe pour s'installer en Suède, où la toile lui fut soustraite par une bande organisée il y a environ deux décennies de cela. Notez bien que les Pissarro et Bonnard de sa collection réchappèrent tous du cambriolage : *J'ai rêvé* fut l'unique cible des voleurs.

Mais notre richissime Russe, persuadé que cette toile était sans valeur, avait omis de la déclarer aux autorités suédoises lors de son entrée dans le pays. Estimant que le moment n'était pas propice à un scandale, il se résolut avec regret à ne pas signaler son vol. Voilà pourquoi ce tableau n'a jamais figuré dans le fichier Interpol des œuvres volées et pourquoi il n'a pas non plus fait l'objet d'un avis de recherche.

Je ne sais pas quand fut précisément découvert son secret, mais ce palimpseste d'une exceptionnelle rareté a acquis au fil du temps une valeur phénoménale. Beyler aurait déboursé trois millions de dollars pour la racheter sur les circuits parallèles. Et qu'importe si ce prix était disproportionné pour un Rousseau… car il l'a payé comptant, sans aucune tentative de négociation. »

Sur le moment, Tim avait eu du mal à avaler cette histoire. Il lui avait fallu faire fonctionner son cerveau à plein régime pour tenter d'en discerner le vrai du faux.

*La présence d'un Picasso derrière cette peinture expliquerait en effet l'obstination de Manning, tout comme l'estimation qu'il m'a communiquée. Trois millions de dollars pour un Picasso bleu inédit, ce ne serait même pas cher payé.*

*Maintenant, si un commissaire-priseur de chez Christie's venait à mener habilement les enchères, il est encore possible que ce tableau soit adjugé pour cinq millions, voire même dix millions de dollars. Une enchère record, qui pourrait bien paver la voie de Manning vers la présidence de Christie's New York...*

*Mais alors, qu'en est-il de Beyler ? A-t-il acheté ce tableau en connaissance de cause ? Pourquoi nous a-t-il demandé de l'expertiser, s'il était déjà au courant ? A moins qu'il ne veuille entendre d'un expert que son Rousseau est faux, ce qui lui permettrait de faire enlever la couche superficielle de peinture en toute quiétude pour révéler le Picasso bleu... Dans ce cas... compte-t-il céder au vainqueur de ce jeu non pas un Rousseau – mais un Picasso ?*

*Et puis, plus essentiellement : pourquoi cette Juliette s'est-elle lancée sur la piste de ce tableau ? Pourquoi m'a-t-elle demandé de "l'arracher des griffes de ce monstre" et de le préserver ? Si je résume bien... Beyler chercherait à restaurer le Picasso au détriment du Rousseau, quand Juliette voudrait protéger le Rousseau au détriment du Picasso ?*

« Comment se fait-il que vous en sachiez autant sur cette œuvre ? Vous venez de me dire que vous n'agissiez pas en tant qu'agent d'Interpol, mais à titre personnel. Pourquoi tenez-vous tant à ce tableau ? »

*C'est vrai. Après tout, qu'est-ce que cette femme est en train de faire, à part essayer à son tour de conclure un accord avec moi pour récupérer cette toile ? Est-ce là une affidée de Manning, comme je le crois ?*

« Au cours de ces vingt dernières années, j'ai enquêté sur de nombreuses œuvres volées ou disparues, répondit Juliette en fixant Tim d'un regard froid qui ne semblait que trop vouloir dire "je m'y connais mieux que vous". Sachez que plusieurs collections furent perdues dans le branle-bas de l'exil des aristocrates russes ayant fui la Révolution, voire dérobées bien après leur émigration. C'est au cours d'une enquête à propos de ces pièces volées que j'ai fortuitement découvert l'existence de *J'ai rêvé*.

Ce chef-d'œuvre inconnu d'Henri Rousseau éveilla ma curiosité, et je multipliais les recherches à son sujet quand je fus contactée pour enquêter sur une œuvre de jeunesse de Picasso considérée comme disparue. L'homme qui désirait que je retrouve sa trace était le chargé d'affaires du défunt Christian Zervos – le fameux critique et collectionneur d'art moderne.

Zervos est connu dans le monde entier pour avoir compilé et publié le catalogue raisonné des œuvres de Picasso. Après sa mort, ce catalogue constitué du vivant de l'artiste a continué à être augmenté, pour comporter jusqu'à quatre-vingt-dix-sept cahiers. Les quatre-vingt-onze années de la vie de Picasso ont été extrêmement fertiles, et de nouvelles œuvres continuent à faire surface à mesure que les recherches progressent.

Comme vous le savez, la période bleue renvoie à l'époque où le peintre, tout juste arrivé à Paris, représentait des figures chargées de mélancolie, mendiants et aveugles, mères miséreuses avec leurs enfants. Picasso, malgré sa petite vingtaine, fait preuve dans ces toiles d'une maîtrise sidérante. Parmi les quelque cent mille pièces qu'il devait laisser derrière lui, les tableaux issus de cette période occupent une place à part dans l'histoire de l'art… mais aussi sur son marché. »

Si le chargé d'affaires de Zervos avait confidentiellement approché Juliette Leroux, ce n'était pas seulement parce qu'il existait un Picasso bleu dont la trace avait été perdue, mais aussi parce que cette œuvre avait quelque chose de particulier. En chargeant son bras droit de continuer à la chercher après sa mort, le collectionneur avait évoqué la possibilité qu'elle soit cachée « sous l'œuvre d'un autre peintre ».

Picasso, avec qui il cultivait une solide amitié, lui avait un jour confié qu'« une œuvre de ses primes années, que nul n'avait jamais vue, devait encore se trouver quelque part ». Il s'agissait selon lui d'une peinture de grande envergure, environ deux mètres par trois, qu'il avait plus ou moins réalisée en même temps que *La Vie* – un autre tableau emblématique de sa période bleue, exécuté en 1903. Cette peinture, il ne l'avait effectivement montrée à personne… à l'exception d'un seul homme. Soucieux de « protéger l'honneur de cette personne », Picasso n'avait jamais voulu révéler à Zervos son identité, ni même à quoi pouvait ressembler son tableau.

Le Grec en avait alors déduit une chose : si son ami lui disait bien la vérité, il était possible qu'il ait donné cette toile à l'un de ces peintres sans le sou qu'il fréquentait alors. Les artistes de la Belle Epoque avaient en effet l'habitude de s'échanger leurs tableaux, que ce soit pour les accrocher dans leur atelier, les revendre, ou dans le pire des cas, les réutiliser comme toiles vierges après un coup de peinture.

Malgré toutes les recherches auxquelles il s'était livré, Zervos n'avait pas retrouvé la fameuse toile. Picasso avait à son tour disparu en 1973, trois ans après son ami. Il n'avait jamais fait d'allusion publique à ce tableau.

Après avoir écouté les propos du chargé d'affaires, Juliette entama en toute discrétion sa petite enquête. Elle aurait pu officiellement mobiliser les ressources d'Interpol si l'œuvre s'était avérée volée, mais à ce stade, toute conclusion aurait été prématurée. Alors qu'elle poursuivait en parallèle ses investigations sur *J'ai rêvé*, elle remarqua que les 2,04 mètres par 2,98 du tableau correspondaient exactement aux dimensions du *Rêve* conservé au MoMA – et concordaient aussi avec les « deux mètres sur trois » indiqués par Picasso. Et si l'Espagnol, qui avait décelé le génie de Rousseau, avait voulu l'aider en lui donnant une de ses œuvres… ?

Juliette n'avait jamais vu *J'ai rêvé* de ses propres yeux. Et aucun indice ne lui permettait d'affirmer qu'il s'agissait bien d'un palimpseste.

Le tableau se trouvait déjà entre les murs du manoir de Konrad Beyler quand sa cachette avait enfin été localisée. Mais il ne lui avait pas échappé qu'autour de cette œuvre, de nombreuses conspirations se tramaient actuellement dans les coulisses du monde de l'art…

« Tous n'en ont qu'après “le Picasso caché sous le paradis”, dit-elle d'un air las.

— Ça alors… je n'arrive pas à y croire ! Mais pourquoi n'allez-vous pas dévoiler toute la vérité à Beyler ?

— Comme s'il était du genre à prêter l'oreille aux propos d'une coordinatrice d'Interpol…

— Est-ce qu'il sait, au moins ? Que ce tableau serait une double création de Rousseau et de Picasso ? »

Juliette pouffa d'un rire muet.

« Je crois que vous n'avez pas tout à fait saisi la raison de votre convocation à Bâle. Ouvrez donc les yeux : il attend précisément que vous le confortiez dans cette hypothèse. »

Et Tim serra les poings, de toutes ses forces.

*Là, je tourne en rond. Pourquoi Beyler m'a-t-il demandé d'expertiser son tableau, pourquoi cette Juliette me communique-t-elle des informations aussi capitales, pourquoi cherche-t-elle à sauver cette œuvre… au final, je ne suis pas plus avancé. La seule chose que j'ai comprise, c'est que tout le monde court après cette toile.*

« Méfiez-vous de cette chercheuse japonaise, lui lança Juliette, comme pour mieux enfoncer le clou. Prenez garde à votre rivale, Hayakawa Orie. Si vous désirez comme moi venir en aide à Rousseau, il vous faut impérativement prendre l'ascendant sur cette femme. Si jamais elle venait à l'emporter et à vous arracher les droits d'exploitation du tableau, *J'ai rêvé* disparaîtrait à tout jamais de la surface de cette Terre. Pour une bonne raison… »

« Nous ferions mieux de rentrer. Vous avez très mauvaise mine… »

Au son de la voix d'Orie, Tim revint soudain à lui. Il leva les yeux et la regarda.

La jeune femme entourait de ses mains son gobelet de café refroidi, ses fraîches prunelles tournées vers lui. Alors il détourna le regard, comme s'il cherchait à s'enfuir.

« Vous avez raison, murmura-t-il en se relevant mollement du banc. Allons-y. »

Ils se dirigèrent vers la sortie du parc zoologique. Elle ouvrait la marche, et lui la suivait, un peu en retrait. Ainsi qu'un sortilège, les dernières paroles de Juliette résonnaient encore dans sa tête :

« Pour une bonne raison… Hayakawa Orie fait équipe avec Andrew Keats, le conservateur général de la Tate Gallery. C'est même sa maîtresse. Elle savait très bien, pour sa femme et ses enfants, mais ça ne l'aura pas empêchée de nouer avec lui des liens intimes. Keats, lui, cherche à mettre la main sur le Picasso bleu d'un commun accord avec Stephan Owen, le directeur des ventes de Sotheby's Londres. Oui : il veut faire de ce tableau la nouvelle pièce vedette de la Tate Gallery. Car c'est un boulevard qui s'ouvrirait alors devant lui pour accéder à la direction du musée… »

—

## Chapitre 4
## La visite

Dans l'immeuble où demeurait Henri Rousseau, une femme gravissait les marches grinçantes de l'escalier. C'était Yadwigha, la lavandière, qui s'était aujourd'hui décidée à lui rendre visite dans son atelier. Après avoir retroussé le bas de sa jupe, elle emprunta d'une traite le colimaçon escarpé jusqu'au quatrième étage. Hors d'haleine avant même d'avoir atteint le seuil de la porte.

Rousseau lui avait déjà proposé plusieurs fois de passer chez lui. « Viens donc me voir dans mon atelier, avait-il dit, nous prendrons le thé en dégustant des pâtisseries. Oh, bien sûr que tu peux venir accompagnée, Josef sera le bienvenu. Il est très gentil avec moi, tu sais : il m'a encore aidé à déplacer une toile l'autre jour, mais oui, mais oui, et à l'œil ! Je me dois donc de réserver bon accueil à son épouse… »

*Il va bien falloir que j'y aille,* avait-elle fini par se dire… même si son esprit demeurait hésitant. Elle savait que Josef passait souvent chez Rousseau pour le décharger d'un tableau ou lui apporter une toile, mais son visage n'était généralement plus le même lorsqu'il rentrait à la maison. Son expression enchantée était celle d'un enfant aux babines recouvertes de miel. « T'aurais pas rencontré des modèles de nu chez ce barbouilleur de toiles, par hasard ? » lui était-il même arrivé d'ironiser – ce à quoi Josef avait répondu avec ravissement : « Ah ! Voilà une peinture nouvelle ! Voilà... voilà de l'art moderne ! »

Quelle mouche avait bien pu le piquer? Yadwigha en venait presque à soupçonner qu'on lui eût fait avaler quelque mauvais alcool ou substance suspecte. Mais la vérité était qu'elle commençait elle-même à nourrir une étrange curiosité à l'égard des œuvres du « barbouilleur de toiles ». Ces derniers temps, Josef lui interdisait de les porter chez l'antiquaire. Yadwigha avait beau le prévenir qu'ils pourraient dire adieu à leur budget absinthe, son mari n'en avait cure : « Regarder ces toiles, disait-il, me grise davantage qu'un alcool de bas étage. »

Les toiles que peignait Rousseau paraissaient aux yeux de la jeune femme assez désagréables, comme des choses qu'elle n'aurait pas dû voir. Le portrait en pied de cette femme vêtue de noir lui avait inspiré un irrépressible dégoût par son aspect figé et dépourvu de vie. Dans le même temps, une puissante impression ne l'avait pas moins envahie – celle de ne pas pouvoir détourner le regard de ce tableau. Comme si elle se trouvait devant une Vierge miraculeuse aux larmes de sang.

Yadwigha avait senti une horreur diffuse lui parcourir la poitrine. Ne pouvant plus y tenir, ses mains avaient retourné la toile sur la table. Bien entendu, Josef avait remarqué dès son retour que le tableau avait été manipulé – et il s'avisait de le remettre en place quand elle l'arrêta soudain en jetant des cris stridents.

« Stop ! Je ne veux plus voir ce tableau... Il me terrifie !

— Tu devrais monter voir l'atelier de Rousseau, juste une fois, avait conseillé gentiment le jeune homme à son épouse frémissante de peur.

— Non ! avait-elle répondu.

— Allez ! » avait-il insisté.

Josef savait pertinemment quel intérêt ce vieux peintre portait à sa femme, et pourtant il lui suggérait d'aller lui rendre visite. Cette contradiction angoissait encore plus Yadwigha.

« Et pourquoi donc j'irais ?

— Pour qu'il te montre ce qu'il peint... tout ce qu'il peint. Tu comprendras alors pourquoi l'heure de la modernité a sonné... »

A force de fréquenter les galeries et les ateliers d'artistes, son mari avait été totalement ensorcelé par cette mystérieuse « peinture moderne ». Et c'est ainsi que Yadwigha s'était enfin résolue à aller frapper chez Rousseau.

Derrière la porte qui s'était ouverte sans un tour de clé, des anges de félicité volaient en tourbillonnant sur le visage de l'artiste illuminé par un éclair de surprise.

« Tu es venue... »

Henri Rousseau repoussa le battant pour inviter la jeune femme à entrer.

« C'est Josef qui a insisté », répondit-elle en posant le pied dans la pièce. Mais aussitôt, son inspiration mourut dans sa trachée.

Du vert, du vert, encore du vert. Une verdure abondante, étrangement moite, qui recouvrait toute la surface du petit salon. Des forêts luxuriantes sur lesquelles s'élevaient de pleines lunes. Des créatures aux noms inconnus tapies dans l'ombre des feuillages. Un tigre, tous crocs et griffes dehors, livrant bataille à un buffle au beau milieu de l'atelier. Le bovin, tentant désespérément de s'arracher à l'assaut. Percussion brutale de deux existences, massacre d'une tendre beauté, sans un bruit, tout en douceur, dans ce petit espace confiné…

Yadwigha, ne parvenant plus à respirer, palpa machinalement la base de sa gorge.

« Tiens, toi aussi ? sourit Rousseau. On finit par avoir du mal à respirer, quand on peint dans cette pièce… Un peu comme si l'on s'enfonçait toujours plus avant dans la forêt. C'est pour cette raison que j'ouvre parfois la fenêtre, comme ça… »

Il s'approcha de sa fenêtre et l'ouvrit dans un sinistre grincement. Après être resté posté un moment près du rebord, à prendre l'air frais du début de l'automne, il se tourna vers son invitée et dit :

« Hélas ! Je n'ai pas préparé de thé ou de petits gâteaux. C'est que jamais je n'aurais songé que tu viennes me voir. »

Yadwigha garda un moment le silence, le regard rivé sur le combat que se livraient les deux bêtes sauvages. Puis elle finit par murmurer :

« Je… je ne savais pas. Tout ce que tu m'as offert n'était que femmes, enfants et vues de la Seine. Je ne savais pas que tu peignais aussi ce genre de tableaux… si barbares. »

Cruelle, infiniment cruelle lui semblait la vue de ce tigre assaillant ce buffle. Pourtant, elle n'en trouvait pas cette toile moins « belle ». Car elle l'était. Dans la lutte mortelle des deux bêtes, dans la profondeur de la jungle qui les entourait, dans la lourde épaisseur de l'air. Dans la luxuriance de la verdure qui emplissait impitoyablement le misérable petit salon. Yadwigha, saisie d'un léger vertige, s'assit en soupirant au bord du canapé à sa portée. L'usure en avait défraîchi le velours rouge.

« Que c'est joli ! s'exclama Rousseau comme s'il découvrait un paysage défiant son imagination. On dirait vraiment un tableau, quand tu t'assieds sur cette vieille chose… »

Mais aussitôt, Yadwigha se releva et lui lança sèchement :

« Pas de thé ni de pâtisseries ? C'est nul ! Je rentre chez moi.

— Comme tu voudras. Je suis désolé de ne pas avoir pris mes dispositions… Mais si tu reviens une prochaine fois, j'aurai sans doute quelque chose pour toi. »

Rousseau, contre toute attente, ne tenta pas de la retenir. En guise de remerciement pour sa visite, il lui offrit une petite toile représentant une jungle. Et il ajouta :

« Fais attention en la manipulant. La peinture n'est pas encore sèche. »

Alors la jeune femme descendit vivement le colimaçon des escaliers, en rond, tout en rond. Quelque chose lui serrait toujours la poitrine. Ces marches, c'était le chemin du retour de la forêt étrangère aux mille parfums, l'issue vers la misérable réalité.

Deux hommes la croisèrent au niveau de l'étroite entrée de l'immeuble. Yadwigha tentait de quitter le bâtiment, visage baissé. Elle ne voulait se montrer à personne.

« Dis donc, toi ! l'interpella l'un de ces messieurs. Encore une toile que tu comptes refourguer à une galerie d'art ? »

Soudain, elle redressa la tête pour se heurter à deux yeux d'un noir de jais. Un regard de ténèbres dont elle retrouva aussitôt le propriétaire.

*Mais c'est… le peintre qui m'a fait cette prédiction à la galerie Kahnweiler !*

« Tu la connais, Pablo ? » fit l'autre homme en pivotant sur ses talons. Un personnage de grande taille, différent du jeune homme qui semblait tenir la galerie de la rue Vignon.

« Bof, pas plus que ça. Mais grimpe donc le premier, Guillaume. Il ne faudrait pas faire attendre Rousseau. Moi, j'ai à parler à cette femme. »

Tandis que le dénommé Guillaume entreprenait l'ascension des marches grinçantes de l'escalier, Pablo se retourna sur Yadwigha.

« Je vois… Tu es la muse de Rousseau, n'est-ce pas ? »

Ce terme de « muse » enflamma ses oreilles. Refusant de l'admettre, elle se hâta de répliquer :

« C'est quoi, ça, une muse ? Entre ce barbouilleur et moi, y a rien. Rien de rien. D'ailleurs, ce tableau-là, j'en voulais même pas… C'est lui qui m'a forcée à le prendre.

— Aurais-tu déjà oublié ma prédiction ? Garde ce tableau, qu'il te plaise ou non. Un jour ou l'autre, il en émanera une force qui pourrait bien changer ta vie… »

La nouvelle prophétie de cet homme présentait étrangement les mêmes accents de certitude que la première fois où elle l'avait croisé. Yadwigha, cherchant les mots pour lui répondre, laissa quelques instants la toile en suspension comme elle la faisait lestement passer de sa main droite à la gauche.

« Oh, là ! Fais donc attention. Ce serait au moins cent bons francs de perdus si tu laissais une empreinte sur ce vert viride. Tâche de t'en souvenir ! »

Après lui avoir adressé un dernier sourire malicieux, le jeune peintre provocateur disparut à son tour dans la pénombre des escaliers grinçants.

A

—

Bâle, quatrième jour.

Le récit suivait son cours, et Yadwigha était enfin venue visiter l'atelier de Rousseau. Tim aurait aimé se réjouir de la distance qui s'abolissait peu à peu entre eux. Mais son cœur était lourd et douloureux.

*Picasso prend de plus en plus d'importance dans cette histoire. A se demander s'il n'en serait pas le véritable protagoniste. Faut-il comprendre par là qu'un Picasso se cacherait en effet derrière* J'ai rêvé *? Je me demande bien comment Orie a interprété ce chapitre. Est-ce qu'elle téléphone tous les soirs à Andrew Keats pour lui faire son rapport ? Non, elle se ferait tout de suite repérer* *en passant un coup de fil international. Et elle est bien trop intelligente pour se mettre ainsi en danger...*

Tim se rendit à la salle à manger d'un pas pesant, il se sentait devenu une sorte de criminel. Il ne voulait voir ni Beyler, ni sa concurrente. Mais avant même qu'il prenne place à table aux côtés d'Orie, le collectionneur émergea soudain avec une proposition inattendue.

« Et si nous sortions déjeuner ? Qu'en dites-vous ? »

Dans sa surprise, le jeune homme se tourna spontanément vers Orie. Réaction identique de sa part. En rencontrant son regard, Tim baissa les yeux.

« Heu... eh bien... n-naturellement, bégaya-t-il. Je n'y vois pas d'inconvénient, mais...

— Avec grand plaisir », renchérit la chercheuse avant qu'il n'ait eu le temps de finir sa phrase.

A cette perspective de sortie, seul Kunz manifesta de l'affolement.

« N'est-ce pas là un changement de programme bien tardif ? L'agneau qui nous sera servi ce midi est déjà enfourné, et...

— Je m'en contrefiche. Schunasen, préparez immédiatement ma voiture. Vous ferez aussi sortir la Cadillac à l'usage des invités.

— Dans ce cas, permettez-moi de vous accompagner... » ajouta l'avocat en se levant de table.

Il savait mieux que quiconque à quel point il était inutile de s'opposer aux volontés du grand collectionneur.

« Où dois-je réserver ? En salle, aux Trois Rois ? En terrasse, au Träumerei ? A moins que vous ne préfériez…

— Il n'est pas question que vous veniez, le moucha Beyler avec une froideur inhabituelle. Je servirai de guide à ces deux jeunes gens. »

Brusquement, l'ensemble de la maisonnée s'affaira. Les domestiques couraient en tous sens à l'intérieur du manoir, ouvrant les portes, sortant les voitures. Dans son fauteuil roulant, Beyler, le visage serein, se laissa conduire vers le vestibule par son majordome. Tim et Orie les suivirent de près.

Cinq minutes ne s'étaient pas tout à fait écoulées lorsqu'un minibus de couleur noire s'arrêta devant la résidence ; par mesure de précaution, le médecin et l'infirmière personnels du vieillard monteraient à son bord avec lui. Comme de bien entendu, la Cadillac réservée à ses visiteurs stationnait non loin. Le cortège des employés de la maison, lui, avait prestement formé un rang le long du vestibule pour accompagner du regard la sortie de leur maître, la première depuis plusieurs mois.

« Trois jours avant la présentation finale, glissa subrepticement Kunz aux concurrents prêts à s'engouffrer dans la Cadillac. D'ici là, toute impression personnelle que vous pourriez communiquer à monsieur Beyler constituera une infraction au règlement. Veuillez ne pas l'oublier. »

Dans la grande fermeté qui imprégnait la fin de son discours, Tim ne fut pas sans percevoir quelque singulière animosité.

*Serait-ce la surprise d'avoir été exclu de cette sortie ? Ou l'anxiété de nous voir partir avec Beyler là où il ne pourra pas exercer sa surveillance ?*

« Intéressant... »

A peine la Cadillac s'était-elle ébranlée dans le sillage du minibus qu'Orie glissa à l'oreille de son rival :

« Voilà que la panique gagne Erik Kunz, l'homme au masque de fer ! Quel agrément... »

Elle se mit à rire. Tim, lui, sentait la chaleur qui gagnait son oreille. Les lèvres de la Japonaise s'en étaient tant approchées qu'il avait pu sentir son souffle. Et cela le troublait.

*L'appel de Paul Manning avait déjà éveillé ma méfiance... mais le véritable choc, c'est de cette Juliette d'Interpol qu'il m'est venu. Apprendre qu'un Picasso était caché sous le Rousseau... et plus fort encore... qu'Orie était la maîtresse de cet Andrew Keats... ça m'a fichu le moral à zéro.*

*Je suis au bord du gouffre. Puisque c'est comme ça, il n'y a pas trente-six solutions... Je dois conserver l'identité de Tom quoi qu'il arrive, et délivrer la meilleure des prestations. Une prestation digne d'un grand spécialiste de Rousseau.*

Le Musée d'art de Bâle. Voilà où les deux véhicules s'étaient rendus.

Beyler fut déposé avec son fauteuil devant l'entrée du personnel. Son infirmière s'était postée derrière lui et s'apprêtait à le pousser quand le vieillard éleva soudain sa voix éraillée en direction à Tim :

« Me ferez-vous le plaisir de me pousser, monsieur Brown ? »

*Il n'est pas comme d'habitude, aujourd'hui*, songea le jeune homme alors qu'il obtempérait sans se faire prier. Bien entendu, ce fut en grande pompe que le Kunstmuseum accueillit l'inattendue et exceptionnelle visite du notable. La secrétaire de direction se précipita aussitôt vers lui pour l'informer qu'un conservateur se chargerait de l'accompagner en l'absence du directeur, mais le collectionneur ne tarda pas à la stopper dans son élan.

« Ce ne sera pas la peine. J'ai avec moi deux spécialistes de premier ordre, rétorqua-t-il tout en levant les yeux vers Tim et Orie. Eh bien, allons-y, jeunes gens ! Ce midi, nous ne dévorerons pas un gigot d'agneau… mais *La muse inspirant le poète* ! »

Ils se dirigèrent vers le second niveau, là où étaient conservées les collections d'art moderne.

Même s'il n'avait visité le Kunstmuseum qu'une seule fois dans sa vie, à l'époque où il étudiait à Paris, Tim se souvenait encore de l'inexprimable sensation de douceur qui l'avait envahi dès ses premiers pas dans ce musée. Du soulagement qu'il avait éprouvé à mesure qu'il arpentait ces salles, comme un retour à la matrice. Le Musée d'art de Bâle dégageait une étrange plénitude. Alors qu'il poussait le fauteuil du mythique collectionneur, le poids qui oppressait sa poitrine depuis la veille lui donna l'impression de s'être enfin levé.

En cette journée estivale, pas l'ombre d'un visiteur ne fréquentait les lieux à l'heure du déjeuner. Ce fut dans un silence absolu que le petit groupe se posta devant *La muse inspirant le poète*.

Cette toile de 1909 représentait Guillaume Apollinaire, que Rousseau avait commencé à fréquenter l'année précédente, et la muse qui l'inspirait : l'artiste-peintre Marie Laurencin.

« Si ce tableau a bien été terminé en 1909, expliqua Beyler de sa voix rauque, Rousseau avait en réalité commencé à le peindre dès 1908. Soit l'année de sa rencontre avec Apollinaire.

— Et avec Picasso, que le poète lui présenta la même année. L'auteur du livre que nous lisons semble d'ailleurs lui accorder une certaine importance, puisqu'il inscrit ses troisième et quatrième chapitres en 1908… »

Orie se permit avec tout le naturel du monde d'évoquer le fameux récit. Si elle avait osé ces paroles, c'était probablement en toute connaissance de cause. Après tout, Kunz les avait dûment avertis des risques qu'ils encouraient avant leur départ du manoir. Même s'ils étaient seuls dans cette salle, il se pouvait très bien qu'un tiers écoutât discrètement leur conversation quelque part. Pour les avoir conduits devant ce tableau à ce moment précis, Beyler devait sans doute avoir quelque chose derrière la tête. Et il ne faisait aucun doute qu'Orie comptait bien percer ses véritables intentions. Tout comme Tim.

« Tout à fait. C'était le Paris de la Belle Epoque, le Paris à la fête. Il fallait renverser toutes les valeurs, la jeunesse en était convaincue. Et moi aussi. »

Soudain, le jeune homme songea à l'âge que pouvait alors avoir Beyler.

*Il me semble que Manning lui a bien donné quatre-vingt-quinze ans. Ce qui lui ferait en 1908… tout juste vingt ans. Où était-il, et que faisait-il à cette époque ?*

*Quand j'y pense, je ne sais pratiquement rien de lui. Si ce n'est qu'il adore Henri Rousseau, qu'il est un collectionneur de légende, et qu'il possède un cerveau incroyablement rapide en dépit de son âge canonique. Mais comment a-t-il constitué cette immense collection que Christie's, Sotheby's, et même Interpol surveillent de si près ? Manning et Juliette l'ont surnommé « le monstre » ; et là-dessus, je veux bien les croire.*

« C'étaient "les années banquet", commenta Orie – avant que Tim ne s'empresse d'ajouter :

— Comme les appelait Shattuck ! »

*The Banquet Years*, selon le titre du livre de Roger Shattuck, paru en 1958. Un ouvrage passionnant qui décrivait l'effervescence culturelle d'un Paris entrant de plain-pied dans le siècle nouveau. Lui aussi l'avait lu avec avidité dans le cadre de ses recherches sur Rousseau et son époque. Car Shattuck s'intéressait en l'occurrence à quatre enfants chéris de ce Paris des temps modernes : Erik Satie, Alfred Jarry, Guillaume Apollinaire, et Henri Rousseau.

*Dans ce Paris du début du XX^e^ siècle, au sein de cette vague d'avant-garde sans précédent, il y avait Henri Rousseau. Lui-même n'avait peut-être pas désiré être là, mais il y était tout de même.*

« Vous aussi, monsieur, j'imagine que vous avez bien dû profiter de ces années banquet ? » demanda Tim d'un air faussement indifférent. Mais Beyler ne grommela pour tout ersatz de réponse qu'un nonchalant : « Eh bien, ma foi… » Orie ramena donc le propos vers *J'ai rêvé*. Son habileté à imprimer un rythme naturel à la conversation surpassait sans conteste les facultés de communication de l'Américain.

« A ce train-là, je pense que nous devrions lire d'ici demain quelque chose à propos du banquet donné en l'honneur de Rousseau. »

Comme Beyler gardait le silence, Tim enchaîna :

« Le banquet de 1908 ? Dans l'atelier de Picasso ?

— Oui. Ce fameux banquet où se réunirent Picasso, Apollinaire, André Salmon, Gertrude Stein… autant de talents aussi étincelants que des astres. »

Puis, le regard rêveur, elle murmura :

« Que je les envie… »

Beyler leva son visage vers elle.

« Vous dites les envier, mademoiselle ?

— Oui, j'aurais tellement voulu être là », répondit-elle avec un sourire.

Pas une ombre n'obscurcissait ses yeux de petite fille désirant le plus sincèrement du monde remonter le cours du temps. En cet instant, Tim comprit toute la pureté de son vœu. L'envie de se joindre à cette tablée, pauvre mais joyeuse, parmi les Rousseau, les Picasso, et tous les autres artistes stellaires présents ce soir-là.

*Tiens, ce n'est pas la Orie tendue des déjeuners chez Beyler. Elle aussi paraît apaisée par la douce atmosphère du Kunstmuseum.*

« Moi aussi, j'aurais bien aimé y être. »

Un sourire pointa sur le faciès plissé du vieux Beyler. En quatre jours, c'était bien la première fois.

*Qui était Rousseau ? Je ne le savais pas alors, mais ça n'avait pas d'importance, puisque c'était un banquet, que tout le monde devait y aller, et que nous étions invitées.*

Quelques lignes de l'*Autobiographie d'Alice Toklas* surgirent soudain dans l'esprit de Tim.

Gertrude Stein avait choisi de rédiger ses mémoires du point de vue de sa secrétaire d'alors, Alice. Elle y évoquait tour à tour Picasso et Matisse, Apollinaire et Laurencin, Georges Braque… autant d'artistes qu'elle admirait. Entre eux, c'étaient des bringues, des amours à sens unique, des peines de cœur, des chamailleries, des amitiés. Et puis, la naissance d'un art d'une époustouflante nouveauté. Des histoires, toutes plus palpitantes les unes que les autres, se succédaient au fil des pages, comme dans un roman d'aventures. Des jours solaires de fête… et deux grandes guerres, qui devaient bientôt éclater.

*J'ai littéralement dévoré ce livre, à l'université. Puis je l'ai relu à plusieurs reprises, et chaque fois il m'a fait rêver. Rêver d'avoir vécu à cette époque. Rêver d'avoir été l'ami de Rousseau.*

*Rousseau… laisse-moi te tenir compagnie, et te taper sur l'épaule.*

*Ça va aller. Il est juste encore trop tôt pour toi. L'époque n'est tout simplement pas prête à te suivre. Mais bientôt, ce jour viendra. Il viendra, j'en suis certain…*

« A ce propos, comment réagiriez-vous si Rousseau vous proposait de réaliser votre portrait ? interrogea Beyler, le regard taquin. Et vous, mademoiselle ?

— Voulez-vous dire… poser pour lui ?

— Bien entendu. Tout entière : yeux, bouche, poitrine et pieds compris. Rousseau ne pouvait pas peindre sans avoir de modèle devant lui. Prenez ce portrait d'Apollinaire et Laurencin.

— Eh bien… c'est une bonne question…

— Moi, je poserais pour lui ! » acquiesça gaiement Tim.

La perspective lui semblait des plus séduisantes. Etre immortalisé par le pinceau de Rousseau… et rester à jamais vivant, pour toutes les générations à venir…

C'est à ce moment précis que son œil saisit un mouvement dans la salle d'exposition adjacente. Tim retint son souffle et suivit la silhouette du regard. La galerie voisine abritait des sculptures, éclairées par des projecteurs. Près de l'une d'elles, l'ombre de quelqu'un qui cherchait à se dissimuler était projetée sur le sol. Elle remuait à peine. Et elle avait de longs cheveux ondulés…

« Jusqu'à ses derniers jours, Rousseau ne pouvait pas peindre sans avoir de modèle devant lui. »

Comme pour mieux insister, Beyler murmura de nouveau cette phrase sans pour autant l'adresser à un destinataire particulier. L'instant suivant, l'ombre avait disparu ; son propriétaire s'était enfui vers la salle opposée en étouffant le bruit de ses pas.

—

## Chapitre 5
## Le banquet

Avec le pécule qu'elle avait tant bien que mal amassé en épargnant sur les dépenses du quotidien, Yadwigha s'était fait couper une robe en coton aux motifs floraux. On l'avait conviée à un banquet. Ce « on », c'était Henri Rousseau.

« Ce sont mes jeunes amis artistes qui m'ont invité. Est-ce que cela vous dirait de m'y accompagner ? »

Yadwigha avait décidé de montrer à Josef le carton d'invitation que le peintre lui avait fait parvenir. A sa lecture, le visage de son mari s'était éclairé, comme si une lumière intense en baignait les contours.

« Mais c'est formidable ! Regarde, il est écrit que la fête se tiendra dans l'atelier de Picasso. Celui-là même que toutes les galeries d'avant-garde s'arrachent ! Tu vois bien que cet homme est un grand peintre : il se fait inviter chez Picasso ! Allez, on va se priver quelque temps de pain et d'alcool pour que tu puisses te commander une toilette, et tu vas y aller. »

Comme sous l'effet d'un sortilège, Yadwigha sentait son cœur s'emballer à ce mot de « banquet ». Elle demanda l'impossible à la couturière du voisinage en la priant de lui confectionner une robe pour le prix le moins cher possible. Malgré la piètre facture de l'ouvrage, une grande gaieté l'envahit lorsqu'elle passa les bras dans les manches de la pièce neuve.

Et le soir du banquet finit par arriver.

Rousseau attendait avec agitation la lavandière dans la cour de l'immeuble, non loin du puits. Il s'était paré pour l'occasion d'un costume à queue-de-pie rapiécé, d'un chapeau melon, et portait l'étui de son violon sous son bras gauche. En apercevant la jeune femme qui s'approchait, il laissa échapper un profond soupir. Puis il dit :

« Splendide… un vrai tableau ! »

Ses mots avaient la saveur de la vérité. Yadwigha, rougissant jusqu'aux oreilles, y répondit par un pudique sourire.

« Hé, désolé pour le retard, Henri. On y va ? L'attelage nous attend devant l'immeuble. »

Celui qui venait de les rejoindre au pas de course, le souffle court, n'était autre que Guillaume, cet homme de grande taille qu'elle avait croisé dans l'entrée de l'immeuble quelque temps auparavant.

« Qui est-ce ? demanda-t-il à Rousseau en la voyant.

— Ah, Guillaume ! Je te présente Yadwigha, que j'ai invitée à la soirée pour me tenir compagnie. Yadwigha, voici mon ami, le très distingué poète Guillaume Apollinaire. »

La lavandière, ne sachant comment se comporter devant le « très distingué poète » dont elle venait inopinément de faire la connaissance, se contenta de baisser les yeux avec embarras. Apollinaire la scruta un moment d'un air interrogateur, et dit :

« Oh… eh bien, enchanté de vous rencontrer, mademoiselle.

— Madame, le reprit-elle en relevant vivement la tête. Je ne suis plus une demoiselle.

— Oh, navré de mon indélicatesse. En ce cas, madame, pouvons-nous y aller ? »

Et le poète s'en alla vers la rue en ricanant.

Rousseau présenta à son invitée son bras droit qu'enveloppait le costume noir. Après un instant d'hésitation, Yadwigha finit bon gré mal gré par s'y accrocher. Un homme d'un certain âge, en queue-de-pie rafistolée ; une jeune femme qui n'était pas la sienne, dans sa misérable robe de coton. Ce couple improbable, guidé par le poète, monta dans la voiture.

La place qu'avait gagnée l'attelage se trouvait au sommet de la colline de Montmartre. Face à elle se dressait le Bateau-Lavoir, cet ensemble d'ateliers où nichaient les jeunes artistes fauchés du quartier. La fête devait déjà avoir commencé : des éclats de rire résonnaient jusqu'à la rue, et l'on entendait les convives taper vivement des pieds contre le sol.

Rousseau et Yadwigha, tout aussi tendus l'un que l'autre, en étaient venus à joindre leurs deux mains. Comme ils foulaient le plancher de la cité d'artistes, un bruit déplaisant, analogue au grincement sinistre des rames d'une barque, montait sous chacun de leurs pas. « Mais qu'est-ce que c'est que cette bicoque humide ? » déchanta intérieurement Yadwigha. Au mot « banquet », elle s'était confusément figuré quelque belle demeure, d'autant que Josef avait parlé d'un atelier où travaillait un peintre en vogue.

C'est alors qu'Apollinaire, s'arrêtant devant une porte au fond du couloir, se tourna brusquement vers Rousseau.

« Tu es prêt ? Je vais t'annoncer immédiatement après avoir ouvert la porte. Sois digne et imposant, Henri ! »

Rousseau opina deux fois du chef, sitôt imité par Yadwigha.

« Mesdames et messieurs ! Monsieur Henri Rousseau vient d'arriver ! » vociféra le poète dès la porte ouverte.

Mais que de visages ! L'espace du petit atelier n'était que visages, des visages uniformément tournés vers le peintre. Après avoir retiré d'une main le chapeau qui reposait au sommet de son crâne, Rousseau lança en direction de ces faciès inconnus un respectueux :

« Bonsoir, vous tous. Je vous remercie de m'avoir invité… »

Des applaudissements montèrent de place en place et, bientôt, ce fut toute l'assemblée qui frappait frénétiquement dans ses mains. Une atmosphère gaie, mais non dénuée d'émotion, s'était emparée des lieux. Yadwigha assista ébahie à cette ovation.

Sous le plafond de l'atelier pendait une myriade de lampions accrochés pour l'occasion. La pièce avait été pavoisée d'un bout à l'autre de signaux maritimes, et abondamment garnie de serpentins. Dans sa partie la plus reculée, le *Portrait de femme* que Picasso avait déniché chez l'antiquaire reposait sur un chevalet. La peinture emplissait la pièce d'une présence si imposante, qu'on aurait pu la prendre pour la maîtresse de céans. Juste devant elle avait été installé un trône aux formes singulières, vers lequel on entraîna Rousseau. Yadwigha, emportée dans le même mouvement, se laissa asseoir à ses côtés, quand surgit soudain entre eux deux le visage aux grands yeux noirs de Pablo.

« Bienvenue, Henri ! Oh, mais je vois que ta muse est également de la partie !

— Toi alors ! fit-elle dans un éclat de rire. Qu'est-ce que tu fiches ici ?

— Eh bien, en voilà une manière de me saluer ! s'esclaffa à son tour Pablo. C'est bon, laissons de côté les formalités. Et buvons, buvons, Henri ! Fernande a préparé une paella en ton honneur, ce tantôt. Et je peux te garantir qu'elle va être bonne. Hé ! Mais lève donc ton verre toi aussi, divine muse ! »

Le vin fut versé à ras bord des verres tendus, et Marie Laurencin entonna un vieil air normand. A peine une chanson s'achevait-elle que quelqu'un d'autre poussait à son tour la chansonnette ; à peine quelqu'un esquissait-il un pas de danse que toute l'assistance se joignait à lui. Bientôt, ce fut Apollinaire qui déclama d'une voix sonore un poème qu'il venait de composer :

*Nous sommes réunis pour célébrer ta gloire,*
*Ces vins en ton honneur que verse Picasso,*
*Buvons-les donc, puisque c'est l'heure de boire*
*En criant tous en chœur : « Vive ! Vive Rousseau ! »*

A cette strophe, tous unirent leurs voix :

« Vive ! Vive Rousseau ! Vive ! Vive Rousseau ! »

Rousseau, souriant, promena son regard sur chacun des visages de cette assemblée.

Mais comment exprimer les sentiments qui animaient Yadwigha en cet instant ? Son cœur ressemblait à une framboise acide. Bienveillance et antipathie, déférence et mépris… autant de dispositions contradictoires dont elle percevait avec acuité la coexistence en ces lieux. Même s'ils semblaient sincèrement apprécier ces heures passées en compagnie de Rousseau, les jeunes artistes ici réunis ne se privaient pas de le taquiner, de le persifler, disséminant les traces de leur vilenie amusée à travers toute la pièce.

« Vive ! Vive Rousseau ! Vive ! Vive Rousseau ! »

L'envie de pleurer, l'envie de se boucher les oreilles l'avaient étrangement envahie à mesure que s'étaient répétés ces vivats effrontés. A la faveur d'un air de violon dont le peintre entreprit de gratifier l'assemblée, la jeune femme s'éclipsa de l'atelier pour se recroqueviller dans le couloir. Au bout d'un temps dans cette position, une grosse main vint lui tapoter le dos.

« Ça ne va pas, muse ? »

Elle redressa son visage blême. C'était Pablo.

« Tout va bien. Je suis juste un peu grise… »

Mais à peine avait-elle tenté de se relever que son frêle corps vacilla et se retrouva entre les bras vigoureux du peintre espagnol.

« Toi, tu n'es pas bien épaisse… Est-ce que tu manges correctement, au moins ?

— De quoi j'me mêle ? » protesta-t-elle comme elle repoussait son étreinte, le rouge aux joues.

Pablo la dévisagea de ses prunelles de ténèbres.

« Tu entretiens une liaison avec Rousseau, c'est ça ? »

La jeune femme partit d'un grand éclat de rire.

Il fallait toujours que cet homme proférât des absurdités.

« Tu plaisantes, j'espère ! Qui voudrait de ce type fauché comme les blés…

— Je vois, répondit Pablo, une trace de sourire dans ses yeux perçants. Dans ce cas, sois sa muse. Tu vivras ainsi pour l'éternité. »

A ces mots étranges, Yadwigha soutint le regard de Pablo, ce regard si profond qu'il aurait pu l'absorber tout entière.

« Vivre pour l'éternité ? Qu'est-ce que tu veux dire ? »

Un audacieux sourire se dessina sur ses lèvres.

« Tu comprendras sous peu. »

Il était plus de 3 heures du matin quand Rousseau et Yadwigha quittèrent le Bateau-Lavoir. Dans le fiacre qui cheminait sèchement sur les pavés, un sourire flatté passait de temps à autre sur le visage du peintre profondément assoupi. Yadwigha songea qu'il devait faire de beaux rêves.

*De beaux rêves, moi, j'en ai jamais fait.*

Elle regarda la lune qui plongeait dans l'aurore. L'astre semblait prêt à s'abattre sur les lampadaires.

*On dirait la lune paradisiaque que j'ai vue dans son atelier. C'est vrai, ça : elle était pareillement accrochée dans le ciel. C'était une lune comme un rêve… et une toile aussi belle que si je l'avais rêvée.*

S

## 8

## UN PARADIS
## (Bâle, 1983 ; Paris, 1909)

La lecture du cinquième chapitre de *J'ai rêvé* avait douloureusement serré le cœur de Tim.

La réception organisée en l'honneur de Rousseau par ses confrères artistes s'était muée depuis longtemps en une légende de l'histoire de l'art. Certains de ses participants avaient raconté le déroulement de la soirée, et de nombreux spécialistes se référaient encore à ces récits qui restituaient fidèlement l'air de leur temps. L'atmosphère fastueuse de ce début de siècle, les liens fugaces de fraternité unissant ces jeunes artistes téméraires et talentueux… Tim s'y était lui aussi intéressé : ces sources étaient les mieux placées pour l'aider à comprendre ce qu'avait concrètement été ce banquet, qui furent ses participants, et ce qu'il s'y produisit.

Mais que dire de l'infini sentiment de solitude qui planait sur ce chapitre ? Quelles intentions véritables animaient ces jeunes artistes qui avaient conduit Rousseau à l'atelier de Picasso pour l'encenser ? « Bienveillance et antipathie, déférence et mépris… autant de dispositions contradictoires dont Yadwigha avait perçu avec acuité la coexistence en ces lieux. » Ce que recélait son cœur qualifié de « framboise acide », c'étaient les mêmes sentiments que ceux de Tim.

*Si les chapitres à venir respectent la réalité historique, Rousseau devrait bientôt quitter ce monde sans que personne, ou presque, ne se préoccupe de son sort. Le banquet en son honneur fut donné en 1908 ; il est mort en 1910. Est-ce qu'en l'espace de deux années… ou plutôt, de deux chapitres… une vérité qui viendra repeindre l'Histoire de couleurs nouvelles va nous être révélée ?*

*Depuis quatre jours que j'ai commencé à lire ce récit, je n'ai fait que dériver comme un radeau sur une mer déchaînée. Pourquoi m'a-t-on fait venir ? Voilà que je n'en ai plus la moindre idée…*

Tim maudissait l'étoile qui l'avait entraîné dans cette confrontation sur laquelle le Diable en personne devrait se prononcer. Au train où allaient les choses, il lui était impossible d'envisager sans angoisse la perspective de l'examen final.

Et c'était le moment qu'avait choisi Beyler pour l'inviter à voir le Rousseau exposé au Kunstmuseum avec Orie ! L'étonnement qui s'était emparé de Tim était aussi vif qu'une eau pure où il aurait trempé ses pieds. Les bruits parasites s'étaient estompés. Son œil intérieur venait de s'ouvrir. Peut-être était-ce l'effet que Beyler cherchait à produire sur eux. Le collectionneur, en les conduisant inopinément à l'extérieur de sa propriété, avait affiché une douce candeur, comme si l'âme du peintre s'était incarnée en lui.

Quand Tim et Orie regagnèrent leur hôtel, une invitation les attendait au comptoir. Avec les clefs de sa chambre, chacun reçut en effet du réceptionniste une enveloppe de couleur crème avec le filigrane « Conqueror ». Tous deux sursautèrent un bref instant à la pensée qu'il s'agissait d'un message du collectionneur. Ce n'était toutefois qu'un court billet de la main d'Erik Kunz.

*Je vous invite ce soir à dîner avec moi. Une voiture passera vous prendre à 18h30.*

« Je me demande ce qui a bien pu lui prendre, murmura Orie à bord du véhicule venu les chercher. Il n'a pas fait la moindre allusion à son désir de nous inviter, ce midi… »

En réalité, elle ne semblait pas réellement troublée par la situation. Tim ne l'était pas davantage : ce dîner était pour lui une aubaine qui lui fournirait peut-être un début de piste sur l'identité des alliés de Kunz dans ce jeu.

Lorsqu'il baissa la vitre, la fraîcheur du vent vespéral s'engouffra dans l'habitacle en animant les cheveux d'Orie. Leur doux parfum floral vint lui chatouiller les narines. La robe de soirée qu'elle avait choisie révélait à la naissance des seins une peau éclatante de jeunesse, qui étincelait dans la lumière du couchant. Le jeune homme, conscient d'avoir vu quelque chose qu'il n'aurait pas dû voir, détourna aussitôt le regard.

Kunz les attendait à la table d'un restaurant établi dans un petit mais coquet pavillon.

« Merci de nous avoir conviés, dit Tim en lui serrant la main, sans baisser sa garde.

— J'ai été surprise de votre invitation, poursuivit Orie comme elle échangeait à son tour une poignée de main avec l'avocat. Quelle mouche vous a donc piqué ?

— Disons qu'il s'agit d'une petite réunion récréative avant votre ultime confrontation, répondit Kunz sans détour. Ce restaurant a une excellente réputation auprès des connaisseurs de Bâle. Vous trouverez ici les plus fameux vins d'Allemagne, les Moselle, les Rheingau, et quelques blancs à la carte qui n'ont rien à envier à un Montrachet. A ce propos, mister Brown, il me semble que vous tenez assez bien l'alcool ?

— Oui, enfin, c'est vite dit… » répondit évasivement Tim.

*Aurait-il décidé de verser un sérum de vérité dans le vin… ?*

« Mais que diriez-vous d'un Sekt pour notre premier verre, miss Hayakawa ?

— Parfait, répliqua Orie avec un sourire. Je ne suis pas difficile. »

Une fois le mousseux versé dans les trois flûtes à champagne, Kunz leva son verre, sitôt imité par ses invités.

« A votre santé ! Puisse votre joute se dérouler sous les meilleurs auspices ! »

Les bulles rafraîchissantes trouvèrent aisément leur chemin dans la gorge des deux hommes. Orie, elle, trempa à peine ses lèvres dans le Sekt avant de reposer sa flûte sur la table. Un fait qui ne passa pas inaperçu du chargé d'affaires de Beyler. Alors qu'il dépliait devant lui son menu, Kunz demanda :

« Me permettrez-vous de procéder au choix des mets et de leurs vins ? Je vous promets que vous ne le regretterez pas.

— Mais je vous en prie… » répondit Tim, à demi désespéré.

*Quitte à devoir avaler un sérum de vérité ou un sédatif, autant qu'il choisisse lui-même les plats…*

« Si cela ne vous dérange pas, je préférerais du poisson. Avec un peu de salade, en accompagnement », précisa Orie.

Du riesling fut alors servi dans de petits verres à vin.

« Je sais très bien que vous ne tolérerez aucune question ni remarque relative à *J'ai rêvé*, fit l'Américain après avoir vidé d'un seul trait son verre de blanc. Mais accepterez-vous de répondre à une question plus personnelle ? »

Avantage décisif à celui qui attaquait le premier : telle était toute la stratégie de Tim.

« Une question personnelle ? répliqua Kunz, sans sourciller. Cela me surprend de votre part.

Pourquoi vous intéresseriez-vous à moi, alors que je ne suis ni riche, ni collectionneur, ni même spécialiste des arts ?

— Et pourtant vous représentez les intérêts de monsieur Beyler. Comment avez-vous accédé à ce poste ?

— J'ai officié pendant de longues années comme avocat attitré de monsieur Beyler, répondit Kunz d'un ton neutre. Et je me suis acquitté de mon travail avec le plus grand sérieux. C'est tout.

— Non, ce n'est pas tout. Si vous avez travaillé pour lui aussi longtemps que vous le prétendez, vous devez certainement avoir des compétences particulières. Après tout, certains le surnomment “le monstre”. Apprivoiser un tel personnage n'est pas à la portée du premier venu… »

Enfin, Kunz avait levé un sourcil.

« Oh ! Voilà autre chose, fit-il avec un sourire en coin. Vous connaissez donc son charmant sobriquet. Peut-on savoir qui vous aura renseigné là-dessus ?

— Vous venez bien de dire que vous n'étiez pas un spécialiste des arts ? s'immisça soudain Orie, choisissant le meilleur moment pour ce faire. Moi, je crois plutôt que votre travail pour Konrad Beyler vous a conféré quelques bonnes connaissances en la matière.

— Disons que j'ai l'œil pour reconnaître la valeur d'un tableau, au sens pécuniaire du terme. Mais pour être honnête, je serais tout à fait incapable d'en discerner les qualités plastiques. La plupart des toiles dont l'achat intéresse mon client dépassent allègrement mes facultés de compréhension.

— Mais quel est votre peintre préféré ? l'interrogea la jeune femme. Il doit bien y avoir une œuvre que vous appréciez plus particulièrement, parmi la quantité de tableaux accrochés dans ce manoir…

— Pour ce qui est de la valeur marchande, je vous répondrai : Picasso. Monsieur Beyler possède d'ailleurs plusieurs de ses œuvres les plus importantes. Mais pas le moindre tableau de sa période bleue, hélas ! »

Puis il détailla tour à tour le visage des deux jeunes gens, comme s'il cherchait à y détecter un éventuel changement d'expression. Tim se dépêcha d'engloutir la saucisse fumée qu'il venait de piocher dans son assiette de hors-d'œuvre. Orie, elle, s'était emparée de sa fourchette pour grappiller la choucroute servie en accompagnement. Après avoir hélé un serveur, Kunz lui glissa deux ou trois mots à l'oreille. Le sommelier du restaurant accourut aussitôt à la table et lui présenta l'étiquette d'une bouteille de vin assortie de quelques explications.

« Voici un grand millésime de Rheingau, répéta Kunz à ses invités. Il devrait être excellent. Mais je vous en prie, buvez donc ! Un bourgogne rouge viendra accompagner les filets de porc sauce Calvados qui vont suivre. La spécialité du restaurant ! »

Tim ne fit pas d'histoires, et vida son verre comme on l'y avait invité. Puis le plat de résistance, une viande épaisse et goûteuse, arriva sur la table. Kunz semblait n'avoir prêté aucune oreille aux requêtes d'Orie, qui avait distinctement réclamé du poisson.

*Tu parles, ce type n'en fait vraiment qu'à sa tête…*

Celle-ci n'approcha pas d'un millimètre les lèvres de son verre, pas plus que les mains de son assiette. Son comportement troubla Tim. La présence toxique de Kunz l'avait-elle paralysée ?

« A propos… fit soudain l'avocat, le pourtour de ses yeux légèrement rougi par la boisson. Très sincèrement, je n'arrive pas à saisir les mérites d'Henri Rousseau. Je ne crois pas que ses tableaux prendront un jour de la valeur. »

Tim suspendit le mouvement de ses mains au-dessus son assiette. Il ne lui avait pas échappé que sa voisine de table s'était pareillement pétrifiée.

« Je lui avais pourtant bien dit de s'abstenir, poursuivit Kunz, d'un ton plus belliqueux. Mais monsieur l'a acheté comptant… ce fichu tableau. Ah, ça, il avait un certificat d'authenticité ! Un document de chez Andrew Keats, expert mondial de son état ! »

Un léger mouvement de déglutition souleva la gorge blanche d'Orie. Après s'être essuyé la bouche dans sa serviette, Tim se hâta d'ajouter quelques mots, comme s'il venait d'essuyer une attaque personnelle :

« Comment vous dire… Keats aura pu signer ce document sans y penser, ou parce qu'on lui aura demandé de le faire…

— Oh ! Voilà qui est intéressant. Auriez-vous de votre côté quelque expérience en la matière ? Avez-vous déjà apposé votre signature au bas d'un document qui authentifiait en toutes lettres une œuvre… tant vous étiez ébloui par la commission qu'un marchand d'art vous proposait pour ce faire ? »

Orie demeurait absolument figée : son innocente question avait finalement jeté la conversation contre un écueil. Tim se retenait à grand-peine de fulminer.

« Un peu de vin, miss Hayakawa ? lui demanda Kunz après avoir absorbé la totalité du blond liquide qui emplissait son verre. Vous n'avez pas bu une goutte de la soirée. Exactement comme ce midi… Oh, mais attendez ! En fait, vous n'avez pratiquement pas ingéré d'alcool de tout votre séjour. Seriez-vous indisposée ?

— Mais non ! se contenta-t-elle de répondre, le visage blafard.

— Vous ne voulez pas manger de viande, poursuivit-il en fixant cette assiette à laquelle elle refusait de toucher. Vous évitez les aliments trop gras. Et pas seulement ce soir : c'est le même cirque tous les midis. Vous ne faites que picorer votre choucroute. L'alcool et les matières grasses seraient-ils donc préjudiciables… à votre grossesse ? »

Orie se leva sèchement de table. Toute couleur avait disparu de son visage.

« Je… je ne me sens pas très bien, annonça-t-elle d'une voix tremblante. Veuillez m'excuser. »

Tournant le dos aux deux hommes, elle s'en fut à pas rapides, ses cheveux ondoyant derrière elle. Tim voulut aussitôt quitter la table et se lancer sur ses talons, mais Kunz l'arrêta d'une voix cinglante :

« Un instant ! Je n'en ai pas terminé avec vous. »

Alors il se rassit brutalement, et serra fermement les dents.

*Saloperie de masque de fer… attends voir que je le fasse tomber !*

« Hum ! C'est bien ce que je pensais, lâcha l'avocat en fixant la direction où Orie avait disparu. Il aura suffi d'un peu de pression pour que le vernis craque. Cette jeune femme est bel et bien enceinte… d'un enfant adultérin.

— Qu'est-ce qui vous permet de l'affirmer ? Qui êtes-vous donc, à la fin ? répliqua Tim, qui mourait d'envie de gratifier ce prétentieux faciès d'une gifle.

— Comme vous le savez : le représentant du monstre. A ce titre, je connais une bonne partie des dessous de cette affaire. Grâce aux informations qu'une certaine personne a eu la générosité de me communiquer, je suis au courant de la vie privée de Hayakawa Orie dans ses moindres aspects. Voyez-vous, notre jeune chercheuse n'est pas seulement extrêmement brillante, c'est aussi une femme très séduisante. N'importe quel homme se jetterait à ses pieds… Mais voilà que la demoiselle a choisi le mauvais parti. Je vois bien qu'elle n'a pas encore réalisé quelle réputation d'imposteur précède Keats dans les cercles les plus troubles du monde de l'art. Sans doute lui a-t-il demandé de remporter ce duel sans qu'elle comprenne tout à fait à qui son amant s'est allié… Ah, que l'amour rend aveugle ! »

Dès l'instant où ces paroles heurtèrent son oreille, Tim en acquit la certitude : cet homme était bien l'informateur qui renseignait Paul Manning chez Christie's.

« Cela dit, je ne suis pas le plus retors. Regardez Keats. Qui oserait donc jeter sa maîtresse enceinte dans un tel jeu de dupes ? »

Devant le sourire narquois de Kunz, Tim répondit avec animosité :

« Ce n'est pourtant pas lui qui l'a poussée à m'affronter, mais Beyler. Vous le savez bien, vous qui lui avez envoyé cette invitation !

— Certes, répliqua aussitôt Kunz. J'ai bien expédié cette enveloppe… mais à l'intention d'Andrew Keats. Or, c'est cette femme qui s'est présentée à nous. Envoyée par Sir Andrew, selon ses propres dires. »

*Quoi ? Cela voudrait-il dire que ce duel devait à l'origine opposer Tom Brown à Andrew Keats ? Le conservateur du MoMA, contre celui de la Tate Gallery ?*

« Keats ne risquait pas de venir prouver la contrefaçon de ce tableau après avoir signé au petit bonheur ce certificat d'authenticité. En réalité, ce n'est qu'une fois ce document établi qu'il a appris son secret. Soit la coexistence d'un Rousseau et d'un Picasso sur cette toile... Bien entendu, c'est le Picasso bleu qui intéresse les gens de la Tate Gallery comme de Sotheby's. Mais tout le problème consiste à faire disparaître la couche supérieure de peinture. La chose prêterait forcément à polémique si le tableau s'avérait être un authentique Rousseau. Par contre, si l'on prouve qu'il s'agit d'une contrefaçon, on pourra la faire enlever sans que personne y trouve quoi que ce soit à redire. Et c'est précisément ce que veulent Keats et sa bande... »

Kunz scruta d'un air moqueur le jeune homme à bout de mots.

« Andrew Keats est un homme rusé. Il a parfaitement saisi le tempérament de monsieur Beyler. Monsieur n'irait certainement pas renvoyer chez elle une belle chercheuse aux traits exotiques qui se présenterait à sa porte. Keats devait même avoir deviné que la situation l'amuserait plus que tout. »

Il jeta un soupir et pencha la tête de côté.

« Allez savoir si le grand conservateur ne lui a pas promis de l'épouser en cas de victoire. Il savait qu'elle ne pourrait que se jeter à corps perdu dans ce duel. La pauvre ! Dire qu'elle finira de toutes les manières par être abandonnée… »

Clang ! Du verre se brisa dans un bruit tapageur. C'était Tim, qui du plat de la main, venait d'expédier son verre à vin hors de la table. Tous les clients du restaurant se retournèrent aussitôt sur lui.

« Vous non plus, vous ne jouez pas cette partie en solitaire. Et c'est un bien sombre personnage avec qui vous avez formé alliance… » dit-il d'une voix furieuse, nullement préoccupé par les serveurs accourus pour ramasser les débris.

Un sourire insolent se forma sur les lèvres retroussées de Kunz.

« Que voulez-vous dire par là ? »

Les deux hommes se toisèrent un long moment. Le perfide avocat détourna le premier les yeux et leva la main pour réclamer l'addition. Alors qu'il vérifiait l'exactitude de la note, Tim ne le quitta pas de son regard chargé de haine. Une fois le règlement effectué, Kunz leva de nouveau sur lui des yeux brûlants.

« Vous l'emporterez, affirma-t-il. Je ne tolérerai en aucune façon que vous perdiez contre cette femme. »

Puis, du ton autoritaire d'un monarque édictant un ordre, il riva le clou :

« Comme je vous l'ai déjà dit, je ne suis pas sans connaître une bonne partie des dessous de cette affaire. Et cela fait un moment que je sais parfaitement qui vous êtes. Veuillez ne pas l'oublier, mister Brown… »

—

## Chapitre 6
## Un paradis

Des branches lourdes d'oranges et de bananes, des fleurs aux noms inconnus écloses de toutes parts, des senteurs à vous faire suffoquer de douceur… aujourd'hui encore, Yadwigha s'était égarée au cœur de la forêt luxuriante.

« Où es-tu, Henri ? s'écria-t-elle. Je ne te vois pas, les fougères me barrent la vue…

— Je suis ici, Yadwigha ! lui répondit une voix, comme un écho dans le lointain. Attention ! Un serpent à tes pieds ! »

En percevant derrière son pied une chose molle, la jeune femme suspendit un instant sa respiration. Un serpent à la peau claire et luisante s'enfuyait en ondoyant. Un bref cri plus tard, elle s'éveilla.

Elle était allongée sur un canapé de velours rouge défraîchi. Jetant un regard circulaire autour d'elle, elle reconnut l'atelier du peintre désargenté et poussa un long soupir.

*Encore un rêve. J'ai dû finir par m'endormir…*

« Ça y est, tu t'es enfin réveillée ? C'est un bon petit somme que tu as fait. Même si tu semblais avoir parfois du mal à respirer… »

Rousseau promenait son pinceau sur la toile quand il se retourna vers elle.

« Et si nous prenions le thé ? proposa-t-il après avoir posé sa palette sur la petite table à ses côtés. Il serait temps que je fasse une pause, moi aussi, je commence à fatiguer. Attends-moi un instant. Il faut que j'aille puiser de l'eau… »

Sur ces mots, il sortit de la pièce. Yadwigha quitta alors le canapé et se dirigea vers la fenêtre pour l'ouvrir. Le vent de mars caressait ses joues de toute la fraîcheur du printemps naissant.

Ces derniers temps, elle venait tous les jours frapper à la porte de l'atelier de Rousseau. Elle lui montait du pain, du vin bon marché, voire des tubes de peinture, selon ce que Josef lui demandait de se charger. Le peintre la remerciait avec exubérance à chacune de ses visites et l'incitait souvent à entrer pour boire le thé, quand il n'avait pas quelque nouvelle création à lui montrer. Malgré ses réticences initiales, la jeune femme s'était peu à peu rassérénée. A présent qu'elle s'aventurait d'elle-même dans l'atelier, il n'était pas rare qu'elle y passât un certain temps allongée sur le canapé.

Son mari se montrait sans conteste le premier adorateur de Rousseau. La plupart des admirateurs autoproclamés qu'elle avait croisés l'année précédente, lors de ce banquet où on l'avait emmenée, ne s'étaient pas réunis en nombre pour rendre hommage à Rousseau, mais bien pour le railler. Seul ce jeune peintre espagnol du nom de Pablo Picasso se distinguait de cette coterie d'artistes. Lui seul avait paru manifester un réel intérêt envers son aîné. Yadwigha ne savait pas si ce qu'il éprouvait pour Rousseau était de l'admiration, mais son attirance pour sa peinture ne faisait pas l'ombre d'un doute.

Josef, lui, vouait au peintre un véritable culte. Depuis quelque temps, c'était comme s'il érigeait les toiles que Rousseau offrait à son épouse en icônes religieuses : il les accrochait un peu partout dans leur petit salon et consacrait chaque jour de longues heures à leur contemplation.

A trop observer ces étranges tableaux, peut-être avait-il fini par vraiment devenir fou. Yadwigha elle-même n'était pas dans son état normal : à force de vivre parmi ces peintures qui surchargeaient son salon, et de faire parvenir du ravitaillement au peintre, elle s'était progressivement mise à concevoir pour lui de l'intérêt. A vrai dire, lorsqu'elle lui rendait visite dans son atelier, il n'était pas question de bavarder ensemble autour d'un thé. Une fois installée dans le canapé aux ressorts usés, elle se contentait de regarder distraitement Rousseau promener son pinceau sur la toile. Devant elle s'étalaient les jungles foisonnantes de verdure, les portraits compassés, les vues de la Seine, et à force de les regarder, son esprit finissait par quitter son corps, elle semblait peu à peu s'endormir. Ce dont elle rêvait en ces moments-là, c'était toujours de s'égarer dans une jungle. De s'enfoncer avec Rousseau dans de profonds, très profonds sous-bois.

Ces songes paraissaient étrangement réels. La souplesse des fougères cinglant ses joues… la peau moite des serpents frôlant ses talons nus… l'air épais et presque irrespirable dégagé par la végétation ombreuse… l'odeur âcre des fruits trop mûrs tombés à terre… le flottement aérien du pollen projeté par les fleurs… rien n'était d'ici, tout était de là-bas.

« Je finis par avoir peur quand je peins trop longtemps, disait Rousseau. C'est comme si la forêt que j'avais créée allait m'absorber tout entier. Voilà pourquoi il m'arrive d'aller ouvrir la fenêtre, comme ça… »

Accotée à cette même fenêtre, Yadwigha le regardait à présent activer avec ferveur la pompe à main du puits collectif.

« Est-ce que ça t'est déjà arrivé d'aller dans une jungle ? De rencontrer les animaux féroces qui peuplent ces forêts ? lui demanda-t-elle en buvant le thé qu'il venait de lui préparer.

— Pourquoi ces questions ?

— Eh bien… »

Elle parut un instant hésiter.

« Comment pourrais-tu peindre de telles jungles si tu n'en avais jamais vu en vrai ? Cette végétation où brille la moindre feuille, la menace des fauves, le parfum des fleurs, la saveur aigre-douce des oranges… il me suffit de regarder tes tableaux pour les ressentir de tout mon être. »

Se tournant vers la dernière forêt que Rousseau avait entrepris de peindre, Yadwigha ferma un instant les yeux et prit une grande inspiration.

« Oui, je les sens en moi ! »

A la voir ainsi, les prunelles du peintre étincelèrent comme si des étoiles les constellaient.

« Bien sûr. Bien sûr que j'ai déjà été dans la jungle. Un corps de l'armée française fut autrefois expédié au Mexique pour défendre les intérêts de l'empereur Maximilien. J'avais environ vingt ans, et je faisais partie de ces soldats. C'est ainsi qu'au son fier des clairons, j'ai joué de mon violon dans la jungle car j'appartenais également à la fanfare militaire. Un jour, à ma grande surprise, toutes sortes d'animaux très étranges vinrent soudain se réunir autour de nous. Des singes, des serpents, et bien d'autres encore. Figure-toi qu'ils écoutaient amoureusement notre musique.

Et puis, il y avait cette femme à la peau aussi brune qu'un grain de café, où deux yeux luisaient de blanc. Elle ne portait pour tout vêtement qu'un cache-sexe en feuilles de cocotier. A mes timides salutations, elle me sourit avec grâce. La blancheur de ses dents, c'était quelque chose de stupéfiant. Son corps svelte avait la souplesse d'une panthère sauvage. Une femme magnifique, voluptueuse. J'étais jeune et je la trouvais si belle...

Le vert des arbres qui recouvraient ces terres, le rouge du soleil qui s'infiltrait entre leurs feuilles. Dans le silence, le cri d'une bête dont j'ignorais le nom se fit entendre au loin. Moi, je restai planté au milieu de ce décor, et mes larmes ne cessaient de ruisseler sans que je sache pourquoi. »

Comme elle écoutait le récit de Rousseau, Yadwigha fut transportée avec lui dans la jungle. Mais sans doute aurait-il été plus juste de qualifier cet endroit de paradis. Nulle angoisse, nulle souffrance, nulle misère ne subsistaient là. Juste une végétation luxuriante, une flore épanouie... le murmure des ailes des abeilles... des oiseaux aux couleurs vives, effleurant le sommet de leurs crânes dans leur envol croisé... des rugissements de bêtes, montant d'on ne sait où, pour aussitôt s'évanouir... la lumière céleste tombant en entrelacs dans l'interstice des branches abondamment feuillues... Oui, c'était bel et bien un paradis.

Dans cette paix colorée, Rousseau saisit doucement la main de Yadwigha. Sa main tachée de peinture enserra cette main que les lessives quotidiennes avaient fripée comme celle d'une vieille dame. Alors ils avancèrent, les doigts joints, en direction des ombres profondes de la forêt odorante.

*Sois sa muse. Tu vivras ainsi pour l'éternité.*

Résonnant aux oreilles de la lavandière, les mots de Pablo la réveillèrent. Une muse ? L'éternité ? Qu'était-ce donc ? Cette fois-ci, il lui semblait enfin commencer à comprendre.

*Qu'est-ce que cela peut bien faire, de vivre pour l'éternité ?*

I

—

Bâle, sixième jour.

Après avoir terminé le sixième chapitre et pris part à l'étouffant rituel du déjeuner, Tim et Orie quittèrent le manoir de Beyler pour regagner en silence leur hôtel.

Ce matin-là, en grimpant dans la voiture, ils n'avaient pas échangé d'autre mot qu'un « bonjour » de circonstance. L'expression d'Orie était restée fermée tout au long du trajet. Rien de plus naturel, après l'incident de la veille. Tim ne savait que dire. Fallait-il lui conseiller de ne pas prêter attention aux propos de Kunz ? Lui confirmer à quel point le personnage était tordu ?

Il craignait qu'une parole malheureuse n'offense la jeune femme blessée.

*Moi aussi, il me tient... et je ne sais pas ce qu'il me réserve si l'issue du duel devait ne pas le satisfaire. Son attitude autoritaire, en tout cas, m'a bien plus effrayé que les menaces téléphoniques de Paul Manning.*

*Mais si c'est moi qui l'emporte, qu'adviendra-t-il d'Orie ? Comment Keats et son acolyte de chez Sotheby's réagiront-ils ? Kunz m'a affirmé que Keats l'abandonnerait... mais ça m'étonnerait. Ils ne s'en tiendront sûrement pas là.*

Chacun regagna sa chambre dans une atmosphère lugubre. Tim s'empressa d'ouvrir la porte-fenêtre pour sortir sur la terrasse. Là, il s'accota au garde-corps et, dans une tentative pour se changer les idées, repensa au texte qu'il avait lu aujourd'hui.

*Ce chapitre est le plus court de ceux que j'ai lus. Des pages que l'on peut d'ailleurs tenir pour fictionnelles, car elles ne reposent sur aucune vérité historique.*

Dans les faits, 1909 avait été pour le peintre une année trouble. Fin 1907, Rousseau s'était laissé entraîner dans une affaire d'escroquerie montée par Louis Sauvaget, l'une de ses vieilles connaissances. Sauvaget, qui avait entrepris de soutirer des coupures à une banque en usant de chèques falsifiés, chargea Rousseau du transport des faux chèques et de leur échange contre liquidités. Arrêté puis incarcéré pour ces faits, le peintre fut finalement remis en liberté provisoire quelques jours plus tard. Lorsqu'il comparut au début de l'année 1909 devant la cour d'assises chargée d'instruire l'affaire, ce fut les larmes aux yeux qu'il plaida « n'avoir eu aucune raison de se livrer à de tels agissements, puisqu'il était un artiste ». Il n'aurait d'ailleurs « jamais secondé Sauvaget » s'il avait su qu'il s'agissait d'une escroquerie. En définitive, Rousseau fut condamné à deux années de prison avec sursis.

Cette étrange affaire devait toutefois entacher de manière considérable l'existence d'un peintre censé avoir jusqu'ici vécu dans l'honnêteté, la diligence, la modestie. Son entourage comprit fort heureusement que Sauvaget l'avait berné en lui proposant une récompense s'il l'aidait à « accomplir un petit travail entre amis », ainsi que Rousseau l'avait lui-même avoué. Mais l'homme devait sans doute en éprouver bien de la honte.

*Or le récit ne fait pas la moindre allusion à cette condamnation. Comme si son auteur avait consciencieusement cherché à effacer une tache maculant une nappe blanche. On sent bien le caractère intentionnel de l'omission...*

*Mais qui êtes-vous donc... ?*

Cette question qu'il avait jetée la veille au visage de Kunz, c'était à l'auteur de *J'ai rêvé* que Tim aurait voulu maintenant l'adresser. Il ne lui restait plus qu'un chapitre à lire. Plus qu'un jour, donc, avant la décision finale. Et non seulement ce récit ne lui avait fourni aucune piste pour juger de l'authenticité du tableau, mais sa nature exacte lui échappait encore. Tourné vers le ciel qui se dégageait, Tim ferma les yeux. Le sixième chapitre s'achevait par un I majuscule. Etait-ce une initiale ? Quelle pouvait bien être la signification de cette lettre ? Il tâcha de se remémorer toutes les initiales en fin de chapitre. La première d'entre elles était un S. La deuxième, un P.

S, P, O, A, S, I…

Soudain, une fulgurance lui traversa l'esprit. Se ruant dans sa chambre, il arracha les pages du bloc-notes disposé près du téléphone afin d'y inscrire chacune de ces lettres. Puis il aligna les six morceaux de papier sur son lit et essaya d'intervertir leur ordre de plusieurs manières.

P, I, A, S, S, O.

« Picasso… Ça alors ! Ces initiales formeraient-elles le nom du peintre ? »

*Il me manque encore une lettre entre le I et le A. Si un C apparaît à l'issue du dernier chapitre, le puzzle sera alors complet.*

*Mais que faut-il comprendre par là ?*

*Qu'un Picasso bleu se cache en effet derrière* J'ai rêvé *? Que Picasso aurait lui-même écrit cette histoire ? Ce serait dans les deux cas une découverte majeure… si tant est que le peintre soit réellement intervenu dans l'élaboration de ce tableau ou de ce récit…*

Tim arpentait sa chambre, incapable de se calmer. La confusion la plus absolue régnait dans son esprit.

*Comment m'y prendre ? Quel angle d'attaque adopter, demain ? Ce tableau est-il un faux destiné à dissimuler un vrai Picasso, ou est-ce un authentique Rousseau qui aurait été incidemment réalisé sur une peinture de Picasso ?*

Il s'immobilisa et ferma de nouveau les yeux. C'était le moment de faire appel à sa mémoire pour se représenter cette toile qu'il n'avait aperçue qu'une seule fois.

*C'était un grand format. Deux mètres sur trois, à peu près. La première impression qu'elle m'a faite, c'était... oui, c'était de ressembler étonnamment au* Rêve *du MoMA. Une jungle, des fleurs, des bêtes sauvages, un homme à la peau noire jouant de la flûte, et puis, cette femme aux longs cheveux bruns, étendue sur un canapé de velours rouge. Assurément le même modèle que Yadwigha, la figure centrale du* Rêve.

*Mais quelques détails différaient entre les deux tableaux. Exactement comme dans les deux exemplaires de* La muse inspirant le poète *conservés à Bâle et à Moscou. Après avoir peint par erreur des giroflées à la place des œillets qui devaient symboliser la figure du poète, Rousseau avait scrupuleusement recommencé son tableau. Même thème, même structure, mêmes couleurs. Et pourtant, il s'agissait clairement de deux peintures distinctes. Se pourrait-il que Rousseau, pour une raison ou une autre, ait réalisé* J'ai rêvé *à la même période que* Le Rêve, *son quasi-jumeau ?*

Au même instant, les propos de Juliette Leroux affleurèrent d'un seul coup dans son esprit.

*Christian Zervos, l'ami intime et compilateur du catalogue raisonné de Picasso, a longtemps cherché une toile de sa période bleue réputée introuvable. Ses dimensions, comme spécifiées personnellement par le peintre espagnol, atteignaient environ « deux mètres par trois ». Ce qui concorde, selon Juliette, avec les 2,04 mètres par 2,98 de* J'ai rêvé.

*Mais cette taille ne coïncide-t-elle pas exactement avec celle du* Rêve *? Et si le Picasso bleu porté disparu se cachait en vérité derrière* Le Rêve, *et non derrière* J'ai rêvé *?*

« Bon sang ! Si seulement je pouvais le passer dès que possible aux rayons X ! »

Tim extirpa un carnet d'adresses du sac de voyage enfermé dans son placard. Prestement, il tourna les pages. D… D… Devore Astrud. Après avoir relevé les coordonnées de la restauratrice du MoMA, il jeta un œil à sa montre et décrocha aussitôt le téléphone.

« Un appel international pour New York », déclara-t-il à l'opérateur.

*Pourvu que tu sois à ton bureau, Astrud…*

« Allô ? »

Après qu'un bruit semblable à l'écoulement d'un filet d'eau fut monté pendant quelques instants du combiné, la voix familière se fit enfin entendre, lointaine. Tim poussa un soupir de soulagement : la conservatrice était bien à son poste.

« Qu'est-ce que c'est, cet appel international ? Où es-tu, Tim ? Ta famille habite pourtant bien aux Etats-Unis, non ?

— Salut, Astrud, répliqua Tim en s'efforçant de paraître le plus naturel possible. T'as la forme, on dirait. En fait, j'ai emmené mes parents au Mexique. Ça s'est un peu décidé à la dernière minute, tu comprends… Ils voulaient absolument goûter les tacos du cru !

— Quel exemple éclatant de piété filiale ! Mais en quoi puis-je t'être utile ? Un oubli au bureau ?

— Pas vraiment. Pour tout te dire, quelque chose me tracasse profondément… Tu te souviens de la séance photo que vous avez faite du *Rêve* juste avant mes congés ? Eh bien, je me suis rappelé entre-temps une chose que tu m'avais dite, à propos de la différence de teinte au niveau de la main gauche de Yadwigha. Tu soupçonnais l'endroit d'avoir été repeint ou restauré. Que l'on avait changé quelque chose à cette main, en tout cas. C'est bien ça ?

— Et tu m'appelles de l'étranger pour ça ? Vous, les chercheurs, quand vous avez une idée dans le crâne… Ma foi, oui, il se peut que le peintre ait procédé à quelques remaniements. Mais nous n'en aurons pas la certitude tant que nous n'aurons pas passé la toile aux rayons X.

— Justement, tu ne pourrais pas le faire pratiquer, cet examen ? En fait, j'ai déjà contacté Tom à ce sujet : on a son feu vert. J'ai une question très importante à régler, vois-tu, une question qui presse… Alors, il me faudrait les résultats, disons, dans les douze prochaines heures.

— Qu'est-ce que tu me chantes là, Tim ? Je ne peux absolument pas faire ça ! Ce tableau est un don de la famille Rockefeller. Tu sais très bien que pour l'examiner aux rayons X, il nous faudrait l'accord de l'administrateur général et du directeur du musée. C'est même toi qui l'as dit ! Et puis, je pars en vacances demain, alors autant te dire que j'ai du travail par-dessus la tête. Merci d'arrêter immédiatement tes canulars téléphoniques transfrontaliers. »

Astrud lui faisait vertement comprendre à quel point sa requête lui paraissait peu crédible. Mais c'était le seul moyen qu'avait trouvé Tim pour savoir si le *Rêve* abritait ou non le palimpseste.

« Compris, compris, Astrud. Je vais me calmer. Ah, ce qu'il fait chaud à Mexico ! C'est sûrement le mercure qui m'a fait tourner la tête ! Je suis désolé, hein, je n'aurais pas dû te déranger au boulot. Profite bien de tes vacances, et fais bon voyage ! »

Après avoir raccroché, le jeune homme s'affaissa sur son lit et se prit littéralement la tête entre ses deux mains.

*L'espace d'un court instant, j'ai pourtant bien cru la tenir, la piste pour prouver l'authenticité ou la contrefaçon de* J'ai rêvé *! Mais voilà qu'au final, je ne suis pas plus avancé…*

C'est alors que deux coups précis résonnèrent contre sa porte. Entre appréhension et surprise, Tim releva la tête. S'approchant de la porte, il appliqua doucement son œil contre le judas. C'était Orie. Aussitôt, il déverrouilla le loquet et lui ouvrit.

La jeune femme esquissa un timide sourire.

« Que diriez-vous de sortir marcher un peu ? »

L'un à côté de l'autre, ils parcoururent lentement la promenade des berges rhénanes.

Sur le blanc sentier, les rayons du soleil déclinant allongeaient leurs deux ombres. Une longue digue, où vacillaient au vent des fleurs de camomille d'une délicate beauté, s'étendait par-delà les vieilles briques du muret empilées à hauteur de ceinture. Le fleuve miroitant dans la lumière du couchant coulait abondamment, impétueusement, ainsi qu'animé par sa propre respiration.

« Demain, nous nous quitterons… et nous quitterons ce paysage », murmura Orie en laissant vagabonder ses yeux sur le Rhin.

A ces mots de séparation, une vive douleur aiguillonna Tim au plus profond de son cœur.

« C'est loin d'être la première fois que je viens à Bâle, mais celle-ci a vraiment été pour moi un vrai bonheur. Cette lecture quotidienne du manuscrit, comme un roman d'aventures dont Rousseau aurait été le héros… cet effort de réflexion constant, passionné, au sujet du peintre et des artistes de son époque… L'espace de quelques jours, Bâle m'aura véritablement semblé un éden des beaux-arts. »

Le jeune homme partageait ce sentiment. En dépit de tous les événements éprouvants qu'il avait subis avec l'impuissance d'un passager de montagnes russes, dans les moments où il avait lu ce récit, il s'était senti heureux. Comme dans ceux où il devisait seul à seul avec Orie.

« Vous pourrez revenir ici quand vous voudrez, puisque vous vivez à Paris. Moi, je vais probablement devoir attendre le prochain Art Basel », dit-il pour la réconforter.

Mais il savait très bien qu'il ne remettrait plus les pieds à Bâle.

Et qu'il ne la reverrait jamais.

« C'est vrai. Mais la prochaine fois, je ne serai sans doute pas la même. »

Une pointe de tristesse avait soudain assombri les prunelles d'Orie. Spontanément, ils cessèrent de marcher et s'appuyèrent contre le muret pour contempler le fleuve. Puis, abruptement, elle ajouta :

« … Je serai alors devenue mère. »

Décontenancé par la soudaineté de ces mots, Tim fixa son visage de biais. Etaient-ce les rayons du soleil couchant qui coloraient son profil, mais sa figure rosie semblait étrangement sereine et comblée.

« Désolée d'avoir perdu mon sang-froid hier, après toutes ces choses mesquines que m'a dites Erik Kunz. En général, je suis plutôt du genre à ignorer la grossièreté masculine. Ou même à en rire. Peut-être monsieur Kunz voulait-il seulement plaisanter, mais j'ai ressenti ses paroles comme une offense envers cette vie que je porte en moi. »

Puis, se tournant vers lui :

« Je vous demande pardon si ce moment vous a été désagréable par ma faute. »

Comme elle inclinait légèrement la tête en un geste gracieux et sincère, Tim sentit son corps se paralyser jusque dans ses moindres recoins.

« Vous n'avez pas à vous excuser, dit-il avec un sourire. Cet homme s'est effectivement montré odieux. Vous avez eu parfaitement raison de quitter la table. Et je trouve que c'est bien courageux de votre part de m'inviter à prendre l'air pour m'avouer tout cela… »

*Tu es non seulement une chercheuse de tout premier ordre, mais une femme formidable. Une lady.*

Tels étaient les mots qu'il aurait sincèrement souhaité lui dire. Mais la gêne prit le dessus, et il ne parvint pas à les formuler.

« Merci », répondit-elle en souriant à son tour.

*Oui… une femme formidable. Et ce sourire te va à ravir.*

Tim s'était bien aperçu que de doux élancements traversaient sa poitrine dès qu'il apercevait le sourire d'Orie. Il refusait cependant d'admettre le caractère amoureux de ces manifestations : reconnaître ses sentiments aurait signé sa défaite.

« Une fois rentrée à Paris, je me marierai. C'est la promesse que j'ai faite avant de venir ici. »

Orie, le rose aux joues, avait indubitablement le visage d'une femme amoureuse. Une vive douleur ne tarda pas à fulgurer dans le cœur de Tim. Non plus un tiraillement, mais bel et bien un mal lancinant.

« Est-ce que le père se réjouit de cette grossesse ? » demanda-t-il, tâchant du mieux qu'il pouvait de contenir sa souffrance.

Orie pencha la tête de côté.

« Je n'ai encore rien dit. Ni au père de l'enfant, ni à ma mère au Japon. Vous êtes le premier à qui j'ose en parler. »

Elle sourit timidement ; Tim l'observa en silence.

*Le plus beau sourire de ces six derniers jours. Pareil à une fleur tout juste éclose.*

« J'ai pour vous de l'estime, monsieur Brown, poursuivit-elle en le regardant droit dans les yeux. Vous êtes un chercheur remarquable, et je suis persuadée que vous ferez de l'exposition Rousseau un grand succès. Vous parviendrez à le réhabiliter, c'est certain. Cependant… »

Brève pause. Quels ne furent pas ses regrets, l'espace de ces quelques secondes, lui qui aurait tant aimé se présenter à elle sous sa propre identité, et non celle de Tom !

« … je ne perdrai pas contre vous. Je ne peux pas me le permettre. »

Le jeune homme fixa les prunelles mouvantes comme la surface du Rhin.

« Je ne m'inclinerai pas davantage », répliqua-t-il en esquissant un sourire.

*Luttons de manière à ne rien regretter, sans nous soucier de qui l'emportera. Quel que soit le destin qui nous attend, nous n'avons d'autre choix que d'aller de l'avant.*

Tandis qu'il soutenait le regard frontal d'Orie, sa résolution fut enfin prise.

Tim s'apprêtait à rentrer dans sa chambre quand une feuille de papier pliée en deux tomba sans bruit sur le tapis. Quelqu'un semblait l'avoir glissée dans l'encadrement de la porte durant son absence. D'un geste vif, il ramassa le papier et le déplia.

*Rendez-vous sur le Mittlere Brücke à 21 heures.*

*J.*

Un mot de Juliette ?

A cette intuition, il consulta sa montre. Déjà 20 h 55.

Sa promenade avec Orie avait fini par l'entraîner jusqu'au Kunstmuseum, où il s'était encore une fois délecté de l'œuvre de Rousseau. Ce n'est qu'après un léger dîner qu'il avait regagné son hôtel. A présent qu'il avait retrouvé la fraîcheur d'esprit de leur sortie au parc zoologique, il se sentait enfin prêt à affronter l'épreuve du lendemain.

*Ma stratégie pourrait bien finir par payer, si je parviens à assumer jusqu'au bout le rôle de Tom Brown, et à délivrer une prestation sans faille. Devant Beyler, qui m'a fait venir ici... devant Orie, qui s'efforce de braver vaillamment le destin s'acharnant contre elle... et devant Rousseau lui-même.*

*Je risque bien de tâtonner jusqu'au dernier moment avant de rendre mon verdict, mais la réponse à tous les mystères doit forcément se dissimuler entre les lignes de l'ultime chapitre de* J'ai rêvé.

*Demain... tout se jouera demain.*

Le message de Juliette lui était parvenu alors qu'une douce excitation gonflait sa poitrine. Il lui avait fait l'effet d'une douche froide. Mais il n'était pas question de manquer ce rendez-vous.

Attentif à ses arrières, il se dirigea vers le Mittlere Brücke en vérifiant qu'il n'était pas suivi par un affidé de Kunz. Juliette s'était postée à mi-pont. Dès qu'elle le vit approcher au pas de course, elle pivota brutalement sur ses talons et s'en alla en silence dans la direction opposée.

« J'ai un marché à vous proposer, lâcha-t-elle tout bas, une fois Tim parvenu à sa hauteur. Un marché pour sauver cette œuvre.

— Qu'entendez-vous par là ? chuchota-t-il à son tour.

— Je vous l'ai déjà dit. Si vous perdez, les droits d'exploitation reviendront à Hayakawa Orie, c'est-à-dire à Keats et Owen. Ce qui intéresse ces deux-là, ce n'est pas le Rousseau. C'est le Picasso caché dessous. Et je peux vous garantir qu'ils feront rapidement nettoyer la peinture en surface. C'est pourquoi nous allons sauver ce tableau avant qu'ils n'y touchent.

— Une minute, objecta Tim. Et s'il ne dissimulait aucun Picasso ? Le fameux Picasso bleu que cherchait Zervos pourrait très bien se trouver sous un autre tableau. »

Juliette s'immobilisa devant le feu de circulation près du pont qu'ils venaient de traverser. « Que voulez-vous dire ? » demanda-t-elle sèchement. Mais Tim ne trouva rien à lui répondre.

*Il serait bien trop dangereux d'évoquer devant elle l'idée que le* Rêve *puisse abriter le Picasso bleu. Son authenticité se verrait à son tour remise en cause. Et ce n'est pas le moment de traîner dans les eaux troubles des expertises un don de la famille Rockefeller. Il s'agit quand même de la pièce maîtresse de notre future exposition...*

« Quoi qu'il en soit, je tiens à sauver ce tableau, poursuivit-elle sans attendre la réplique du jeune homme. Si vous êtes vraiment un spécialiste de ce peintre, vous ne pouvez pas vous permettre de laisser disparaître un authentique Rousseau de ce monde sans lever le petit doigt.

— Certes... mais admettons que *J'ai rêvé* bascule du côté de la Tate Gallery. Honnêtement, je ne crois pas qu'ils iraient jusqu'à faire nettoyer ce tableau pour restaurer le Picasso bleu. Hayakawa Orie est elle aussi passionnée par Rousseau.

Comment pourrait-elle laisser faire une pareille chose ?

— Mais réveillez-vous un peu ! explosa Juliette d'une voix grondante. Hayakawa est la maîtresse de Keats. Vous ne comprenez donc rien ?

— Non, rétorqua Tim, froissé. C'est une chercheuse avant toute chose. Elle aussi travaille à la réhabilitation de Rousseau. Bien plus que moi, d'ailleurs ! »

Ils se toisèrent du regard sans céder un pouce de terrain.

« Revenons à l'essentiel, finit-elle par soupirer. J'étais venue vous faire une proposition…

— Je sais. Une proposition pour sauver Rousseau. »

Le marché proposé par Juliette était le suivant : si Tim remportait les droits d'exploitation de *J'ai rêvé*, il s'engageait à remettre la toile à Interpol. Une fois ses investigations terminées, Juliette prendrait la responsabilité de négocier avec le propriétaire originel du tableau afin d'en faire don à l'institution dont cette œuvre relevait. S'il collaborait à toutes ces étapes, Tim pourrait maintenir sa position au MoMA et poursuivre ses recherches sans être excommunié du monde des arts.

*Une proposition parfaitement acceptable, et infiniment préférable aux projets de Manning, Kunz, Keats et Owen, les quatre crapules aux trousses de ce tableau. Mais tout dépend de ce que Juliette entend par « maintenir ma position » et par cette « institution » où* J'ai rêvé *serait enfin à sa place.*

« Et où voyez-vous donc ce tableau ? »

La réponse de Juliette ne se fit pas attendre.

« Au musée Picasso. »

Tim en resta coi.

*Le musée Picasso... Il est vrai que l'Etat français s'apprête à ouvrir un nouveau musée national pour présenter les œuvres de Picasso prélevées en dation lors du règlement des droits de succession. Ce projet fait naturellement l'objet d'une attention internationale, d'autant que son inauguration est prévue pour 1985, dans deux ans.*

*Si* J'ai rêvé *dissimule bien un tableau du peintre espagnol, cette institution serait en effet la mieux placée pour l'accueillir.*

« Qu'en pensez-vous, Tim ? »

En entendant son prénom, le jeune homme se figea. Puis il releva doucement la tête et considéra Juliette. Elle aussi le regardait. L'irritation qui assombrissait son visage était à présent passée.

« Alors comme ça, vous saviez.

— Il n'y a rien que j'ignore. Après tout, je fais partie d'Interpol ! »

A son sourire forcé, elle répondit en souriant à son tour. Son engagement passionné en faveur de ce tableau l'avait touché en plein cœur. Elle se préoccupait sincèrement du devenir de *J'ai rêvé*. Elle aimait Rousseau. Et elle n'espérait qu'une chose : que cette toile soit préservée et traverse éternellement le temps. Bien au-delà de son professionnalisme d'agent d'Interpol, Tim avait perçu en elle des sentiments puissants, qui confinaient au sacré.

« Mais enfin, qui êtes-vous ? » demanda-t-il à son corps défendant.

Juliette porta sur lui des yeux étrangement lumineux. Les ondulations de ses longs cheveux châtains oscillaient dans le vent vespéral, et il ajusta son regard pour mieux saisir sa silhouette dans la pénombre.

*Qui est-ce ? Elle me fait décidément penser à quelqu'un. Je m'étais déjà dit la même chose à l'aéroport, même si je ne l'avais aperçue qu'un bref instant. Elle ressemble à cette femme. Cette femme que je connais très bien... depuis très longtemps.*

« Je vais vous la révéler, ma véritable identité, murmura-t-elle alors qu'il se livrait à un dernier effort de mémoire. A condition que vous me promettiez de n'en parler à personne avant la fin de l'épreuve… »

Au même instant, un taxi qui s'immobilisait au feu rouge entra dans son champ de vision. Tout en écoutant ce que Juliette avait à lui dire, il avisa la banquette arrière du véhicule. Machinalement. Incidemment. Mais il ne lui fallut pas plus de trois secondes pour reconnaître le personnage installé dans la voiture.

Ses yeux s'exorbitèrent. La voix de Juliette, confidences au bord des lèvres, ne lui parvenait plus que de très loin. Le feu avait viré au vert. Et le taxi s'en allait en direction du centre-ville, Tom Brown à son bord.

# 9

# LA CLEF DU PARADIS
# (Bâle, 1983 ; Paris, 1910)

Le matin du septième jour s'était levé.

Après avoir revêtu la chemise bleue que la blanchisserie de l'hôtel lui avait renvoyée empesée, Tim ajusta son nœud de cravate et endossa sa veste de lin. Une fois correctement apprêté, il s'empara des deux volumes qui reposaient sur sa table de chevet.

*La biographie de Rousseau par Henry Certigny, et le catalogue de ses œuvres par Dora Vallier. Deux spécialistes mondialement reconnus, qui ont chacun accéléré le processus de reconnaissance du peintre aux nombreux mystères.*

*Il n'y aurait rien eu d'étonnant si le jugement d'aujourd'hui avait opposé Certigny à Vallier, et non pas moi à Orie. Oui, la chose aurait même été plutôt naturelle. Ceci dit, ce monstre de Konrad Beyler n'espérait pas un duel d'experts, mais bien de conservateurs de musée. Erik Kunz lui-même l'a avoué avant-hier : Beyler comptait à l'origine opposer les conservateurs généraux du MoMA et de la Tate Gallery, Tom Brown et Andrew Keats. Mais au final, ni l'un ni l'autre ne se sont présentés. C'est moi et Hayakawa Orie qui sommes venus à leur place.*

*Kunz avait l'air d'avoir percé à jour ma véritable identité. Mais heureusement, il semblerait que ce ne soit pas encore le cas de Beyler. S'il découvrait le pot aux roses, la compétition prendrait fin avant même d'avoir commencé. Il me faut donc impérativement tenir le rôle de Tom Brown encore quelques heures. Et gagner la partie, avec toute l'autorité d'un conservateur du MoMA.*

Un sourire amer retroussa les commissures de ses lèvres.

*Tu parles d'une farce ! Pourquoi est-ce que je me livre à toutes ces absurdités ?*

*Il se peut très bien que dans cinq minutes, quand je descendrai dans le hall et prendrai place comme d'habitude à bord de la voiture, ce soit mon supérieur que je retrouve assis sur la banquette arrière à côté d'Orie. Au point où nous en sommes, je ne peux même plus jurer que ça n'arrivera pas.*

*Pourquoi Tom Brown est-il ici ? Il était censé être en vacances à Hawaï, sur l'île d'Oahu. Et puis, il doit reprendre son travail en même temps que moi, après-demain. Il n'y a en ce moment ni foire d'art contemporain ni vernissage d'exposition majeure, il n'a donc aucune raison de se rendre à Bâle en plein été.*

*Si ça se trouve, il a peut-être dormi dans cet hôtel la nuit dernière. Peut-être qu'il m'attend en ce moment même à la sortie de l'ascenseur, et qu'il va me sortir son sourire éloquent de tombeur de dames pour me dire : « Salut, Tim. Merci d'avoir assuré l'intérim jusqu'ici. Mais comme prévu, c'est moi qui m'occupe de l'examen critique du tableau. Allez, tu peux rentrer. Mais pas à New York, non : dans ta chère ville natale de Seattle. »*

Le rictus chargé d'amertume disparut de son visage. Résigné, il rangea les deux livres dans son sac de voyage. Ses vêtements et affaires de toilette étaient déjà serrés à l'intérieur.

*Je libérerai la chambre dès que je reviendrai de chez Beyler. Puis je prendrai le premier avion à destination de New York. Et plus jamais je ne remettrai les pieds ici.*

*Nous nous séparons pour toujours, Bâle… et toi aussi, Orie.*

Sa résolution prise, il quitta sa chambre. Dans le couloir recouvert de moquette rouge, dans l'ascenseur doré, dans le hall où se croisaient tranquillement les clients de l'hôtel, il ne rencontra aucun visage connu. La voiture attitrée de la maison Beyler était déjà stationnée devant l'entrée, prête à démarrer. Malgré son habitude de monter la première à bord pour attendre son concurrent, Orie patientait exceptionnellement à l'extérieur du véhicule, ce matin-là. A peine reconnut-elle la silhouette de Tim qu'un sourire s'épanouit sur ses traits légèrement crispés.

« Bonjour. »

La voix était fraîche. Tim, lui souriant à son tour, répondit d'un même « bonjour ». En cet instant précis, il aurait voulu remercier Dieu pour la présence de la jeune femme à ses côtés.

« Eh bien, nous allons retrouver Rousseau ?

— Oui. Allons rejoindre notre ami. »

La Cadillac se présenta en temps et en heure devant le manoir. Schunasen, le majordome, accueillit poliment mais sobrement les deux chercheurs en leur ouvrant la portière arrière, ce dont Tim le remercia. Songer qu'il voyait aujourd'hui ce visage compassé pour la dernière fois le rendait déjà nostalgique.

« Quelqu'un viendra plus tard me rejoindre, l'informa-t-il à voix basse comme ils se dirigeaient vers le porche de l'entrée. Merci de faire attendre cette personne dans l'antichambre de la pièce où se déroulera l'examen critique. »

Le visage si peu aimable du majordome afficha un certain étonnement devant cette requête inattendue, mais recouvrit son air naturellement sentencieux lorsqu'il répliqua :

« Ah oui ? Et qui aurez-vous donc le privilège de recevoir ? »

Tim lui sourit.

« Une personne que vous connaissez fort bien. »

Pendant ce temps, Kunz attendait les concurrents dans le salon contigu à l'étude. Aussi inexpressif qu'à son habitude, il incita Orie à le suivre d'un simple « par ici, miss Hayakawa ». En franchissant la porte sur ses talons, la chercheuse se retourna brièvement. L'écho de cet « à plus tard » qu'elle avait laissé informulé résonna longuement dans le cœur de Tim.

Les quatre-vingt-dix minutes qui suivirent furent les plus longues de toute son existence.

Assis au bord d'un fauteuil, bras croisés au-dessus de ses genoux, il se consacra entièrement à faire le vide dans son esprit. Mais les réminiscences de ces six dernières journées se bousculaient toujours plus nombreuses dans son cerveau à mesure qu'il s'efforçait de les neutraliser. Et chaque chose dont il se rappelait avait trait à Orie.

*L'anecdote dont elle m'a fait part au zoo, à propos de son défunt père... la sincérité avec laquelle elle observait le tableau de Rousseau exposé au musée... le visage un petit peu arrogant qu'elle affichait en exprimant ses opinions personnelles... et puis, le sourire qui a irradié son visage de bonheur lorsqu'elle m'a appris sa maternité prochaine...*

Les doux sentiments qui emplissaient sa poitrine allaient bientôt déferler hors de leur foyer. Il le sentait. Et même s'il s'appliquait du mieux à les contenir, cela faisait déjà un moment qu'il avait pris conscience de leur véritable nature.

*Rien à faire... ça ne me mènera nulle part.*

*Mais une chose est certaine, une seule.*

*... C'est que je l'aime d'amour.*

Au grincement de la poignée de porte que l'on faisait jouer, Tim releva la tête. Kunz réapparut dans la pièce, toujours aussi inexpressif. Puis Orie. Elle gardait le visage baissé, mais lorsqu'elle le tourna vers le jeune homme, il retint son souffle. Ses yeux étaient rouges de larmes contenues. Comme elle le fixait de ses moites prunelles, l'air accusateur, il s'achemina mécaniquement vers elle.

« Allons-y, mister Brown, lâcha froidement Kunz en s'interposant entre eux. Il vous est strictement interdit de communiquer ici. »

Il se contenta donc de la dévisager sans émettre un mot, jusqu'à ce que la jeune femme qu'il voyait de profil, réprimant ses larmes, disparût de l'autre côté de la porte.

« Ce duel se soldera par votre succès, murmura l'avocat dès qu'ils furent sortis de la pièce. Mademoiselle Hayakawa est submergée par ses émotions. Dans cet état, je ne vois pas comment elle pourrait se livrer à un examen critique digne de ce nom. La victoire vous est désormais acquise, comme je l'avais prévu. »

Tim serra les dents. Quel pouvait donc être le meilleur moment pour lui casser la figure ?

« J'espère que tout se passera pour le mieux. Faites bon voyage ! »

Sur ces paroles qu'il avait déjà prononcées le premier jour, Kunz quitta le cabinet d'étude. Tim, désormais seul, fixa la page du livre ouvert sur la table en acajou. *J'ai rêvé*, chapitre septième.

*Que vas-tu devenir, Rousseau ?*

*Ton existence touchera-t-elle à son terme sans avoir obtenu la reconnaissance publique ?*

*Ton amour prendra-t-il fin sans avoir été payé de retour ?*

*Mes sentiments prennent le même chemin…*

—

## Chapitre 7
## La clef du paradis

La lueur vague de la lampe enluminait de nombreux visages. Celui, impassible, d'une femme attachant fixement sur vous ses prunelles noires. Celui d'un homme bourru. Celui d'un jeune enfant, figé dans une expression menaçante. Celui d'une fillette étrangère vous considérant d'une paire d'yeux flamboyants, un grand serpent enroulé sur sa peau aux nuances plurielles. Autant de faciès nés du pinceau d'Henri Rousseau, qui recouvraient la surface encrassée des murs de l'appartement, semblables à ces saints des icônes religieuses.

Là, deux autres visages étaient exposés à la flamme de la lampe. Le plus sombre des deux appartenait à Yadwigha ; celui qui se consumait d'impatience, à son époux Josef.

« Alors ? Comment va-t-il ? Si mal que ça ? demanda Josef en se penchant par-dessus la table.

— J'en sais trop rien, lâcha Yadwigha dans un soupir. Il dit qu'il doit se mettre à ce tableau pour son truc des indépendants, tu sais, cette exposition où il présente toujours quelque chose. Il ne pense qu'à ça. Mais je vois bien qu'il traîne la patte… et j'ai beau lui demander ce qui lui est arrivé, la seule réponse qu'il me sort, c'est que ça va aller. »

Cet hiver-là, Rousseau avait clairement changé d'aspect. Ses joues s'étaient creusées, ses yeux enfoncés, et pour quelque obscure raison, il semblait avoir du mal à marcher. Bien qu'il fût de toute évidence malade, il se consacrait passionnément à ses toiles sans jamais s'éloigner bien longtemps de ses pinceaux. Des signes avant-coureurs qui sortaient de l'ordinaire, comme s'il était possédé par un esprit malin. Yadwigha, inquiète, s'arrangeait pour venir chaque jour à son atelier. Rousseau lui paraissait à peine se nourrir, se contentant d'agiter son pinceau sur la toile.

« Eh bien, qu'est-ce qui t'arrive ? La grande faucheuse a jeté son dévolu sur toi ? Allons, à ce train-là, tu ne pourras bientôt même plus tenir un pinceau ! » avait-elle essayé de lui lancer sur le mode de la plaisanterie. Mais en réalité, elle avait peur : dans l'apparence horrifiante du peintre, elle avait réellement senti l'approche de la Mort.

« Et si on lui faisait parvenir des choses nourrissantes ? proposa Josef sur le ton d'un enfant au chevet de son père malade. Du poulet, des œufs, qu'importe… Il risque de succomber en un rien de temps, s'il continue à n'absorber que du pain et du vin.

— J'aimerais bien, soupira de nouveau Yadwigha. Mais nous n'avons plus les moyens de nous procurer ce genre de nourriture. »

*Et si je vous disais que vous me tireriez de l'embarras… si vous vouliez bien m'apporter une toile et de la peinture ? Du vert viridien, plus qu'il n'en faut, et une toile immense… c'est tout ce dont j'ai besoin.*

Après que Rousseau leur eut présenté cette requête, Josef avait compulsivement acheté au marchand de couleurs toutes sortes de verts et de toiles plus ou moins grandes, qu'il avait fait porter au peintre par l'intermédiaire de Yadwigha. Ce n'était pas la première fois qu'il se fournissait en grandes quantités auprès de cette enseigne afin d'approvisionner l'atelier de Rousseau. Mais depuis qu'il s'était retrouvé à court de liquidités, il avait pris l'habitude de faire inscrire ses achats sur une ardoise, et ses dettes envers le marchand de couleurs s'étaient mises à gonfler dans des proportions qui effrayaient le couple.

« Et merde ! rugit Josef en abattant son poing sur la table. Dire que c'est maintenant qu'il a le plus besoin de nous, alors que je ne peux lui être d'aucune utilité… Ah ! Si seulement j'avais plus d'argent ! Si seulement j'étais un marchand d'art célèbre ! »

Josef se sentait parfaitement capable de faire reconnaître ces œuvres prodigieuses par le monde entier. Elles étaient si novatrices, et chargées d'une puissance toute mystérieuse… Elles étaient le souffle même du nouvel art.

Mais il baissa la tête.

La frêle lumière de la lampe révélait une lueur fuyant le long de sa joue.

« Qu'est-ce qui te prend, Josef ? Pourquoi t'acharnes- tu à vouloir faire quelque chose de ses tableaux ? » l'interrogea sa femme, qui sentait sa poitrine se soulever à son tour.

Josef garda le silence et tourna la tête de côté ; puis il enfouit son visage entre ses mains pour éclater en sanglots. Yadwigha, consciente de la moiteur de ses propres joues, tendit son bras vers lui et caressa tendrement sa souple chevelure.

La butte de Montmartre ; de vieux baraquements derrière une petite place.

La jeune femme leva les yeux sur la façade de bois incessamment prête à s'effondrer.

C'était bien ici… Le Bateau-Lavoir… L'endroit où elle s'était rendue avec Rousseau ce soir où Pablo Picasso avait organisé chez lui un banquet. Hors d'haleine après son ascension effrénée des pentes de la butte, elle toqua à la porte de son atelier. Bien qu'ignorant l'identité de son visiteur, la voix posée du peintre se fit entendre de l'intérieur.

« Entrez ! »

Yadwigha poussa doucement la porte de bois pourri.

La pièce, envahie d'un désordre de carnets de croquis, de chevalets et de masques africains, ne laissait plus un endroit où poser le pied ; en son coin le plus reculé, le petit corps trapu de Picasso faisait face à une grande toile. Ce n'est qu'une fois la jeune femme postée dans son dos qu'il daigna enfin se retourner.

« Oh, c'est toi ! lança-t-il d'une voix pleine de vivacité. Pour une fois que j'avais de la visite… Alors, qu'est-ce que tu me veux ? Encore un tableau de Rousseau à me vendre ? »

Yadwigha tenta bien d'esquisser une réponse, mais son regard fut entre-temps accroché par le tableau en cours de finition sur le chevalet. Il représentait un personnage véritablement singulier. C'était une silhouette masculine ; du moins le comprenait-on à grand-peine à son crâne chauve, sa barbichette et sa large carrure. Une silhouette constituée de cubes. Mais la tridimensionnalité et la perspective qui la gouvernaient, en elles-mêmes fort curieuses, la faisaient davantage ressembler à une statue taillée dans de la roche qu'à un homme. Comme s'il suffisait de tendre la main pour percevoir du bout des doigts la rugosité de ses reliefs.

« Quel drôle de tableau…

— Ouais. C'est le portrait d'un marchand d'art de ma connaissance.

— Ça aussi, c'est de l'avant-garde ? »

Picasso se mit spontanément à rire.

« Y en a qui appellent ça comme ça. Mais pour moi, c'est à la peinture de Rousseau que le terme d'avant-garde s'applique le mieux.

— Vraiment ? »

Une lueur éclaira le visage de Yadwigha. A dire vrai, elle ignorait s'il fallait entendre ce terme comme un compliment ou une critique, mais puisque c'était Pablo Picasso qui l'avait proféré, elle décida de l'accepter avec joie.

« Est-il donc arrivé quelque chose à Rousseau ? questionna le peintre tout en reposant sa palette sur le plateau latéral qui complétait son chevalet. J'imagine que tu as de bonnes raisons d'être venue jusqu'ici pour me voir. »

*Il me tend la perche pour lui révéler plus facilement ce qu'il en est… Avec lui, je pourrais vraiment parler de tout et n'importe quoi…*

« Rousseau, ça fait un petit moment qu'il est bizarre. Je crois qu'il est malade, mais il refuse d'en parler. Il ne fait que répéter en boucle qu'il veut de la peinture et des toiles. Sans quoi il ne pourra pas terminer “son chef-d'œuvre suprême pour les prochains Indépendants”. »

Picasso croisa les bras et observa Yadwigha. La jeune femme savait qu'elle ne pourrait échapper à l'absolue clairvoyance de son regard. Aussi ajouta-t-elle spontanément :

« Je lui ai porté énormément de matériel et de nourriture, jusqu'à présent. Mais je n'ai plus rien, plus rien du tout. Plus rien à lui donner… »

Sur ces mots, elle inclina en toute hâte son visage. Avouer qu'elle ne pouvait plus subvenir aux besoins de Rousseau lui avait été infiniment pénible, et elle aurait encore préféré disparaître de chagrin.

« Tu te trompes. »

La voix de Picasso lui fit soudain redresser la tête.

« Il te reste encore toi, non ? poursuivit-il avec le même regard profond. Tu n'as qu'à te livrer à lui. N'est-ce pas ce que Rousseau désire le plus au monde ? »

A ces paroles tout à fait inattendues, Yadwigha s'empourpra jusqu'aux oreilles.

« Ça ne va pas, de dire des horreurs pareilles ! s'insurgea-t-elle, des tremblements dans la voix. Hors de question de faire ça. Je ne suis pas une putain !

— Petite idiote, ricana Picasso. Ce dont je te parle, c'est de prendre la pose. Je ne sais pas si t'es au courant, mais Rousseau est incapable de peindre ses personnages sans modèle sous les yeux. Aucun doute qu'il le produira, son chef-d'œuvre suprême, si tu acceptes de poser pour lui. Et puis… »

La regardant droit dans les yeux, il ajouta distinctement :

« … c'est ça, de vivre pour l'éternité. »

Des mots comme des cailloux verbaux, qu'il jetait avec force éclaboussures à la source de son cœur.

*Vivre pour l'éternité…*

*Picasso m'a déjà lancé ces mots.*

*Sois sa muse. Tu vivras ainsi pour l'éternité.*

Alors Yadwigha plongea paisiblement vers le fond de la source pour suivre ces paroles. Leur signification, elle la rencontra enfin dans les profondeurs limpides. Retenant fermement le sens de ces mots entre ses mains, elle se hâta de remonter à la surface. L'éclat propre à ceux qui ont découvert la vérité s'épanouissait sur son visage émergeant des eaux.

Dans l'hiver de son atelier, Rousseau passait ses journées à somnoler sur son canapé aux ressorts cassés. Tout son être était plus que jamais envahi par le désir de peindre. Il aurait voulu se lever dans la seconde, s'emparer de sa palette, tenir son pinceau… sa conscience était d'ores et déjà à son tableau. Mais son corps refusait obstinément de lui obéir.

Le moment venu, son esprit finirait bien par se séparer de sa coquille corporelle pour errer dans l'atelier, et s'enfoncer dans les profondeurs de cette jungle qu'il n'avait pas encore terminée.

Loin, toujours plus loin. Plus il avancerait et plus il rencontrerait des paysages encore jamais contemplés. Un monde dont il n'avait jamais fait l'expérience l'attendait sûrement au cœur de la forêt.

Senteur sucrée de fruits trop mûrs tombés à terre. Echo lointain d'un rugissement bestial. Bruissement d'ailes de papillons multicolores, frôlant le bout de son nez dans leur envol.

Soudain, une chose molle et froide effleura la plante de son pied. Puis ce fut une vive douleur qui lui courut dans la jambe, comme si on lui avait asséné un coup de truelle sur le tibia. Rousseau eut à peine le temps de crier avant de s'effondrer dans les touffes d'herbes. Un serpent femelle en couvaison, ayant dressé sa tête, l'observait avec animosité. Alors, les mains arc-boutées contre le sol, il se retira lentement, prudemment vers l'arrière.

*Attends ! Ne me tue pas. Je ne suis qu'un humain, qui ne te veut aucun mal. Jamais je n'ai voulu envahir ton habitat.*

*En réalité, c'est bien malgré moi que j'ai été attiré ici… oui, par le démon peuplant cette forêt. Un démon impitoyable… un démon qui s'appelle l'Art.*

*Ah ! Vois dans quelle situation je me trouve… et pourtant, je ne peux pas te promettre que je ne reviendrai plus jamais dans cette jungle. Pourquoi ?*

*Parce que… c'est ici qu'il se trouve, mon paradis.*

« Henri ! Lève-toi, Henri. Il y a un visiteur pour toi. »

Plusieurs secousses contre son épaule, et Rousseau finit par ouvrir les yeux.

Devant lui se tenait Yadwigha, accompagnée de son « visiteur ».

« T'as bien maigri, dis donc, depuis le temps qu'on s'est pas vus… »

Cet homme, c'était Picasso. En l'apercevant, Rousseau tenta de se redresser, mais rechuta aussitôt sur le canapé en lâchant un gémissement.

« Ça va pas fort, toi… Tu t'es blessé quelque part ? » dit Picasso en s'agenouillant pour examiner son pied gauche. De la plante de pied bandée émanait une âcre puanteur ; la surface du bandage, imprégnée de pus, virait au jaune.

« Ça ? Oh, c'est pas grand-chose… Je me suis juste fait mordre par un serpent…

— Un serpent ? »

Le peintre espagnol ouvrit de grands yeux et leva son visage vers Yadwigha, restée debout près de lui. Celle-ci pencha légèrement la tête de côté.

« Henri, comment vas-tu faire pour le prochain Salon des indépendants ? » demanda Picasso, toujours à genoux.

Rousseau ferma les yeux et détourna son visage.

« C'est fichu. Je ne peux plus peindre.

— Et pourquoi donc ? rétorqua aussitôt Yadwigha. Tu as toujours réussi à montrer quelque chose depuis le tout premier Salon, non ? Alors pourquoi dis-tu cela ?

— J'ai beau vouloir peindre… j'ai beau le vouloir si fort… il ne me reste ni toile ni peinture. C'est sans espoir… murmura faiblement Rousseau, les traits altérés.

— Ressaisis-toi, Henri ! Cesse de détourner les yeux et regarde-moi ! lui intima Picasso, une pointe d'irritation dans la voix. Si c'est une toile que tu veux, en voici une ! »

Rousseau releva lentement la tête : Pablo lui présentait une grande toile. D'un fond bleu, limpide et uniforme, se détachait la silhouette d'une mère et de son enfant, paraissant osciller dans les profondeurs de l'eau. Il écarquilla les yeux.

« Mais ce n'est pas une toile vierge, chevrota-t-il. C'est le tableau d'un autre…

— Oui, sourit malicieusement Picasso. Le tableau d'un peintre quelconque, et pas très fortuné. Tu n'as qu'à repeindre par-dessus ! La toile ne date pas d'hier, mais elle est encore utilisable.

— Non, je ne peux pas faire ça. Aussi miséreux soit-il, cet homme a probablement peint ce tableau de tout son cœur. Cela reste son œuvre, même si personne n'en a reconnu la valeur. Cela reste sa vie. Hors de question que je les souille…

— Mais réveille-toi donc, Henri ! vociféra Picasso, secouant d'un soubresaut les épaules de Yadwigha et de Rousseau. C'est pour ça que tu stagnes dans l'ombre ! Y a pas de place pour ce genre de mièvreries, dans l'art de notre temps. Tu comprends ? Les tableaux des autres, ils existent pour être balayés d'un bon coup de pied ! Et paf ! Au diable, les valeurs établies !

Si le tableau que tu t'apprêtes à réaliser sur cette toile est l'œuvre de ta vie, alors répands toute ta peinture sur ce piteux portrait blafard ! C'est clair ? Peins ton paradis versicolore sur ces misérables personnages couleur de tristesse, et répands-y toute ta passion !

Si tu veux qu'on se souvienne de toi comme d'un artiste de notre époque, ne meurs pas sans avoir au moins fait ça ! »

Comme il débitait d'un trait son discours, Picasso observait fixement Rousseau. D'un œil flamboyant. Le peintre ravala sa salive. Epaules, bras, jambes, tout en lui frissonnait. Comment juguler ce déferlement de passion qui soulevait son être dans son entier ? Alors, dans un accès de vitalité, il se releva sans chercher à ménager son pied.

« Ma passion… toute ma passion… » gémit-il, ainsi qu'en proie au délire.

Et Yadwigha, sans un battement de cils, dévora du regard cette silhouette qu'un esprit semblait soudain habiter.

Dimanche était arrivé. La neige tombée au cours de la nuit précédente colorait la cour intérieure de l'immeuble d'une épaisse couche de blanc.

Pour la lavandière, c'était généralement l'heure de placer l'énorme quantité de linge à nettoyer dans son panier et de se rendre au lavoir. Mais aujourd'hui, elle avait quitté son appartement vêtue d'une robe de coton ornée de petites fleurs – une toilette tout à fait hors de saison. Ce jour-là, en enfilant cette robe qu'elle avait portée pour le banquet de Rousseau, elle avait enfin pris la décision de vivre pour l'éternité.

« Je crois bien que je vais poser pour lui, avait-elle lancé dans le dos de Josef, qui s'apprêtait à partir travailler. Pendant ce temps-là, je ne pourrai plus faire les lessives, mais ça devrait aller, non ?

– Oh ? avait-il répondu en se retournant, d'une voix soulagée. Ce serait merveilleux si tu pouvais lui rendre son appétit de peindre. Avec toi, il réalisera très certainement le plus grand de ses chefs-d'œuvre ! »

Et c'est en déposant un baiser sur la joue de son épouse qu'il était sorti, la mine joyeuse.

L'effervescence de Yadwigha était telle que sa poitrine en devenait presque douloureuse. Son corps la brûlait, jusqu'à la moelle, d'une fièvre à liquéfier la neige.

*Vivre pour l'éternité...*

Ces quelques mots que lui avait dits Picasso résonnaient encore dans ses tympans. Des mots comme un tableau, des mots qu'elle pouvait discerner du regard.

*A compter d'aujourd'hui, je vais vivre pour l'éternité. Rousseau mourra, et moi aussi... mais la Yadwigha de ce tableau, elle, restera à jamais vivante.*

Alors elle entreprit précautionneusement la montée des marches menant à l'appartement délabré où demeurait le peintre. Gagnée par l'impression qu'elle progressait le long d'un escalier la conduisant au ciel, elle éprouva un léger vertige. C'était une sensation singulièrement douce, proche de l'euphorie.

A peine eut-elle frappé à la porte de l'atelier qu'une voix l'invita à entrer. Le cœur battant, elle poussa doucement la porte... et jeta un cri de surprise en découvrant la volumineuse toile blanche qui avait fait son apparition dans la pièce.

« Une toile neuve ? Mais comment... ? »

Rousseau venait tout juste de se résoudre à se débarrasser du tableau que lui avait apporté Picasso pour réaliser une nouvelle œuvre. De la toile vierge, à peine plus grande que le *Portrait bleu d'une mère et son enfant*, émanait un éblouissant éclat. Rousseau, assis face à elle sur un tabouret de bois, se retourna vers Yadwigha.

« Un marchand d'art que je ne connaissais pas a débarqué hier avec ça. En échange, il voulait m'acheter cette toile que Pablo a laissée ici. »

L'homme se nommait Ambroise Vollard, marchand d'art spécialisé dans les tableaux de peintres avant-gardistes. En échange du portrait de Picasso, il avait proposé à Rousseau une toile neuve du même format, ainsi qu'une somme de cinq mille francs. Une somme gigantesque, pour l'artiste désargenté.

L'espace d'un instant, Yadwigha retint son souffle.

Puis elle osa lui demander timidement :

« Et alors ? Tu as accepté son marché ? »

Mais Rousseau se taisait. Et c'est un silence fort pesant qui circula entre eux.

Le peintre finit par se relever avec précaution, soucieux de ne pas endommager son pied. Derrière la toile vierge, il alla chercher une seconde toile aux dimensions analogues. La jeune femme cessa une nouvelle fois de respirer : c'était le *Portrait bleu d'une mère et son enfant*.

« Pourquoi est-ce que Pablo m'a demandé de répandre toute ma passion dans ce tableau ? Je crois enfin l'avoir compris… ne serait-ce qu'un tout petit peu. Pour créer quelque chose de neuf, il faut détruire quelque chose d'ancien. Croire en soi, quitte à piétiner l'art d'autrui, quitte à se mettre le monde à dos. La voilà, l'attitude qui doit animer les artistes des temps nouveaux. C'est sans doute cela que Pablo voulait me dire… »

Rousseau s'épanchait lentement, par bribes.

« J'ai demandé à ce marchand d'attendre que mon tableau soit terminé avant de lui donner ma réponse. Alors il m'a dit : "Dans ce cas, je vous laisse cette toile, mais ne détruisez pas le portrait d'ici là". »

Puis, avec un léger soupir, il ajouta tout bas :

« Qu'est-ce que je vais faire, maintenant ? »

Yadwigha laissa discrètement échapper un petit rire.

« On dirait bien que t'as fini par t'y attacher, à ce portrait bleu…

– C'est vrai, répondit-il en esquissant un faible sourire. Je ne sais pas qui l'a peint, et il ne ressemble pas franchement à ces Bouguereau et autres Gérôme que j'admire tant, mais je l'aime bien. Je l'aime énormément, même. »

Rousseau avait le cœur toujours plus lourd, à force de regarder ce portrait. Triste et mélancolique, mais cependant sublime. Il ne pouvait s'empêcher de percevoir cet enfant et sa mère amaigris par la pauvreté comme de saintes figures. Sans qu'il sache trop pourquoi, des larmes avaient fini par envahir ses yeux.

*Y a-t-il en moi une passion assez brûlante pour incendier un tableau d'une telle sérénité ?*

Yadwigha, tout en contemplant le portrait bleu, écoutait en silence les paroles du peintre. Puis, tout à coup, elle porta les doigts aux boutons de sa robe et commença à les défaire un par un. Après s'être dépouillée de sa tenue de soirée sous le regard de Rousseau, elle retira son corset et recouvra l'aspect sous lequel elle avait vu le jour.

S'allongeant sur le canapé de velours fatigué, elle déclara enfin :

« Vas-y, peins-moi. J'ai décidé de vivre pour toujours. »

Quelles ne furent pas la surprise et l'émotion qui chavirèrent le peintre ! Emile Zola lui-même n'aurait pas su les mettre en mots.

Vivre pour l'éternité... ces mots se transformaient à présent en réalité. Une réalité qu'elle ressentait plus fort que jamais, en chaque parcelle de son être. L'ombre des feuillages tapissant la jungle... l'épaisseur de la végétation, qui rendait l'air quasiment irrespirable... les fruits mûrs, chutant de leurs branches dans un bruit sourd... le rugissement lointain des fauves... les serpents glissant dans les hautes herbes... le son chimérique d'une flûte, mêlé aux chants des oiseaux...

Sur le canapé, Yadwigha et Rousseau avaient fini par s'enlacer dans une solide étreinte. Ils rêvaient à présent d'un même rêve. Une puissante euphorie, telle qu'elle n'en avait jamais connu auparavant, l'envahissait corps et âme.

Pressentant qu'un éclair allait déchirer le ciel à l'horizon, elle redressa le buste et leva avec une grande lenteur le bras gauche, la paume fermement crispée, aussi nue qu'au jour de sa naissance. Tout près d'elle — ou était-ce tout au loin ? —, la voix de Rousseau se fit entendre.

« Que tiens-tu dans ta main, Yadwigha ? »

Extatique, elle lui présenta son visage de biais et répondit :

« La clef du paradis. Avec elle, nous pourrons franchir la porte du royaume des cieux ensemble.

— Tu ne voudrais pas me la donner ? Comme ça, j'irai le premier. Tu sais bien que je n'ai pas le droit de t'emmener avec moi...

— Mais pourquoi ? Nous nous sommes unis. Nous ne formons désormais plus qu'un. Et nous n'allons plus nous quitter, jusqu'à la fin des temps.

— Voyons ! Toi, tu vas vivre pour l'éternité.

C'est pour cela que j'ai peint ce tableau. C'est pour cela que je suis devenu peintre.

Pour te donner la vie éternelle…

Adieu, Yadwigha ! Je m'en vais. Sois heureuse. Sois-le pour l'éternité.

Je ne t'oublierai jamais… non, jamais. »

Sous le ciel de Paris, en ce 2 septembre où traînaient encore les vestiges de l'été, Henri Rousseau s'en fut discrètement pour son dernier voyage.

En l'espace d'une saison, la gangrène dont souffrait sa jambe gauche avait rongé l'ensemble de son corps. Comment cette nécrose avait-elle pu se former ? La science d'alors ne fut pas en mesure de l'expliquer. Peut-être s'était-il vraiment fait mordre par un serpent en s'aventurant dans la jungle, plaisanta tristement le médecin qui s'occupa de son corps.

Les funérailles se tinrent dans la paroisse nouvellement érigée rue Dutot. L'atmosphère de l'église, lumineuse et moderne, réconforta d'infime manière les quelques personnes qui composaient l'assistance. Guillaume Apollinaire était là, de même que les peintres Robert Delaunay et Paul Signac. En revanche, nul n'aperçut Pablo Picasso lors de la cérémonie.

Yadwigha, accompagnée de son époux Josef, s'était mêlée au cortège funèbre. Que son mari affichât la mine la plus accablée d'entre tous lui paraissait d'ailleurs fort étrange, et tout aussi regrettable.

« Pardonnez-moi, madame. Etes-vous bien celle qui, lors de ce banquet… »

Ainsi Apollinaire s'adressa-t-il à elle sur le perron de l'église. Relevant le voile noir qui couvrait son visage, Yadwigha posa les yeux sur le poète.

« Oui, c'est bien vous, murmura-t-il. Yadwigha. Celle qui a été le dernier modèle de Rousseau…

— En effet », acquiesça-t-elle.

Josef, qui se tenait à ses côtés, salua l'homme de lettres du bout de la tête. Réalisant qu'Apollinaire avait aussi posé pour Rousseau à l'époque de *La muse inspirant le poète*, il entreprit avec une certaine gêne de l'interroger à ce sujet.

« Pardonnez-moi la grossièreté de cette demande, mais… est-ce que vous consentiriez à nous vendre cette toile pour laquelle vous avez vous-même servi de modèle ?

— S'agissant du seul tableau que m'a laissé mon ami disparu, je suis au regret de ne pouvoir m'en séparer pour l'instant. Seriez-vous par hasard un collectionneur chevronné de ses œuvres ? »

A cette question d'Apollinaire, un léger sourire se dessina sur les lèvres de Josef.

« Non, mais je compte bien le devenir. Cet homme m'a appris le bonheur d'observer un tableau. Aussi voudrais-je présenter ses peintures à cet enfant qui s'apprête à venir au monde, pour lui transmettre cette joie. »

Le poète tourna son regard vers Yadwigha. La jeune femme, caressant avec douceur l'arrondi naissant de son ventre, souriait paisiblement.

« Vraiment ? Dans ce cas, je suis certain que Rousseau veillera aussi sur votre enfant. Recevez tous mes vœux de bonheur. »

La cloche qui sonnait la fin de l'office funèbre retentit haut et fort dans le ciel parisien de ce début d'automne. Une puis deux personnes sortirent de l'église, et chacun prit congé pour regagner la maison, le café, l'atelier où il avait à se rendre.

Entraînée par la main de Josef, Yadwigha s'en alla dans la grande rue. Elle ne tenta qu'une seule fois de se retourner vers l'église, avant de renoncer à cette idée.

Le son du clocher, lui, continuait à résonner sous la grande étendue du ciel.

Il devait résonner encore longtemps, comme pour l'éternité.

—

C'est en dévorant chaque lettre du regard, comme s'il voulait la graver en lui, que Tim poursuivit sa lecture jusqu'au dernier mot de l'ultime page. Il lâcha enfin ce soupir qu'il avait trop longtemps contenu.

*Mort… Rousseau est mort.*

Malgré son évidence historique, cette mort le terrassait de tristesse. Après avoir gardé les paupières baissées un petit moment, il écarquilla soudain les yeux et les reposa en hâte sur la dernière ligne de la page, comme si quelque chose venait soudain de se rappeler à son esprit.

*… Rien.*

La capitale d'imprimerie qui concluait chacun des précédents chapitres faisait ici défaut. Peut-être l'avait-on dissimulée quelque part ? Mais il eut beau relire la page finale à plusieurs reprises, il ne retrouva aucun caractère dans le corps du texte qui pût passer pour une majuscule isolée. Alors il jeta un œil à la petite pendule dorée disposée près de l'ouvrage. Plus que de trois minutes avant la fin du temps imparti…

*Je ne suis pas sûr de comprendre grand-chose.*

*Rousseau est mort le 2 septembre 1910, c'est un fait. Que la nécrose de sa jambe l'ait emporté en est un autre. Cependant, les sources dont nous disposons ne nous permettent pas d'affirmer qu'Apollinaire a bien assisté à ses funérailles – même s'il faisait partie, avec Picasso, de ses plus grands soutiens. Il n'y a que deux solutions : soit cette information est une invention, soit c'est une révélation de la part de l'auteur. Mais à ce stade, autant dire que l'histoire tout entière oscille entre inventions et révélations…*

*Par ailleurs, je me demande bien de quel tableau Apollinaire veut parler lorsqu'il dit que Yadwigha « a été le dernier modèle de Rousseau ». Du* Rêve, *présenté cette même année au Salon des indépendants ? Ou de* J'ai rêvé *?*

*Est-ce que Rousseau a peint* Le Rêve *sur la toile vierge apportée par Vollard ? A-t-il gardé ce support pour* J'ai rêvé *? Et le portrait bleu sur lequel Picasso lui avait intimé de déverser toute* *sa passion… est-ce qu'il l'a utilisé ? Et qu'a-t-il repeint dessus ?* Le Rêve, *ou* J'ai rêvé *?*

*A moins… qu'il n'ait réalisé les deux œuvres dans un suprême effort ?*

Plus attentif que jamais, il relut une nouvelle fois la dernière page du volume.

*Quelque chose d'extrêmement important doit se cacher ici. Il s'agit de le trouver.*

C'est alors que son regard releva une petite tache sur la partie vierge au bas de la page : le papier, quelque peu jauni, se gondolait très légèrement à cet endroit.

*Une larme ?*

C'était bien la trace d'une larme. Une trace encore humide.

Insérant son doigt sous la page, il observa cette marque avec intérêt, puis se rappela les yeux embués que sa concurrente avait tenté de cacher en regagnant le salon.

*Une larme versée par Orie…*

Soudain, deux coups rapides contre la porte résonnèrent dans son dos, suivis du féroce « c'est l'heure » de Kunz. Après avoir considéré une dernière fois la marque lacrymale, Tim referma doucement le vieux livre et sa couverture en cuir de mouton.

Les deux concurrents se tenaient maintenant côte à côte au fond d'un couloir. Devant eux, une imposante porte en bois sculpté, hermétiquement fermée.

« Etes-vous prêts ? » leur lança Kunz en se retournant, la main sur la poignée.

Ils opinèrent simultanément du chef, et dans un lourd grincement, les deux battants s'écartèrent.

« Ah ! Vous voilà. Comme j'ai attendu ce jour… »

Une voix retentit, éraillée mais ferme. Le maître de la demeure, assis dans son fauteuil roulant au milieu de la pièce, attendait ses invités dans un costume impeccablement coupé. Près de lui avait été installé *J'ai rêvé*, offert à la vue de tous.

Tim, après s'être avancé d'un pas, ferma malgré lui à demi les yeux devant la lumière qui se dégageait du tableau. Il libérait une nitescence égale, sinon supérieure à la première fois où il l'avait observé. Il portait en lui l'éclat de la vérité, l'éclat que seules possèdent les œuvres authentiques.

*Ce tableau où Rousseau a injecté toute sa passion, toute sa vie de peintre…*

*Ce paradis qu'il a peint pour Yadwigha, de tout son amour, afin de lui accorder la vie éternelle… Oui, cette toile est bien authentique. Plus aucun doute là-dessus, même si je ne saurais m'avancer quant à la présence d'un Picasso bleu caché dessous…*

*Sa composition correspond à celle du* Rêve, *tout comme la matière, qui présente cette solidité et ce poli caractéristiques du style de Rousseau.*

*Mais les nuances colorées et les espèces végétales représentées divergent subtilement d'une œuvre à l'autre. A l'instar de* La muse inspirant le poète, *les deux toiles sont très proches sans être parfaitement identiques. Leur différence majeure, c'est le visage de Yadwigha, beaucoup plus tendre et affectueux dans ce tableau. A côté des traits de jeune vierge pétris de tristesse qu'elle présente dans* Rêve, *la Yadwigha de* J'ai rêvé *donne une impression ô combien heureuse et épanouie. Comme une mère aimante... si j'ose dire.*

Tim jeta furtivement un œil de côté, vers Orie. Plus une larme ne mouillait son profil concentré sur le tableau. Elle avait recouvré son visage de chercheuse, celui qui ne se laissait jamais chavirer par ses émotions, et cela le rassura.

« A présent, nous allons déterminer votre ordre de passage, à l'aide de cette pièce. »

Kunz, se plaçant juste devant eux, leur montra un franc suisse en argent. L'ayant propulsé en l'air d'une pichenette, il le réceptionna au dos de sa main et le bloqua aussitôt de son autre main. Il fut ainsi décidé que Tim exposerait le premier ses conclusions, avant de céder la parole à Orie.

« Vous disposez de quinze minutes d'examen critique. A vous, mister Brown. »

En lui montrant son chronomètre, l'avocat adressa au jeune homme un sourire éloquent, mais ce dernier l'ignora pour scruter Beyler, qui fixait sur lui ses yeux vitreux. Puis il regarda Orie. Elle aussi posait sur lui un regard grave. Tous deux semblaient l'implorer en silence. Alors, après une courte inspiration, il déclara :

« Cette œuvre est un faux. »

Pendant un instant, l'air de la pièce se figea. Tim savait parfaitement que rien de ce qu'il s'apprêtait à dire n'allait plaire à Beyler, ce qui ne l'empêcha pas de poursuivre :

« Dans ce tableau, nous retrouvons bien le tour de main de Rousseau, tout ce qui fait la particularité de sa peinture. Mais de manière beaucoup trop évidente. Il a probablement été réalisé à partir d'une esquisse préalable du *Rêve*, que l'on aura reproduite avec un certain zèle.

Nous savons que Rousseau, lorsqu'il composait un tableau, agrandissait son esquisse sur la toile avant d'y incorporer les détails, qu'ils soient végétaux, animaliers, ou d'une autre nature. Nulle improvisation là-dedans. Reproduire son esquisse le plus consciencieusement du monde, puis recouvrir généreusement sa toile de fines couches de peinture : voilà qui constitue la règle d'or de ce peintre. Cet excès de méthode, qui a pour effet une rupture avec les lois de la composition et de la perspective, est aussi ce qui caractérise le peintre, sa marque de fabrique, son signe distinctif.

Or, dans cette œuvre, la grammaire établie par Rousseau a été bien trop scrupuleusement respectée. A la virgule près. Et c'est précisément ce qui lui confère un caractère factice. Nous retrouvons une structuration de l'espace similaire à celle du *Rêve*, mais je ne peux m'empêcher d'y voir une technique d'une maîtrise trop parfaite, comme une intelligence surpassant celle du peintre, que ce soit dans la combinaison harmonieuse des grandes parties comme dans la peinture méticuleuse des détails. D'autre part, la figure centrale de cette toile, Yadwigha, me semble ici bien plus séduisante, plus animée, plus vivante que n'importe quel autre personnage de Rousseau. On ne retrouve aucun portrait, à l'échelle de son œuvre entière, qui dégage autant d'humanité et de spiritualité. C'est pourquoi ma conviction est que cette peinture a été exécutée d'après le *Rêve*, en même temps ou un peu plus tard, par un artiste qui avait étudié de très près la technique de Rousseau, un artiste parvenu à une profonde compréhension de ce peintre. Un artiste… du nom de Pablo Picasso », dit-il posément, le regard rivé aux yeux vitreux du collectionneur. Aussitôt, il comprit que Beyler, Kunz et Orie avaient cessé de respirer en même temps. Ils étaient comme foudroyés.

« Ma conclusion est donc la suivante : *J'ai rêvé* est une copie réalisée par Picasso !

— Att… attendez un instant ! l'interrompit Kunz tout en se penchant dangereusement vers l'avant, comme si le sortilège qui l'immobilisait venait d'être levé. Voulez-vous dire par là… que Picasso aurait volontairement peint une copie du *Rêve* sur l'un des tableaux de sa période bleue ?

— Hélas, je suis loin d'en savoir autant. Le dernier chapitre de l'histoire ne précise pas clairement si Rousseau a réalisé son *Rêve* sur le *Portrait bleu d'une mère et son enfant* ou sur la toile vierge apportée par Vollard. Ni s'il est celui qui a peint *J'ai rêvé*. Quant à savoir si c'est *Le Rêve* ou *J'ai rêvé* qui recèle le Picasso bleu, nous ne pourrons en décider aussi longtemps que nous ne les aurons pas examinés aux rayons X. »

Un silence presque douloureux s'empara de l'assemblée. Absorbé par ses pensées, Beyler resta un moment les bras croisés sur ses genoux, avant de déclarer :

« Et peut-on savoir ce qui vous permet de l'attribuer à Picasso, monsieur Brown ?

— Aucun autre peintre n'a aussi profondément compris et admiré Rousseau. Au point d'en acquérir la technique… et même de la perfectionner. »

*Hautement improbable*, songeait-il pourtant, comme il prononçait ces mots.

Sa bouche était en train de débiter des sornettes.

*J'aurais tellement voulu plaider en faveur de l'authenticité de cette toile ! Mais je sais qu'Orie soutiendra qu'il s'agit d'un faux lorsqu'elle parlera après moi. Elle va démontrer par A plus B la contrefaçon, et pour cause : c'est la mission que lui a confiée Keats.*

*Beyler est très attaché à ce tableau. Il voudrait naturellement que nous le reconnaissions tous deux comme véritable. Ainsi, il n'aurait plus qu'à déclarer vainqueur celui ou celle qui l'aurait le plus impressionné par la pertinence de son raisonnement. En penchant pour une contrefaçon, je me livre à un examen critique totalement fantaisiste… et je laisse à Orie toutes ses chances de gagner.*

Tel était le verdict de Tim, mais aussi sa dernière main tendue vers Orie. En espérant que la finesse d'esprit de la chercheuse lui permette de décrypter son signe…

*D'une manière ou d'une autre, je veux que tu sauves ce tableau. Un Picasso sur un autre Picasso… la chose est pratiquement impensable. Mais la Tate Gallery devrait se résigner à ne pas toucher à l'œuvre en surface si quelqu'un osait affirmer que ce n'est pas un Rousseau, mais bien un autre Picasso. Tu ne crois pas ? Dans tous les cas, je veux que tu sauves ce tableau. Que tu trouves un moyen de protéger Rousseau.*

« Fort bien. A vous, maintenant, mademoiselle Hayakawa. »

Beyler s'était tourné vers Orie. Mais elle ne bougeait pas. Comme si elle n'avait rien entendu, ou qu'elle s'était entre-temps pétrifiée.

Kunz fit discrètement claquer sa langue.

« Que vous arrive-t-il, miss Hayakawa ? Vous n'avez que dix minutes. Dépêchez-vous… »

En dépit des exhortations de l'avocat, la jeune femme demeurait immobile et silencieuse, les yeux fixés sur *J'ai rêvé*. Quelques minutes s'écoulèrent ainsi. Le temps pour l'angoisse d'enfler dans le cœur de Tim.

*Qu'est-ce qui te prend, Orie ? Pourquoi ne dis-tu rien ?*

*Allez, envoie-nous donc une de ces analyses percutantes dont tu as le secret, avec toute ton autorité de spécialiste de Rousseau ! Que deviendraient sinon mes sentiments pour toi... ?*

« Eh bien, il semblerait que miss Hayakawa ait renoncé à nous livrer ses conclusions ! lança ironiquement Kunz. Nous ne pouvons que constater son refus de parole... et accorder de fait les droits d'exploitation à mister Brown. Qu'en dites-vous, monsieur ? »

C'est alors qu'Orie releva la tête, pour déclarer d'une voix pleine d'assurance :

« Cette toile est authentique. »

Une étrange lueur s'était formée dans ses prunelles, qui miroita un bref instant avant de rouler le long de sa joue.

« Il y a dans ce tableau de la passion. Toute la passion du peintre. Je n'ai rien d'autre à dire. »

Son examen critique se borna à cette seule affirmation. A ce seul commentaire qui, dans sa concision, frappa Tim en pleine poitrine.

*Toute la passion du peintre...*

*Voilà précisément ce qu'Henri Rousseau a voulu exprimer dans cette œuvre : sa passion.*

*Cette passion qui, pour Picasso, est le moteur même de l'acte de peindre. « Pour créer quelque chose de neuf, il faut détruire quelque chose d'ancien. Croire en soi, quitte à piétiner l'art d'autrui, quitte à se mettre le monde à dos. La voilà, l'attitude qui doit animer les artistes des temps nouveaux ». Et voilà comment Rousseau a interprété le conseil du prodige, que les années séparaient de lui comme un père de son fils...*

*Outrepassant les critiques et les moqueries de la société, il s'est fermement accroché à son art. Et pourtant, aujourd'hui encore, plus de soixante-dix années après sa mort, il continue à être désigné par son surnom de « Douanier » sans vraiment avoir gagné ses lettres de noblesse. On parle toujours de lui comme d'un peintre naïf ignorant les principes élémentaires de la perspective.*

Mais il était parvenu à captiver Tim. Il l'avait mené jusqu'ici. Jusqu'à mettre en jeu sa carrière, son destin... et toute sa passion de conservateur.

*N'est-ce pas la passion dont Rousseau a infusé son œuvre tout au long de sa vie qui a fait de moi ce que je suis ?*

*« Il y a dans ce tableau de la passion. »*

*Pour prononcer ces quelques mots, Orie a dû rejeter tout son savoir de spécialiste. Toute sa fierté de chercheuse. Trahissant la mission que lui avait confiée son amant, tournant le dos aux attentes qu'il avait placées en elle. Elle a décidé qu'elle ne rapporterait pas ce tableau à la Tate Gallery... afin de protéger Rousseau.*

Kunz commenta avec un sourire sardonique :

« C'est tout ? Voilà qui n'est pas vraiment un examen critique...

— Tais-toi donc un peu ! » l'interrompit Beyler d'une voix cinglante.

Aussitôt, l'avocat ravala ses paroles.

« Certes, cette analyse ne constitue pas à proprement parler un examen critique. Mais cela, mademoiselle Hayakawa, ne semble pas vous déranger. Exact ?

— C'est exact », dit-elle avec le sourire, tout en essuyant une larme du bout de son doigt.

Alors Tim s'avança d'un pas et s'écria :

« Un instant ! »

Dans un même mouvement, les trois visages se tournèrent sur lui. Il ne pouvait contenir davantage le flot de pensées qu'il se contraignait à canaliser. Le flot de ses véritables pensées.

« Je rejoins l'opinion de mademoiselle Hayakawa. Il y a de la passion dans ce tableau. C'est le chef-d'œuvre de Rousseau ! »

Là-dessus, l'atmosphère de la pièce se congela.

Figé dans la glace, la bouche à demi ouverte, Kunz n'émettait plus le moindre son. Orie dévisageait Tim d'un regard hébété. Beyler n'était pas en reste : son expression se durcissait à vue d'œil, et une voix pleine d'aigreur finit par résonner du fond de sa gorge.

« Vous venez pourtant d'affirmer que Picasso était l'auteur de ce tableau ! Seriez-vous en train de rétracter vos propos ?

— Non. Mais… »

Tim, incapable de trouver les mots pour compléter sa phrase, la laissa en suspens. Cette déclaration qui lui avait échappé malgré lui constituait sa véritable conclusion : ce tableau était réellement le chef-d'œuvre de Rousseau.

*Cette puissante secousse qui m'a ébranlé dès que j'ai posé les yeux sur cette peinture, qui m'a happé tout entier pour m'attirer en elle… C'est exactement la sensation que j'ai éprouvée, adolescent, en rencontrant pour la première fois* Le Rêve *au MoMA.*

*Cette force que libère le tableau, ancestrale et sauvage… ces manifestations de la vie au cœur de la jungle… ce visage avec lequel Yadwigha, allongée sur son canapé, paraît nous inviter à la rejoindre… et puis, cette main fermée, tendue vers l'horizon… sans doute enserre-t-elle en effet « la clef du paradis ».*

C'était l'œuvre suprême d'Henri Rousseau, celle où il avait mis toute sa passion de peintre. Telle était l'inébranlable vérité – et incidemment, son sentiment profond quant à l'authenticité de cette œuvre.

« Merci. Ces quelques mots sont bien suffisants. »

Le silence fut finalement rompu par Orie.

Ses yeux étaient à nouveau au bord des larmes, et le cœur de Tim, prêt à exploser.

*Derrière cette volonté de protéger Rousseau… ce n'est ni plus ni moins qu'Orie que je veux protéger. Pourquoi ne serais-je pas capable de les sauver tous les deux ?*

*Allons, je peux y arriver. Après tout, il me reste une dernière carte à jouer...*

Relevant doucement son visage méditatif, Beyler considéra tour à tour les deux chercheurs. Orie d'abord ; Tim en second. Puis il se tourna vers la peinture exposée à ses côtés. Dans son silence appuyé, Tim discernait tout l'espoir qu'il plaçait en l'avenir.

*Le collectionneur de légende a longtemps vécu auprès de ce tableau. Il est désormais âgé, et sait qu'il ne peut déjouer sa mort prochaine. Mais cette œuvre, elle, va vivre pour l'éternité. Du moins, tant qu'il y aura quelqu'un pour l'aimer, la sauvegarder, et la transmettre aux générations futures. Tout ce que souhaite Beyler, c'est que celui ou celle à qui il s'apprête à la confier soit cette personne.*

Le vieil homme regarda ensuite Yadwigha, la figure centrale du tableau. Un regard plein de nostalgie pour cette figure *à jamais vivante*. Bientôt, sa voix éraillée mais solennelle résonna dans la pièce.

« Mon verdict est le suivant. »

Comme il percevait par tout le corps les battements démultipliés de son cœur, Tim crispa les poings. Orie, elle, demeurait fermement campée sur ses appuis. Quant à Kunz, il avait baissé les yeux et scellé ses lèvres.

« Monsieur Brown, je vous déclare vainqueur. »

La voix qui s'était élevée paraissait provenir de l'intérieur du tableau.

Relevant la tête, Tim ne considéra pas Beyler, mais Yadwigha. Son paisible visage chargé de tendresse. Et il lui sembla, un bref instant, qu'un son de cloche effleurait son oreille. C'était le son de ce clocher, qui, dans la dernière scène du récit, résonnait à travers tout le ciel de Paris.

Un sourire comme il n'en avait encore jamais arboré illumina soudain le visage de Kunz. Orie, qui gardait le silence, porta sur son concurrent un regard empreint de sérénité. N'y tenant plus, le jeune homme finit par ouvrir la bouche. Une bouche lourde et pâteuse. En aucun cas, il ne pouvait accepter de remporter la victoire dans de telles conditions.

« Vainqueur ? Même si j'ai commencé par affirmer que cette œuvre était un faux ?

— J'ai trouvé votre théorie intéressante, répliqua Beyler comme à part lui. Votre hypothèse selon laquelle Picasso aurait pu peindre ce tableau est pour le moins inédite. C'est pourquoi, toute question d'authenticité mise à part, j'ai essentiellement voulu récompenser votre courage de chercheur. »

Malgré sa victoire, Tim n'affichait pas le moindre ersatz de sourire. Konrad Beyler était bel et bien un monstre.

*La dernière personne que je dois combattre, c'est ce monstre lui-même.*

« Je vous concède donc les droits d'exploitation de cette peinture. A présent, vous êtes libre d'en faire ce qu'il vous plaira. »

Tim perçut le sarcasme qui lui était adressé.

*Il n'admet pas… il n'admet pas que* J'ai rêvé *me revienne.*

*Mais ne m'a-t-il pas justement convoqué – moi, « Tom Brown » – dans l'espoir précis que sa toile favorite intègre la collection du MoMA ? Dans ce cas, il devrait davantage se réjouir de me céder ses droits. Et s'il s'était aperçu que Kunz et Manning me faisaient chanter ? Sait-il déjà que Keats et Owen manipulent Orie ? A moins qu'il ne se soit résigné à ce que* J'ai rêvé *finisse dans les deux cas par disparaître de ce monde ?*

Alors que les questions s'accumulaient dans son esprit, Kunz lui présenta un stylo et une chemise à couverture de cuir contenant l'acte de cession des droits d'exploitation.

« Une petite signature ici, chuchota le cauteleux avocat. Et n'oubliez surtout pas qui vous attend avec une grande impatience à New York… »

Après avoir brièvement parcouru le document du regard, Tim s'empara du stylo sans un mot. *Dépêche-toi donc de signer*, lui intimaient les yeux de Kunz comme il lui tendait la chemise. Mais le jeune homme releva plutôt la tête pour s'adresser à Beyler :

« En faire ce qu'il me plaira ? Allons ! Ne parlez pas ainsi. Vous qui avez élaboré un jeu aussi subtil pour assurer l'avenir de ce tableau... n'êtes-vous pas soucieux de savoir ce qu'il va devenir ? »

Un bref instant, le vieillard arbora une physionomie de souverain esseulé.

« Pourquoi serais-je inquiet ? dit-il en recouvrant aussitôt son masque autoritaire. Comme vous pouvez le constater, il ne me reste plus beaucoup de temps à vivre. Je voulais, en vous départageant, choisir le spécialiste le plus qualifié pour apprécier cette œuvre de Rousseau. Capable de comprendre sa valeur rien qu'en la voyant et en lisant ce récit. C'est avec cette conviction que je vous ai tous deux contactés. »

Tandis qu'il formulait ces mots, quelque chose dans sa voix renonçait à abandonner la partie. Les paroles du vieux collectionneur sur le départ demeuraient teintées de cet espoir dont il refusait fermement de se départir : celui que l'on protège ce tableau pour le transmettre aux générations futures.

*Voici venu le moment d'abattre ma dernière carte...*

« Dans ce cas, j'accepte votre offre généreuse et consens à prendre possession de ces droits », déclara sereinement Tim, avant d'apposer sa signature sur le certificat de propriété que Kunz continuait avec insistance à lui présenter. Puis il regarda le collectionneur et annonça d'une voix puissante :

« Ceci étant fait, je vais ici et maintenant céder ces droits à la personne que j'estime la mieux placée pour recevoir ce tableau de vos mains. Je veux parler de votre unique héritière. »

Se tournant vers le majordome posté dans son dos, il demanda :

« Auriez-vous l'amabilité d'introduire mon invitée ? »

Un éclair de stupéfaction frappa le visage de Kunz, Orie leva vers lui des yeux éberlués, Beyler pencha en avant son corps rivé au fauteuil roulant.

Et la lourde porte s'ouvrit sur la silhouette de Juliette Leroux.

## 10

## J'AI RÊVÉ
## (Bâle, 1983)

Dépassant la silhouette respectueusement inclinée de Schunasen, Juliette vint rejoindre Tim au centre de la pièce. Le visage de Beyler, d'abord décoloré par son apparition, rougissait maintenant à vue d'œil. Il murmura :

« Juliette… tu étais donc revenue à Bâle ?

— Grand-père… » dit-elle d'une voix sourde.

Orie considérait Tim d'un air interrogateur. Quant à Kunz, il se mordait les lèvres sans parvenir à masquer l'irritation qui empourprait ses traits.

« Juliette est venue m'aborder il y a quatre jours, expliqua Tim en balayant du regard l'assemblée figée de surprise. Elle s'est présentée à moi comme une coordinatrice d'Interpol à la recherche de *J'ai rêvé.* Mais je crois qu'elle est surtout celle qui se préoccupe du sort de ce tableau plus que quiconque au monde. »

Le soir précédent, au pied du Mittlere Brücke, Juliette lui avait tout avoué.

Elle était la petite-fille de Konrad Beyler. Et son unique héritière.

« Grand-père et moi avons longtemps été en désaccord à propos de sa collection.

Il a fait fortune en négociant des œuvres rares avec les sphères les plus secrètes du monde de l'art, sans jamais travailler dans la lumière. Ma mère, le seul enfant qu'il avait eu, fut éduquée avec tout l'amour du monde : il tenait à elle comme à la prunelle de ses yeux. Mais, lorsqu'il s'opposa à son mariage avec un universitaire désargenté, elle dut s'enfuir avec mon père pour Lyon, où elle me donna le jour. La maladie la rappela à Dieu l'année de mes quatorze ans, alors qu'elle ne s'était jamais réconciliée avec lui ; puis je perdis mon père, qui enseignait l'histoire de l'art à la faculté, encore une fois de maladie. Comme s'il avait précisément attendu ce moment où j'obtenais mon diplôme universitaire pour me quitter…

Ainsi, je me suis retrouvée seule au monde, mais je comptais bien poursuivre mes recherches en histoire de l'art, discipline que j'étudiais moi aussi. Je cherchais à tâtons une manière de me construire… et c'est à ce moment-là qu'une personne qui prétendait être mon grand-père me contacta. Sceptique, je me rendis à Bâle… et là, quelle surprise ! Le mythique collectionneur, celui dont je connaissais le nom et la légende, non seulement existait bel et bien mais se trouvait être mon grand-père. Persuadée que ce bonheur m'avait été laissé en héritage par ma mère, je décidai de m'installer avec lui et me consacrai tout entière à l'étude et l'analyse des œuvres de son incroyable collection.

Mon grand-père me chérissait comme il avait autrefois pu adorer ma mère, qui s'était pourtant enfuie pour ne jamais revenir. Quand j'y repense, il devait certainement la revoir à travers moi. Cependant, quand je lui appris que je voulais travailler dans le milieu des arts, il se refusa absolument à cette idée. Il me disait que c'était un monde de requins, que je me ferais dévorer toute crue. Au début, j'ai trouvé cela étrange. Pourquoi lui, qui aimait les arts plus que n'importe qui, me déconseillait-il de fréquenter cet univers ? Mais en étudiant plus sérieusement la provenance des pièces de sa collection, je finis bientôt par m'apercevoir qu'elle recélait une grande quantité d'œuvres à la provenance douteuse.

Mon grand-père nourrissait une affection toute particulière pour Henri Rousseau, dont il possédait un nombre incroyable de toiles. Certaines n'apparaissaient même pas dans le catalogue raisonné de l'artiste. Et il y en avait une sur laquelle il souhaitait absolument mettre la main, sans parvenir à la dénicher… Cette toile, c'était *J'ai rêvé*.

Le problème, c'est qu'on ne connaît qu'une seule toile de grand format peinte par Rousseau dans la dernière année de sa vie. Il s'agit du *Rêve*, qui se trouve d'ailleurs dans votre musée. Mais aucun spécialiste n'a jamais attesté l'existence d'une œuvre qui répondrait au titre de « *J'ai rêvé* », et je n'avais pas la moindre idée de la raison pour laquelle mon grand-père était obsédé par ce tableau chimérique.

Pour tout vous dire, il me semble bien qu'il possédait déjà ce livre que vous êtes en train de lire. Cependant, il le gardait toujours jalousement sous clef et ne le montrait à personne : moi-même, je n'ai jamais été mise dans la confidence. Seul Erik Kunz, son plus proche conseiller, savait qu'il détenait un tel document. Mais cela, je ne l'ai compris que bien plus tard.

C'est ainsi que je me penchai sur l'énigme de ce peintre qui fascinait tant mon grand-père. Je me lançai dans de méticuleuses recherches au milieu des nombreux originaux conservés au manoir, mais bientôt je me retrouvai moi-même totalement captivée par la magie d'Henri Rousseau. Pendant ce temps, mes divergences d'opinions avec mon grand-père s'étaient creusées de manière évidente. J'estimais pour ma part indispensable qu'il rende publiques toutes les œuvres de Rousseau en sa possession, ne serait-ce que pour accroître la reconnaissance de ce peintre qu'il aimait tant. Mais lui persistait à ne vouloir laisser aucun regard effleurer ses tableaux. Un profond fossé s'était creusé entre nous.

Sur ces entrefaites, je fus approchée par Interpol, qui cherchait à enquêter sur sa collection. Je refusai tout d'abord de collaborer, mais l'organisation revint à la charge en me proposant un poste de coordinatrice au sein de son unité qui s'occupait des œuvres d'art. Bientôt, ma décision fut prise : afin de dissiper les ténèbres autour de cette collection, j'allais m'éloigner de mon grand-père et remonter la piste de ses tableaux de manière professionnelle.

J'ai quitté le manoir pour rejoindre les rangs d'Interpol. Pour toute explication, j'ai dit à mon grand-père que je désirais prendre mon indépendance. Il s'est mis en colère et s'est lamenté, mais que pouvait-il faire ? Ses yeux abattus m'accusaient de partir comme ma mère l'avait fait. J'ai donc laissé Bâle derrière moi, bien décidée à ne plus jamais y revenir.

Les ténèbres autour de sa collection n'ont fait que s'épaissir à mesure que j'avançais dans mon travail. Et puis, un jour, j'ai appris que mon grand-père avait acheté *J'ai rêvé*.

Depuis que j'enquête à propos de cette toile, j'ai accumulé nombre d'informations sur elle, dont le fait incroyable qu'elle dissimulerait peut-être un Picasso bleu. La seule chose que je ne suis pas parvenue à percer, c'est le contenu du mystérieux livre détenu par mon grand-père. Tout ce que je sais, ironiquement, c'est qu'il recèle un secret capital en lien avec *J'ai rêvé*.

Mon grand-père est en train de perdre graduellement toutes ses facultés visuelles. Il souffre aussi d'un problème cardiaque, dont il s'est jusqu'ici plus ou moins bien accommodé grâce à divers traitements et opérations chirurgicales. Sans doute a-t-il pris conscience du peu de temps qu'il lui reste à vivre. C'est pourquoi il voudrait remettre *J'ai rêvé* entre les mains d'un expert digne de confiance. Lui remettre ce tableau, ainsi que ce récit.

Aussi perspicace soit-il, il y a pourtant une chose qu'il n'a pas remarquée.

Il ne s'est pas aperçu que ceux qui tirent vos ficelles, ainsi que celles de Hayakawa, sont ces mêmes rapaces qui cherchent à détruire le tableau de Rousseau pour prendre possession du Picasso. Il faut dire qu'Erik Kunz filtre et manipule scrupuleusement toutes les informations. Il est son conseiller depuis plus de trente ans, celui qui l'a sauvé, entre autres bons services, des graves difficultés financières dans lesquelles son entreprise avait sombré. Peut-être que le gouffre qui s'était creusé entre mon grand-père et moi aurait pu être comblé avec son intervention… mais Kunz n'a rien fait en ce sens. C'est même avec une joie certaine qu'il m'a vue déserter le manoir.

N'ai-je donc aucun moyen de transmettre aux générations futures ce tableau que mon grand-père a tant chéri, et préservé jusqu'au bout de sa vie ?

Après avoir longuement réfléchi à cette question, j'ai finalement décidé de me mettre en rapport avec vous. De tout miser sur votre bon sens d'expert, votre fierté de conservateur, et votre amour profond de l'œuvre d'Henri Rousseau. Vous êtes venu jusqu'ici au risque de vous faire renvoyer du MoMA – juste pour voir le chef-d'œuvre fantôme. Cette passion qui est la vôtre… c'est l'unique chose en laquelle je puisse placer ma confiance.

Alors promettez-moi que demain, vous ferez tout pour gagner. J'ai besoin de votre collaboration pour continuer l'œuvre de mon grand-père. J'ai besoin de vous pour protéger Rousseau. »

Après avoir entendu ces confessions, Tim fit aussitôt part de ses intentions à Juliette :

« Merci d'avoir eu le courage de me révéler toute la vérité. En cas de victoire de ma part, je propose de vous céder les droits d'exploitation du tableau, puisque c'est apparemment le seul moyen de le sauver de la destruction.

Présentez-vous demain au manoir. N'ayez crainte : vous n'avez plus à redouter d'affronter votre grand-père. En revanche, je ne peux pas vous garantir à cent pour cent que je l'emporterai. Croyez-moi, Hayakawa Orie est une redoutable adversaire. Si jamais elle devait prendre l'ascendant… eh bien, nous remettrons le sort du tableau entre ses mains. J'ai envie de croire que son bon sens, sa fierté de chercheuse et son amour pour Rousseau seront encore plus inébranlables que les miens. »

Mais finalement, lors de l'examen critique, il avait orienté son discours de sorte que l'œuvre soit confiée à Orie. En d'autres termes, il s'était expressément arrangé pour perdre le duel. Un sentiment d'une puissance supérieure à toutes ses prévisions avait balayé son intention première d'affronter sa concurrente à la loyale. En cédant la victoire à Orie, il désirait la rendre heureuse. L'affection qu'il nourrissait pour elle avait influencé sa conduite d'incontrôlable manière.

Tout ceci n'avait pas empêché Beyler de le déclarer vainqueur. C'est alors que Tim s'était résolu à abattre sa dernière carte : celle de la confrontation entre le vieux collectionneur et sa petite-fille adorée.

« Ni mademoiselle Hayakawa ni moi-même ne pouvons prétendre à recevoir ce tableau de votre part. Celle qui mérite légitimement d'en hériter, c'est Juliette, votre unique descendante. Et personne d'autre. »

Le grand-père et sa petite fille se regardaient sans bouger, les yeux baignés de larmes.

Ils avaient des myriades de choses à se dire ; les mots se pressaient au bord de leurs lèvres comme des vaguelettes contre le rivage. Mais tandis qu'enflaient en eux toutes ces émotions, ils restaient là à se dévisager.

« Mais enfin, vous ne pouvez pas proposer une chose pareille ! Voyez donc l'embarras dans lequel vous les avez mis ! »

Kunz s'interposa entre Beyler et Juliette. Sa voix était chargée d'exaspération.

*On dirait bien qu'interférer entre deux personnes échangeant un regard est comme une seconde nature chez cet homme…*

« N'oubliez pas ce qu'a dit monsieur Beyler : en tant que nouveau propriétaire des droits d'exploitation de cette œuvre, je suis dorénavant libre d'en faire ce qu'il me plaît. Et ce que j'ai l'intention d'en faire ne vous regarde pas. »

Là-dessus, le jeune homme s'approcha de l'avocat et lui confisqua d'un coup la chemise contenant l'acte de cession qu'il venait de signer. « Ah ! » s'exclama Kunz en tentant de la récupérer. Mais Tim agrippait le document d'une main ferme, et c'est avec habileté qu'il esquiva sa charge.

« Holà, doucement ! Comme vous pouvez le constater, les droits du tableau sont déjà entre mes mains. Je ne fais que les transmettre à Juliette. »

L'avocat toisa l'Américain d'un regard brûlant de haine.

« Malheureusement, cet acte est caduc », lança-t-il en ricanant. Puis il se tourna vers le vieux collectionneur statufié sur sa chaise roulante et déclara solennellement :

« Monsieur Beyler… il semblerait que le temps soit venu de vous dire la vérité. Cet homme n'est pas celui que vous aviez convoqué au manoir. Il ne s'agit pas de Tom Brown, le conservateur général du MoMA. Aussi improbable que cela puisse paraître… »

Nouveau coup de froid sur la pièce.

« … je vous présente Tim Brown, son assistant personnel. »

Kunz avait attendu que la tension ait suffisamment investi les lieux pour conclure sa phrase.

Voyant que personne dans l'assemblée ne soufflait mot, il poursuivit triomphalement :

« Cet individu ici présent a intercepté l'invitation envoyée à son supérieur et usurpé son identité pour accéder en beauté à cette épreuve critique. Il ne fait aucun doute que son intérêt pour *J'ai rêvé* était motivé par la perspective de toucher une somme colossale en le revendant à quelque maison d'enchères pour le Picasso qu'il recèle. Mais voilà que ce beau projet vient d'avorter sous nos yeux ! Et pour cause : l'intéressé a apposé sur cet acte de cession une signature imitant celle de Tom Brown. »

Puis, sur le ton d'un ultimatum, il ajouta en se tournant vers le jeune homme figé sur place :

« Pas d'objection, Tim ? Je suis navré, mais puisque tu as usurpé l'identité d'un autre et contrefait sa signature, cette victoire comme ce document sont parfaitement nuls et non avenus. »

Un bref instant, Tim retint son souffle.

*Toutes les paires d'yeux convergent vers moi. Les yeux de Beyler, ceux de Juliette, d'Orie... et chacun, étrangement, me semble prier du regard. Mais ça y est... la partie est terminée.*

Il prit alors une faible inspiration pour tenter d'émettre un son, quand soudain...

« Justement ! C'est très précisément monsieur Tim Brown que j'ai invité ici. »

... se fit entendre l'auguste voix de Beyler. A ces mots qu'il n'aurait jamais imaginé entendre, Tim écarquilla les yeux, et c'est en oubliant même de cligner des paupières qu'il assista à la confession du monstre.

Ce n'était pas Tom Brown que Beyler avait dès l'origine prévu de convoquer, mais bien Tim Brown. En décidant d'organiser cette confrontation, le vieil homme avait choisi pour duellistes les deux spécialistes d'Henri Rousseau les plus remarquables au monde : Keats, de la Tate Gallery, et Brown, du MoMA. Kunz n'avait fait que rédiger les invitations.

Kunz avait remis à la secrétaire de Beyler le texte des invitations avec leurs adresses d'envoi. La secrétaire les avait retapées à la machine et fait signer à l'avocat, puis elle s'était rendue dans le cabinet d'étude de Beyler pour lui soumettre lettres et enveloppes. De nature scrupuleuse, elle savait que son grand patron tiendrait à procéder à une dernière vérification au cas où une erreur se serait glissée dans son travail. Beyler, considérant le nom tapé sur l'une des enveloppes, lui avait alors dit : « Je crois qu'il y a là une faute de frappe. Je ne veux pas inviter Tom Brown, mais Tim Brown. Vous vous êtes trompée d'une lettre dans le prénom du destinataire. » L'erreur avait été immédiatement corrigée, et les enveloppes envoyées un peu plus tard.

« Vous êtes bien venu ici avec une invitation qui vous était destinée. Et vous avez participé à cet examen critique sous votre propre identité. Pas une seule fois vous ne vous êtes présenté sous le nom de Tom Brown ; pour ma part, je ne vous ai pas davantage appelé Tom. Et je n'ai pas été le seul. Ni Kunz ni mademoiselle Hayakawa ne vous ont jamais appelé par ce prénom. N'est-ce pas, vous deux ? »

Orie pencha doucement la tête de côté en signe d'acquiescement. Ses prunelles étaient humides et tremblotantes. Il n'en fallut pas plus à Tim pour sentir le brouillard qui lui oppressait la poitrine se dissiper comme par enchantement. Comme si chaque parole prononcée par Beyler irradiait son cœur d'une éclatante lumière.

« M… mais c'est absurde ! Cet homme n'est qu'un simple assistant. Pourquoi lui confier un tel trés…

— Mon cher Kunz, à n'en pas douter, vous êtes un excellent avocat, doublé d'un bon conseiller en affaires. Mais en ce qui concerne l'art, vous ne comprenez décidément rien à rien. Tout assistant-conservateur qu'il soit, Tim est un très grand spécialiste d'Henri Rousseau. J'ai parcouru les actes de chaque colloque auquel il a participé. Ses textes ont fortement attiré mon attention. Et je l'affirme : il n'épargnera aucun effort pour préserver l'œuvre de Rousseau et la transmettre aux générations futures. »

Il y avait dans ces paroles des accents de sincérité. De la passion. Celle de protéger, transmettre, et chérir sans réserve l'art. Les mots de Beyler étaient ceux d'Apollinaire ; ils étaient ceux de Picasso. Ils étaient les mots d'Henri Rousseau.

En cet instant où ils pénétraient ses oreilles, Tim prit conscience du chemin qu'il avait parcouru. La souffrance, l'impatience, la tension : tout n'avait été qu'épreuve pour le préparer à cet instant.

« Mais, renchérit l'avocat, cet acte de cession n'est-il pas d'autant plus caduc qu'il l'a signé sous le nom de Tom Brown ? D'un point de vue légal, la chose est parfaitement irrecevable ! »

Tim vint se poster devant Kunz d'un pas résolu, le protège-documents coincé sous le bras. Et il défit promptement la couverture pour lui exhiber l'acte.

« Et ça, c'est irrecevable ?»

A l'endroit où la signature venait d'être apposée, il était lisiblement écrit : « Tim Brown ». Kunz, la bouche à demi ouverte, fixa si profondément l'acte qu'il aurait pu le trouer de ses seuls yeux.

« Il est vrai que je n'ai jamais explicitement affirmé être Tom Brown, poursuivit-il en se retournant sur Beyler. Néanmoins, vous aurez noté que je ne me suis pas non plus présenté sous mon vrai nom. Je comptais vous dévoiler en toute honnêteté mon identité à la signature de ce document. Mais vous m'avez, comme qui dirait, devancé. »

Le vieillard l'observait sans ciller. Et bientôt, un sourire vint illuminer les commissures ridées de ses lèvres. Entraîné par la démonstration d'amabilité du monstre, Tim lui rendit la pareille.

« Dans ce cas, les droits d'exploitation de *J'ai rêvé* sont officiellement transférés par leur récipiendaire, monsieur Tim Brown, à mademoiselle Juliette Leroux. Auriez-vous l'amabilité d'entériner la chose, mon cher Kunz ? »

Servir fidèlement Beyler, sans jamais discuter ses consignes : telle était la mission dont Erik Kunz s'acquittait depuis plus de trente ans. Trente années durant lesquelles il l'avait suivi comme son ombre. Se conformant une fois de plus aux instructions de son maître, il déclara solennellement :

« Les droits d'exploitation de cette authentique pièce d'Henri Rousseau sont donc transférés céans à mademoiselle Juliette Leroux, ici présente ».

Contre toute attente, ce fut Orie qui poussa un soupir de soulagement. Elle s'approcha de la nouvelle propriétaire de la toile et lui présenta ses félicitations. Puis elle lui tendit la main. Une main que Juliette, déboussolée, ne serra qu'avec hésitation.

« Est-ce que… tu me confies vraiment ce tableau… grand-père ?

— Moi ? Non, répondit le collectionneur, rusé comme un vieux renard. C'est Tim Brown qui te le confie. Un brillant spécialiste d'Henri Rousseau, le meilleur peut-être.

— Que d'honneurs ! commenta Kunz, dépité.

— Je vous remercie. »

Tim porta la main sur son cœur et salua Beyler. Puis, se tournant vers Juliette :

« Prenez grand soin de cette œuvre. En ce qui me concerne, et quelle que soit la fonction que j'occuperai à l'avenir, je compte bien contribuer encore plus à l'étude et la reconnaissance de Rousseau. »

*Veillez sur lui… veillez sur notre ami.*

Voilà tout ce que Tim désirait lui faire comprendre en lui présentant à son tour sa main. Juliette le regarda de ses yeux d'un brun profond et s'en empara fermement.

*Merci. Je protégerai ce tableau pour la postérité. Vous pouvez compter là-dessus.*

Il y avait, dans cette poignée de main, tous les sentiments qu'elle n'aurait su exprimer par des mots. C'était une main pleine de volonté, que Tim serra lui aussi de tout cœur.

« J'aurais une dernière chose à vous demander, monsieur Beyler. »

Une chose qu'il souhaitait à tout prix faire avant de quitter cette demeure. Une toute petite chose, mais à laquelle le collectionneur ne s'attendait pas.

« Auriez-vous la bonté de nous accorder, mademoiselle Hayakawa et moi, un peu de temps seul à seul avec *J'ai rêvé* ? »

Orie leva les yeux vers lui. Des yeux qui traduisaient exactement le même espoir.

« Volontiers, répondit Beyler en opinant lentement du chef. Entre amoureux de Rousseau, allez-y : contemplez-le tout votre soûl. »

Poussé par Juliette, le vieil homme en chaise roulante se retira derrière Kunz et Schunasen. A présent qu'ils étaient seuls dans la pièce, Tim et Orie s'avancèrent vers le tableau disposé en son centre, sur un chevalet, là où vibraient encore quelques ondes de la tension accumulée durant l'épreuve critique.

« Je te dois des excuses », dit-il à celle qui s'était immobilisée à ses côtés. Ces mots, il avait décidé qu'il les formulerait aujourd'hui. Quelle que fût l'issue du duel.

« Certes, je n'ai jamais dit que je m'appelais Tom Brown… mais j'ai vraiment cru que cette invitation avait été envoyée à mon chef. Ce qui est bien normal, puisque nous recevons quasiment tous les jours du courrier confondant nos deux prénoms. Voilà pourquoi je me suis fait passer pour lui. Et ce qu'a pu dire Beyler ne change rien au fait que je t'ai trompée. »

*J'aimerais que tu me pardonnes…*

Après un moment à l'examiner sans rien dire, elle murmura :

« J'avais bien compris. Non pas qui tu étais réellement, mais je savais que tu n'étais pas Tom Brown.

— Et qu'est-ce qui t'a mis la puce à l'oreille ? demanda Tim, surpris par cette réponse inattendue.

— Le fait que tu en savais trop. Même si Tom Brown est le commissaire de l'exposition Rousseau, il n'a jamais particulièrement défendu ce peintre, ni publié d'article à son sujet dans une revue académique. Or, pendant ces sept jours, j'ai bien senti chez toi des connaissances, une clairvoyance que seule une personne ayant longuement étudié Rousseau pouvait avoir acquis. Dans tes remarques le concernant, dans le regard que tu portes sur son œuvre. Et puis… j'ai aussi perçu de l'amour.

L'expression que tu arborais chaque jour après avoir lu un fragment de ce récit… tu te réjouissais, tu t'attristais, tu espérais en même temps que Rousseau. Comme si tu t'associais avec compassion aux sentiments d'un vieil ami.

Cette personne-là n'était certainement pas Tom Brown, le grand spécialiste mondial de l'art moderne. C'était quelqu'un qui aimait Rousseau du plus profond de son cœur. Quelqu'un qui s'efforçait de faire reconnaître l'artiste qu'il avait été par le plus grand nombre. C'était un véritable chercheur. Et son véritable ami.

Voilà pourquoi tu n'as pas à t'excuser. Je t'avais déjà démasqué depuis un petit moment ! »

Les paroles d'Orie avaient purgé son cœur comme de l'eau pure. Sentant ces sédiments qui sclérosaient sa poitrine s'écouler au loin, Tim s'autorisa une plaisanterie.

« Suis-je donc si mauvais acteur que cela ?

— Je crois bien que oui ! » répondit-elle en souriant.

Et lui de faire de même.

Puis ils se tournèrent face au tableau et l'observèrent. Un souffle de vent semblait étrangement s'en échapper. Mais il y avait encore autre chose. Ce paysage regorgeait de senteurs, de sonorités et de sensations de toutes sortes, du parfum des fruits bien mûrs au cri des animaux sauvages, en passant par le bruissement d'ailes des abeilles qui remuaient les pétales de ces fleurs aux noms inconnus. Et puis il y avait Yadwigha, étendue nue sur le canapé de velours rouge. Son visage épanoui semblait prêt à vous adresser la parole.

« Enfin, je sais », chuchota Tim.

Orie, jusqu'ici absorbée dans la contemplation du tableau, le regarda soudain d'un air interrogateur.

« C'est ce que Yadwigha vient de me souffler. Je sais enfin qui est l'auteur de ce récit. L'auteur de *J'ai rêvé*. Qui donc a bien pu rédiger ce récit, et dans quel but ? S'appuie-t-il sur la vérité historique ? Ou n'est-ce qu'une histoire montée de toutes pièces ? Jusqu'au tout dernier moment, je n'étais sûr de rien. »

Mais c'est en achevant sa lecture du chapitre final que Tim avait fait une découverte. Celle d'une trace de larme, tombée sur l'espace blanc au bas de la dernière page. La trace d'une larme versée par Orie, qui n'avait pas encore eu tout à fait le temps de sécher.

« A cet endroit, le papier se gondolait légèrement sous l'effet de l'humidité. C'est là que je l'ai aperçu par transparence… le filigrane formant le nom de l'auteur. Tout comme il pouvait arriver aux aristocrates et aux nantis de faire graver leurs armoiries ou leur patronyme dans le papier destiné à leur correspondance personnelle, le papier utilisé pour l'impression de ce récit recèle lui aussi l'identité de son auteur. »

Ayant glissé son doigt sous la page, Tim avait observé ce filigrane avec une profonde attention. Et le nom qu'il y avait trouvé n'était autre que…

« … Yadwigha Beyler. »

La stupeur souffla le visage d'Orie comme une bourrasque.

« Autrement dit, poursuivit-il sans détacher son regard de la femme du tableau, ce Josef qui apparaît dans l'histoire et se prend de passion pour Rousseau… c'est Konrad Josef Beyler. »

*J'étais en train de découvrir le nom de l'auteur quand j'ai entendu derrière la porte le « c'est l'heure » monocorde de Kunz. Sur la reliure de cuir brunâtre du volume que je venais de refermer, le propriétaire de l'ouvrage avait gravé quelque chose en quatrième de couverture. C'était tout petit, mais j'ai clairement vu écrit : « Konrad J. Beyler ».*

« Comment ! laissa échapper Orie, non sans une extrême émotion. Mais alors, si monsieur Beyler s'est autant attaché à ce tableau, c'était pour que…

— … tout comme Rousseau, son épouse vive éternellement. Voilà pourquoi il tenait absolument à retrouver cette toile et à la préserver. En fin de compte, la transmettre à Juliette était la meilleure chose à faire : il s'agit de la petite-fille de Yadwigha, après tout ! Mais je ne pense pas qu'elle le sache, car elle n'a pas encore lu *J'ai rêvé.* »

*Dans tous les cas, Juliette ne tardera pas à connaître toute la vérité, étant donné qu'elle devrait hériter du récit en même temps que du tableau.*

*Il est vrai qu'elle est tout le portrait de sa grand-mère : ses longs cheveux foncés et ondoyants, ses traits un peu typés – ils sont exactement ceux de Yadwigha sur cette peinture. Dire que je croyais l'avoir déjà rencontrée quelque part, en l'apercevant pour la première fois à l'aéroport de Zurich ! Ce n'est que maintenant que je réalise à quel point elle ressemble à celle qui, adolescent, m'avait rendu captif dès le premier regard.*

*Et puis, ses yeux bruns cernés d'inquiétude n'ont-ils pas quelque chose du Rousseau des autoportraits ?*

Tim s'imaginait bien des choses, mais il décida finalement de ne rien dire à Orie et de sceller ses pensées au fond de lui-même.

Tous deux contemplèrent encore une fois *J'ai rêvé*. La brise, les exhalaisons florales, les manifestations sonores des bêtes sauvages. Le beau, le mystérieux profil de Yadwigha. Et cette main gauche tendue vers l'horizon, qui recélait probablement la clef du paradis. Tous ces détails, ils les gravèrent pour toujours à la surface de leurs rétines et de leur cœur.

Tim se jura de ne jamais oublier ce moment. Cet instant de béatitude auprès de l'être aimé, seul en sa compagnie, devant un tableau de Rousseau. A prier pour son avenir, son bonheur… et ceux de l'enfant à naître.

*Rousseau, mon cher ami.*

*Grâce à toi, je viens de comprendre que l'éternité, c'est l'instant présent.*

Sous le porche du manoir où Beyler, Juliette et même Kunz avaient pris la peine de les raccompagner, Tim et Orie se tenaient près de la voiture venue les reconduire à leur hôtel.

« J'espère que votre exposition sera couronnée d'un franc succès, lança le vieil homme en guise de conclusion. Même si je n'aurai pas, je le crains, la chance d'aller la voir.

— Vous viendrez certainement ! En tout cas, j'attendrai votre visite. »

Comme il prononçait ces mots avec conviction, Tim comptait sincèrement l'accueillir au MoMA l'année suivante, quelle que soit la fonction qu'il occuperait alors. Le collectionneur plissa les yeux et les posa sur les deux chercheurs. L'éclat qui illuminait ses prunelles était exactement celui qui l'irradiait lorsqu'il contemplait un tableau de Rousseau.

Juliette les serra tous deux dans ses bras, sa joue contre leurs joues.

« Tim, Orie, merci, vraiment. J'ai l'impression d'avoir fait un très beau rêve.

— Et pourtant, c'est bien la réalité ! fit le jeune homme en riant. Allez, prenez grand soin de Rousseau. »

Juliette acquiesça, et ils échangèrent une nouvelle poignée de main.

« Encore fébrile, mister Kunz ? » plaisanta Tim alors qu'il lui serrait à son tour la main.

L'avocat toussota.

« Pas du tout, mister Br… enfin, Tim. Faites bien attention à vous deux sur le chemin du retour. Bon voyage ! »

Enfin, Tim et Orie s'engouffrèrent à bord de la Cadillac noire. A la pensée qu'ils ne reverraient sans doute plus jamais ce manoir, une onde de tristesse les traversa.

Le véhicule s'ébranla, et la demeure disparut rapidement derrière les grands arbres du parc. Il allait franchir le robuste portique de pierre pour s'engager sur la voie publique quand un taxi surgi de la direction opposée entra dans le champ de vision de Tim. A l'instant où ils s'apprêtaient à se croiser à l'entrée de la propriété, Orie lui demanda d'un ton enjoué :

« Je pourrai venir la voir aussi ? »

Revenant soudain à lui, le jeune homme la regarda distraitement.

« Quoi donc… ?

— L'exposition Rousseau… Celle du MoMA.

— Ah ! Bien sûr que tu pourras. Mais elle va d'abord passer par le Grand Palais de Paris, et ensuite seulement chez nous. Tu devrais déjà aller la voir là-bas.

— C'est vrai, ça ! Je me réjouis à cette idée. Quoi que l'avenir me réserve, sois certain que je viendrai la voir. Nous viendrons, moi et cet enfant. »

Orie appliqua doucement sa main sur son ventre. A la voir ainsi, il laissa un sourire arrondir la ligne de ses lèvres.

« Moi aussi… quoi qu'il puisse m'arriver, je resterai fidèle à Rousseau.

— Quoi qu'il puisse t'arriver ?

— Eh bien… je veux dire qu'avec tout ce qu'il s'est passé… il se pourrait bien que je ne puisse plus continuer à travailler au MoMA. »

*Désormais, c'est le brouillard le plus complet. Si ça se trouve, Kunz et Manning vont peut-être passer aux représailles. Et je sais très bien quelles sont les raisons qui ont attiré Tom à Bâle. Dieu sait ce qu'il va faire de moi si toute cette histoire parvient à ses oreilles…*

Malgré tout, sa résolution était d'ores et déjà prise.

*Quoi qu'il puisse advenir, je resterai aux côtés de Rousseau. Je continuerai à rester proche de l'art et à préserver ses chefs-d'œuvre.*

« Après cette semaine au contact de Beyler, il y a une chose que j'ai fini par comprendre… Pour connaître un peintre, il faut d'abord regarder ses tableaux. Se tenir devant eux des dizaines, des centaines d'heures. En ce sens, je crois bien que personne ne peut passer davantage de temps devant une peinture qu'un collectionneur. Conservateurs, chercheurs, critiques... pas un n'arrive à la cheville du collectionneur. Ah ! Mais... attends un peu. Il y a bien quelqu'un qui peut rester encore plus longtemps que lui devant une belle pièce.

— Et qui donc ?

— Mais le surveillant de musée, voyons ! » répondit-il dans un éclat de rire.

Puis, le visage tout ce qu'il y a de plus sérieux, il ajouta :

« Voilà. A défaut de devenir conservateur, je n'ai qu'à devenir surveillant.

— Surveillant ? Toi, le brillant spécialiste de Rousseau, pour ne citer que Beyler ?

— Parfaitement : surveillant. La chose m'ira très bien. Du moment que je peux évoluer au plus près des œuvres, je n'en demande pas davantage. »

Il soupira et haussa les épaules. Orie considérait son profil, un peu de fièvre dans les yeux. Mais il ne s'aperçut nullement de la tendresse que son regard recélait.

*La voiture ne va pas tarder à rejoindre l'hôtel. Et nous repartirons chacun de notre côté. Moi pour l'aéroport de Zurich, toi pour la gare de Bâle. Nous retournerons à notre quotidien.*

*Qu'importe ce que le destin me réserve, qu'importe la fonction que j'occuperai... ma résolution de vivre au contact de l'art ne changera pas. C'est pourquoi j'aimerais que tu en fasses autant, Orie. Quoi qu'il arrive, j'aimerais que tu vives avec panache, et que tu sois heureuse avec cet enfant qui s'apprête à naître. Que ton existence soit pleine et riche. Qu'elle reste toujours fidèle à l'art. Et qu'un jour, nous puissions nous revoir.*

Voilà ce qu'il aurait voulu lui dire. Mais il se montra incapable de le faire.

Laissant derrière eux leur paradis, l'un regagna New York, l'autre, Paris. Chacun était reparti commencer sa nouvelle vie.

Quand Tim retrouva Manhattan après huit jours d'absence, le quartier cuisait sous un soleil brûlant. Haletant comme un poisson rouge à l'agonie, il quitta le sauna des couloirs du métro pour faire surface à l'extérieur, pressé de rejoindre les bureaux du MoMA sur Midtown 53rd Street, entre la Cinquième et la Sixième Avenue.

Tom Brown serait sûrement là. En réalité, cela ne faisait pas tout à fait deux semaines qu'ils s'étaient quittés. Pourtant, Tim avait l'impression de revenir d'un très, très long voyage. De ceux qui durent un mois, non, un an.

Au final, il n'avait pas rencontré Tom à Bâle. Bien sûr, il s'était dit qu'il fallait qu'il compte sur la chance, mais son retour à Manhattan ne changeait strictement rien à la résolution qu'il avait prise là-bas.

*Tant pis si Tom prend des sanctions contre moi : je suis prêt à tout accepter avec résignation.*

*Car partir à Bâle m'aura permis de vivre une aventure fascinante. Une aventure qui vaut bien le sacrifice de mon poste actuel. Je suis même tombé amoureux... même si elle ne le saura jamais.*

Après avoir acheté son donut à la cannelle et son café auprès du vendeur installé à la sortie du métro, le jeune homme se dirigea vers l'entrée du personnel en croquant à belles dents dans la pâtisserie. Là, il salua Billy de la sécurité, échangea quelques bonjours et autres « quelle chaleur ! » avec ses collègues, et s'engouffra dans l'ascenseur le plus paresseux du monde. Un matin comme tous les autres, en somme.

Cathy, la secrétaire de Tom, avait déjà commencé son travail. En le voyant apparaître, elle s'arrêta de taper à la machine :

« Tiens, Tim ! Bonjour ! Alors comme ça, il paraît que t'étais au Mexique ? »

Tim se rappela soudain ce coup de fil qu'il avait passé à Astrud Devore depuis Bâle.

« Ah ! Oui... C'est Astrud qui t'a raconté ça ?

— Tu parles ! Elle était en rogne, rigola Cathy. "Tu sais pas ce qu'il vient de me demander depuis le fin fond du Mexique, la veille de mes congés ? N'importe quoi !"

— Oh ? Ma foi, tu sais bien que quand je me mets à penser au boulot sur mon lieu de vacances... il faut que je tire ça au clair.

— Je comprends. Ah, au fait, Astrud m'a fait passer un message pour toi. Il est dans le tiroir de ton bureau. »

Envoyant promener sur son bureau la veste de lin qu'il portait par-dessus l'épaule, Tim s'empressa d'ouvrir le fameux tiroir. Une note l'y attendait, qu'il parcourut d'un rapide coup d'œil.

*Tim,*

*En effet, on ne va pas pouvoir passer* Le Rêve *aux rayons X.*

*Ceci étant, j'ai tout de même fait pratiquer en urgence une imagerie infrarouge, dont les résultats révèlent des traces de retouche au niveau de la main gauche de la femme. Il semblerait qu'à l'origine, un caractère de type alphabétique ait été peint au creux de sa main. Mais nous n'avons pas pu déterminer avec précision lequel.*

*Quelle lettre pouvait-elle donc serrer dans sa main ? Ça, je me le demande bien !*

*Astrud*

*Un caractère alphabétique ?*

*Attends un peu. Tu veux dire par là... une capitale d'imprimerie ?*

« Tim ? Est-ce que tu pourrais passer voir Tom à son bureau ? Tout de suite. »

Soudain, la voix de Cathy le ramena à lui-même.

« Il y a quelque chose dont il voudrait s'entretenir avec toi. Il t'attend avec impatience depuis qu'il est arrivé. »

*Et voilà !*

La fréquence des battements de son cœur s'emballa : le moment tant redouté était enfin arrivé. La bouche torve, il se dirigea d'un pas rapide vers le bureau de son supérieur.

*Calme-toi... Tu es prêt à tout encaisser.*

Après avoir pris une franche inspiration, il administra deux coups secs à la porte.

« Entrez ! » fit une voix chantante.

Le jeune homme ouvrit en saluant jovialement son chef. Tom, occupé à parcourir les documents entassés sur son bureau, releva la tête et lui jeta un regard.

« Oh, bonjour ! Comment se sont passées les vacances ? »

Un large sourire barrait son visage.

« Superbes ! répondit Tim en tâchant de masquer le rictus contrit qui déformait sa bouche. Elles ont été superbes. Extraordinaires...

— Ah oui ? Figure-toi qu'il m'est, moi aussi, arrivé quelque chose de pas banal, fit Tom d'un ton enjoué, son sourire de tombeur rivé à ses lèvres. Mais referme donc la porte derrière toi ! Ce que je m'apprête à te dire, c'est du top secret. »

Tim se dépêcha de fermer la porte restée à demi ouverte. Son cœur tambourinait à lui faire mal.

« Pas plus tard qu'avant-hier, poursuivit Tom avec un air malicieux qui n'avait rien de feint, j'ai été chez LE collectionneur de légende. Oui : chez Konrad Beyler. »

Tim le fixa en retenant son souffle.

« Ça t'en bouche un coin, hein ? »

Là-dessus, il entreprit fièrement son récit.

« Je me trouvais encore en vacances à Oahu quand un homme se présentant comme son chargé d'affaires m'a contacté, voilà quatre jours. Je ne sais pas comment il a fait pour savoir où j'étais, mais peu importe. Le fait est qu'il m'a révélé une chose renversante : Beyler posséderait un tableau d'Henri Rousseau qui n'aurait jamais, jamais été dévoilé au public. Comme il souhaitait avoir mon avis sur ce tableau, son avocat m'a demandé si je pouvais me rendre à Bâle, ajoutant qu'on me céderait peut-être les droits d'exploitation de ce tableau selon le résultat de l'expertise.

Je suis donc parti en Suisse, tout à fait sceptique, et une fois chez lui, je ne sais pas ce qui s'est passé, mais je n'ai eu affaire qu'à son avocat. Et qu'est-ce qu'il m'a dit ? "Vous arrivez un peu trop tard : nous venons de placer par erreur le tableau à l'entrepôt" ! Bref, toute cette histoire s'est terminée sans que j'aie rencontré le mythique collectionneur, ni même entraperçu l'œuvre en question.

— Tout ça pour ça ? »

Enfin, Tim se remit à respirer.

« Et ça ne te surprend pas ? fit Tom, un peu contrarié. J'ai pourtant localisé le collectionneur de légende, et un Rousseau inédit en prime ! Tu ne trouves pas ça fantastique ?

— Mais si… mais si. C'est fantastique. »

Tom haussa les épaules et soupira.

« N'empêche qu'au final, je n'ai pu voir ni l'un ni l'autre. Et ça, c'est vraiment dommage.

D'autant plus que c'est justement mon boulot, d'emprunter des œuvres… »

Un sourire se dessina spontanément sur les lèvres de Tim.

« Allons ! Vous avez fait quelque chose d'admirable. Vous vous êtes envolé pour Bâle sans réfléchir, juste pour voir un tableau ! »

A ces paroles, le visage de Tom s'éclaira.

« Bon ! Et si nous reprenions là où nous en étions ? ajouta-t-il en tapotant du bout du doigt les documents étalés sur son bureau. Avant de partir, je t'avais demandé de me préparer quelques listes pour l'exposition Rousseau. Une liste de documents à emprunter, et une autre récapitulant les différents partenaires avec qui nous allons négocier le prêt des tableaux.

— Tout est prêt ! Je vous les apporte tout de suite. »

Tim regagna son bureau d'un pas léger. Ainsi son existence avait-elle repris son cours, toujours fidèle à l'art, toujours au contact des œuvres. A la fenêtre, les artères de Manhattan striées par les lamelles des jalousies s'étiraient vers le lointain. Eblouissantes, comme la lumière estivale qu'elles réfléchissaient.

*Nous ne sommes peut-être pas à Bâle, ni à Paris. Mais cette ville n'en est pas moins un paradis pour les arts.*

# 11

## RETROUVAILLES
## (New York, 2000)

*J'ai rêvé. Pour la première fois depuis bien longtemps, j'ai rêvé de mon père.*

Elle se trouvait dans une salle d'un musée new-yorkais. Etait-ce le MET ? Le MoMA ? Les lieux lui paraissaient nébuleux, mais néanmoins familiers.

Fascinée par les différents chefs-d'œuvre qui recouvraient les murs du sol au plafond, elle percevait leurs couleurs avec une stupéfiante netteté : des touches de rouge, de vert et de noir enchevêtrées, d'où se dégageait étrangement une agréable sensation d'ordre. Et puis, son père était là, tout près d'elle. Une légère odeur de tabac, le parfum d'une chemise propre. Tirant sur la grosse main de l'homme, la jeune Orie leva les yeux et lui demanda :

« Dis, papa, tu sais quel tableau regarder, quand il y en a plein comme ça ? »

Elle ne voyait guère son visage dans le halo de lumière qui le baignait, mais il lui sembla que son père riait. De sa voix grave et sonore, il répondit :

« Sauras-tu retrouver ton cher ami malgré la foule qui se presse autour de lui ? Dis-toi qu'il se cache quelque part parmi ces peintures. Attention ! Il ne faut surtout pas fermer les yeux. Tu ne pourrais plus le retrouver. Vas-y, Orie, regarde bien. Où est-il ? Où est ton ami pour la vie ? »

*Mesdames et messieurs, notre appareil atterrira à l'aéroport international John-F.-Kennedy dans une trentaine de minutes. Selon les informations de la tour de contrôle, le temps à New York est actuellement ensoleillé, et la température au sol de vingt-neuf degrés…*

« Ouah ! Mais c'est qu'il va faire chaud ! »

Celui qui s'était ainsi exclamé depuis le fauteuil voisin n'était autre que Takano Tomoyuki, le responsable culturel du groupe Gyôsei. Orie, clignant des yeux, redressa doucement le dossier de son siège avant d'accepter la serviette chaude que distribuait le personnel en cabine. Takano, l'air confus, ne tarda pas à s'excuser.

« Désolé. Je ne vous ai pas tirée de votre sommeil, au moins ?

— Mais non, dit-elle après avoir appliqué la serviette contre ses paupières. De toute manière, il aurait bientôt fallu me réveiller. »

Takano, tout en essuyant consciencieusement son visage et l'arrière de son cou avec la serviette chaude, dit avec l'air de celui qui viendrait de sortir du bain :

« A propos, j'ai prévenu par mail monsieur Brown que vous viendriez avec moi, et il en est absolument ravi. Il attend avec grande impatience notre visite !

— Ah oui ? répondit Orie en feignant l'indifférence.

— Il y a clairement une différence de température entre vous. Lui voulait absolument que nous vous retrouvions, et nous avons tout mis en œuvre pour ce faire. Jusqu'à demander à notre antenne parisienne de consulter la liste des anciens diplômés de la Sorbonne… »

En voyant le profil de sa voisine se crisper, Takano se hâta de modérer ses propos.

« Rassurez-vous, nous n'avons mené aucune enquête sur votre vie personnelle. Nous ne sommes pas des détectives privés ! Mais puisque Tim Brown, l'ancien commissaire de la légendaire exposition Rousseau du MoMA, vous avait explicitement désignée… »

Orie releva les yeux et fixa Takano.

« Vous vous trompez. Tim Brown n'a pas organisé cette exposition. C'était Tom Brown.

— Hein ? Tom Brown ? Rien à voir avec Tim Brown ?

— Non. Tom Brown fut le conservateur général du département des Peintures et Sculptures du MoMA dans les années 1980. C'est lui qui a conçu la grande rétrospective Rousseau de Paris et New York en 1984-1985. Il a beaucoup fait pour la réputation de ce peintre. »

Comme s'il venait tout à coup de se remémorer quelque chose, Takano s'empara du sac à ses pieds et en tira un album illustré. Le catalogue de l'exposition *Le Douanier Rousseau* organisée en 1985 au MoMA. Tandis qu'il feuilletait en toute hâte les pages, il rapprocha soudain son visage aux lunettes cerclées d'argent de l'album et jeta un cri de surprise.

« Ah ! Vous avez raison. "Commissaire d'exposition : Tom Brown".

— Vous n'étiez pas au courant ?

— C'est-à-dire que… enfin… à une lettre près, j'étais persuadé qu'il s'agissait de la même personne. »

Saisissant la serviette posée sur la tablette, il s'essuya de nouveau la figure.

« Si je comprends bien, celui que nous allons rencontrer a succédé à ce Tom Brown au poste de conservateur général du MoMA, c'est cela ?

— Je pense que oui. »

A ces mots, Orie baissa les yeux vers le catalogue à la couverture jaunissante qui reposait sur les genoux de Takano.

« En résumé, ce n'est pas Tim Brown qui a rendu à Rousseau ses lettres de noblesse, mais son prédécesseur ?

— Pas du tout. Ce fut bien Tim Brown, le véritable acteur du regain de popularité du peintre. Hier comme aujourd'hui, il a toujours été le plus grand spécialiste de Rousseau, et celui qui comprend le mieux sa peinture. »

Takano hocha sans force de la tête, puis saisit à pleines mains son catalogue. L'hôtesse de l'air qui circulait dans les rangs invita les passagers à rabattre leur tablette de siège en vue de l'atterrissage. Orie remonta le store du hublot. Elle ignorait quel était cet endroit que l'avion survolait, mais des champs d'un vert lumineux s'étendaient sous son regard. En ce milieu de matinée, la lumière du soleil éblouissait presque douloureusement ses yeux encore en train de rêver il y a peu.

« Il a été décidé que j'irais à New York. »

Deux semaines plus tôt, autour de la table du dîner, Orie avait annoncé sans préambule son départ à sa mère et sa fille. La première avait aussitôt reposé ses baguettes. L'autre, après avoir pioché un morceau de poulet dans la fricassée joliment présentée, l'avait porté à sa bouche comme si de rien n'était.

« Je passerai quatre nuits là-bas à compter de lundi en huit, poursuivit-elle en observant leurs attitudes respectives. C'est le directeur du musée qui m'a convoquée cet après-midi pour me l'annoncer. J'ai bien tenté de lui dire non, mais voilà… je pars. »

Elle se rendait bien compte que ses explications ne tenaient guère la route.

« Ah oui ? Eh bien, c'est entendu ! répondit sa mère après l'avoir calmement écoutée, ses mains alignées sur la table. Mais dis donc, ton passeport doit déjà être périmé depuis un moment. Tu auras le temps de le faire renouveler ?

— Il sera prêt dans six jours si je fais ma demande demain. Nous avons pris cet élément en compte pour fixer la date du départ. »

La grand-mère, laissant vaguement échapper un autre « ah oui ? », reprit ses baguettes pour se servir à son tour dans le plat de poulet et de légumes tendres. Orie avait toujours apprécié sa discrétion. Sa façon élégante de ne pas l'accabler de questions, bien qu'elle fût sa fille. Quand elles vivaient ensemble à New York, puis encore à Paris, il lui suffisait de dire qu'elle voulait sortir seule pour que sa mère la laissât faire sans protester. Elle n'avait pas posé de questions lorsque, après le décès de son père, Orie avait annoncé son intention de rester dans cette ville. Ni même lorsqu'elle était revenue auprès d'elle quelques années plus tard, enceinte. Sa mère ne lui avait jamais demandé d'explications, jamais.

Après cette semaine onirique passée à Bâle, la jeune femme avait décidé de quitter Andrew Keats, sans pour autant l'informer de cette vie nouvelle qu'elle portait en elle. Elle s'était alors discrètement éclipsée du monde de la recherche en histoire de l'art.

*Consacrer le reste de mon existence à cet enfant sur le point de naître : c'est ce que je m'étais résolue à faire en retournant vivre auprès de ma mère. Je m'étais bien juré de ne jamais rouvrir cette boîte de Pandore où j'avais enfermé ma passion inaltérable pour l'art. Mais voilà que je viens d'en desceller le couvercle de la plus imprévue des manières... et c'est Tim Brown qui m'a poussée à le faire.*

« En fait, je pars au MoMA négocier le prêt d'un tableau. Un responsable du journal *Gyôsei* est venu me voir tout à l'heure au musée. Ils préparent une exposition sur Henri Rousseau et voudraient absolument obtenir une œuvre appartenant à la collection du MoMA. Ils m'ont demandé mon aide. Mon directeur lui-même m'a suppliée de me rendre à New York, c'est dire...

— Ah oui ? répéta une nouvelle fois sa mère.

— Quant au pourquoi du comment... je n'en ai pas la moindre idée.

— Oh ? Eh bien, moi, je sais. C'est parce qu'il t'appelle. Ton ami t'appelle chez lui... »

A cette improbable réponse, Orie éclata de rire.

« Comment ça, "mon ami" ?

— C'est ce que tu disais souvent, quand nous vivions à New York. "Je vais rendre visite à mon ami. Il m'appelle chez lui." »

Orie et sa famille habitaient à cette époque dans un appartement de l'Upper Manhattan. Au retour de l'école, la fillette ne tardait jamais à filer au MoMA en prétextant « rendre visite à son ami ».

*Maman me laissait toujours y aller avec un grand sourire. Elle avait tout compris. C'était l'art, mon « ami ». Et « chez lui », c'était au musée. A force de me voir sortir tous les jours, mon père avait même fini par me demander en riant si je ne comptais pas devenir locataire du MoMA quand je serais plus grande. Mais alors cela aurait été une colocation avec mon ami…*

« Hé ! Y aura Mickey Mouse, au moins ? »

Sanae, assise de l'autre côté de la table, s'était soudain immiscée dans la conversation.

« Qu'est-ce que tu racontes ? répliqua Orie, étonnée. Je ne vais pas à Disneyland…

— C'est quoi, alors, ton MoMA ? »

Même si elle s'efforçait d'éviter le regard de sa mère, il était clair que l'adolescente éprouvait de l'intérêt pour la question. Orie sentit que sa fille voulait lui tendre une perche.

« Le Musée d'art moderne de New York, en anglais Museum of Modern Art. Ce qui, une fois abrégé, donne MoMA. Un musée génial. Oui, génial. Une collection géniale, des tableaux géniaux. Des conservateurs géniaux. Comment te dire ? C'est un lieu complètement génial.

— Tiens donc ! C'est ta maman qui vient de dire "génial" cinq fois de suite ?

— SIX fois ! » précisa Sanae avec sarcasme.

Orie demanda à sa fille avec bonne humeur :

« Tu sais ce que c'est, l'art moderne ? Car on appelle aussi cet endroit le "temple de l'art moderne".

— Chais pas. Une marque de gâteaux ? »

*Je vois qu'elle joue à ne pas comprendre… c'est mignon.*

« Attends ! »

Se levant de table, elle se précipita dans sa chambre pour en redescendre avec un album à la couverture un peu jaunie et abîmée, qu'elle déposa à côté du plat de poulet. C'était le catalogue de la rétrospective Rousseau présentée en 1985 au MoMA.

« Regarde un peu. Qu'est-ce que tu en dis ? »

Le tableau choisi pour la couverture datait de 1890, et il s'intitulait : *Moi-même, portrait-paysage*. Un homme barbu, dressé tel un géant devant un ciel bleu aux nuages rosés. Béret à larges bords sur le crâne, palette et pinceau à la main. Derrière lui, un navire pavoisé de signaux maritimes flottant sur la Seine ; et par-delà le fleuve, la tour Eiffel. Entre ce grand homme boudeur campé au centre de la composition et les promeneurs déambulant sur les quais, aussi minuscules que des souris, les proportions paraissaient clairement faussées. Il n'y avait aucune profondeur dans les volumes. Voilà un tableau que l'on avait qualifié de « gribouillage puéril » ou de « peinture à la petite semaine » un siècle plus tôt et qui s'était attiré bien des moqueries.

« Que c'est intéressant ! »

Après avoir gardé les yeux fixés sur la couverture, Sanae prononça enfin ces mots. Le sourire s'étendit à vue d'œil sur le visage de sa mère.

« Oui, n'est-ce pas ? Mais en dehors de ça ?

— Les couleurs sont jolies.

— C'est le cas. Et puis ?

— On dirait que ça a été peint très soigneusement. »

Orie acquiesça, suivie par la grand-mère. Alors Sanae, s'approchant un peu plus près du catalogue, ajouta de manière spontanée :

« On dirait aussi que… ce tableau est vivant. »

A cet instant-là, Orie suspendit son souffle. Elle devinait que sa mère venait d'en faire autant. L'adolescente, jetant un bref regard à leurs deux visages, murmura : « Ça va, là ! », puis recommença à agiter ses baguettes dans son assiette.

*Vivants… les tableaux sont vivants.*

Cette parole n'était que pure vérité. Elle traduisait le sentiment des millions, des milliards d'individus qui avaient découvert l'art moderne, qui avaient nourri une fascination pour lui durant ces cent dernières années. Et c'est avec ces quelques mots au fond du cœur qu'Orie s'envola pour New York.

Tim Brown se tenait dans la galerie des peintures et sculptures du deuxième niveau du MoMA. Devant *Le Rêve* d'Henri Rousseau. C'était un jour de semaine, bien après l'heure du déjeuner. L'affluence n'avait rien de comparable à un week-end, mais la galerie bourdonnait de visiteurs en quête d'un fugace instant de paix intérieure.

*Orie ne va pas tarder à être là.*

Rongé par l'impatience, il s'était posté en avance près du tableau. La seule consigne qu'il avait laissée à son assistante Miranda en quittant son bureau, c'était de la faire à tout prix venir seule dans la salle, quelle que soit la personne qui l'accompagnerait lorsqu'elle arriverait au musée.

*Je n'en peux plus d'attendre. Vraiment plus.*

*Non que j'aie consciemment attendu pendant dix-sept ans le jour où nous nous reverrions, mais... mes pensées n'ont jamais cessé de l'accompagner. J'ai aimé bien des femmes depuis, et j'ai même songé à me marier avec l'une d'elles. Mais tôt ou tard, je finissais toujours par m'apercevoir qu'une part de moi-même continuait à réclamer sa présence.*

Sept jours avec elle dans ce paradis du nom de Bâle… sept jours qui avaient changé la vie de Tim à tout jamais.

Bien des choses s'étaient passées, en dix-sept années.

Un an après l'examen critique de son tableau, Konrad Joseph Beyler avait quitté ce monde. Selon les rumeurs qui avaient circulé à son décès, l'ensemble de ses biens seraient revenus à sa petite-fille, Juliette Leroux. Celle-ci aurait depuis restitué par l'intermédiaire d'Interpol tous les tableaux de la collection identifiés comme volés, et comptait selon toute vraisemblance fonder un musée à partir des pièces dont elle disposait encore. Le projet n'avait toujours pas vu le jour, mais Juliette devait très certainement se démener à cet effet. Personne ne savait encore si *J'ai rêvé* ferait partie de la collection qui serait ultérieurement dévoilée, ni même si sous cette œuvre reposait réellement un Picasso bleu.

L'exposition *Le Douanier Rousseau* conçue par Tom Brown, l'ancien supérieur de Tim, avait connu quant à elle un succès retentissant. Jusqu'à la dernière minute, Tim s'était farouchement opposé à l'idée d'utiliser ce qualificatif de « Douanier » mais le conseil d'administration du musée, jugeant cette solution bien plus compréhensible du grand public, avait finalement eu le dernier mot. Le public s'était rendu en nombre à cette rétrospective, et c'est en tout plus d'un million de visiteurs qui étaient tombés sous le charme de sa peinture à Paris et New York.

Le travail que Tim avait abattu pour organiser cet événement n'était pas passé inaperçu de son supérieur comme du conseil d'administration du MoMA. Lorsque Tom quitta ses fonctions pour enseigner à l'université, il fut enfin nommé conservateur général. Depuis cet été bâlois, quinze années s'étaient écoulées.

Et puis, un mois auparavant, il y avait eu cette approche de la part d'un groupe de presse japonais. Ils voulaient obtenir un prêt du *Rêve*. C'était là l'occasion qu'il avait si longtemps attendue.

*Si vous désirez organiser une exposition Rousseau au Japon et emprunter à cet effet le joyau du MoMA, je ne vois qu'une seule personne qui puisse faire l'intermédiaire entre nous. Il s'agit de Hayakawa Orie, la plus grande spécialiste de Rousseau au Japon.*

*Si elle accepte cette médiation, je vous promets d'examiner la question d'un prêt du* Rêve.

Telle était la réponse qu'il leur avait adressée.

Et voilà que le jour était arrivé.

Dans le brouhaha de la galerie, Tim se tenait face au *Rêve*.

*C'est étrange… J'ai beau l'avoir déjà vu des centaines de fois, j'arrive toujours à lui trouver quelque chose de nouveau. L'éclat de sa matière, la puissance libérée par ses motifs, cette profondeur de composition à vous happer tout entier… Chaque fois que je le vois, ma tendresse pour ce tableau ne fait que grandir. Plus je le regarde, et plus il évolue. Et c'est comme ça depuis le tout premier jour où il m'a fasciné. A-t-il vraiment son pareil au monde ?*

*« Ma passion… toute ma passion. »*

*Je me souviens encore parfaitement des paroles que murmurait Rousseau dans le dernier chapitre du récit que nous avions lu, cet été-là. Et puis, des quelques mots qu'avait prononcés Orie lors de son examen critique… des mots qu'elle pouvait aussi bien destiner à* J'ai rêvé *qu'au* Rêve…

*« Il y a dans ce tableau de la passion. Toute la passion du peintre. Je n'ai rien d'autre à dire. »*

Tim contempla la figure de Yadwigha.

*Cette main gauche tendue, comme si elle cherchait à désigner quelque chose du doigt…*

*Astrud disait qu'une lettre majuscule semblait s'y cacher. Peut-être que nous aurions pu faire une découverte capitale, si nous avions poussé l'examen... mais au final, nous n'avons jamais sondé le tableau plus en détail.*

*A l'époque, chacun des chapitres du récit était accompagné d'une majuscule. Un P, un I, un A, deux S, un O. A supposer que la lettre dissimulée dans* Le Rêve *soit un C... le message ainsi formé pourrait bien indiquer qu'un Picasso bleu repose sous cette peinture.*

*Cependant, je me demande aujourd'hui si cette lettre ne serait pas plutôt un N. Si la jeune femme ne cacherait pas dans sa main le mot P-A-S-S-I-O-N. Celle de Rousseau et de Yadwigha ; celle de Picasso ; celle de Beyler. Cette passion qu'Orie a reconnue. Qui, depuis ce jour d'été, n'a jamais cessé de vivre dans mon cœur...*

« Tim... »

Au milieu des bruits parasites, il perçut dans son dos une voix qui l'appelait par son prénom. Une voix qu'il n'avait jamais oubliée. Il se retourna, son cœur battait par tout son corps. Elle était là. Ses longs cheveux noirs aujourd'hui coupés à hauteur d'épaule. Le visage aminci. Mais les yeux toujours au bord des larmes.

Tous deux se regardèrent en cherchant leurs mots. Et les mots ne voulaient pas franchir si aisément leurs lèvres. Cette scène, Tim en avait longtemps rêvé. Un rêve où il se tiendrait de nouveau avec elle devant la toile du paradis. Il y avait bien quelques mots qu'il avait décidé de lui dire, s'il venait un jour à la revoir, mais ce furent de toutes autres paroles qui s'échappèrent de sa bouche.

*J'ai rêvé... que je te retrouvais.*

Un sourire se forma sur les lèvres d'Orie. Ce visage radieux, à présent, n'avait plus rien d'un rêve.

## LISTE DES ŒUVRES CITÉES OU DÉCRITES DANS LE ROMAN

El Greco, *L'Annonciation*, 1590(?)-1603. Musée d'art Ohara, Kurashiki, Japon.

Jean-Auguste-Dominique Ingres, *Le Bain turc*, 1863. Musée du Louvre, Paris, France.

Henri Matisse, *La Femme au chapeau*, 1905. Museum of Modern Art, San Francisco, Etats-Unis.

Pablo Picasso, *Femme à l'éventail*, 1905. Washington National Gallery, Washington, Etats-Unis.

Pablo Picasso, *Femme peignant ses cheveux*, 1906. Metropolitan Musem, New York, Etats-Unis.

Pablo Picasso, *La Cage à oiseau*, 1925. Musée d'art Ohara, Kurashiki, Japon.

Pablo Picasso, *La Vie*, 1903. Cleveland Museum of Art, Cleveland, Etats-Unis.

Pablo Picasso, *Les Demoiselles d'Avignon*, 1907. Museum of Modern Art, New York, Etats-Unis.

Pablo Picasso, *Portrait d'Ambroise Vollard*, 1910. Musée des Beaux-Arts Pouchkine, Moscou, Russie.

Pierre Puvis de Chavannes, *La Fantaisie*, 1866, Musée d'art Ohara, Kurashiki, Japon.

Henri Rousseau, *Joyeux farceurs*, 1906. Philadelphia Museum of Art, Philadelphie, Etats-Unis.

Henri Rousseau, *La Bohémienne endormie,* 1897. Museum of Modern Art, New York, Etats-Unis.

Henri Rousseau, *La Guerre*, 1894. Musée d'Orsay, Paris, France.

Henri Rousseau, *La Liberté invitant les artistes à prendre part à la 22^e Exposition des Indépendants*, 1906. Musée national d'art moderne, Tôkyô, Japon.

Henri Rousseau, *La Muse inspirant le poète* (première version), 1909. Musée des Beaux-Arts Pouchkine, Moscou, Russie.

Henri Rousseau, *La Muse inspirant le poète* (seconde version), 1909. Kunstmuseum Basel, Bâle, Suisse.

Henri Rousseau, *Le Combat du tigre et du buffle*, 1908. Cleveland Museum of Art, Cleveland, Etats-Unis.

Henri Rousseau, *Le Lion, ayant faim, se jette sur l'antilope*, 1908. Kunstmuseum Basel, Bâle, Suisse.

Henri Rousseau, *Le Rêve*, 1910. Museum of Modern Art, New York, Etats-Unis.

Henri Rousseau, *Les Représentants des puissances étrangères venant saluer la République en signe de paix*, 1907. Musée Picasso, Paris, France.

Henri Rousseau, *Moi-même, portrait-paysage*, 1890. Musée national d'art moderne, Prague, République tchèque.

Henri Rousseau, *Portrait de femme*, 1895. Musée Picasso, Paris, France.

Henri Rousseau, *Pour fêter Bébé*, 1903. Kunstmuseum Winterthur, Wintherthour, Suisse.

Henri Rousseau, *Vue sur Bagneux avec la vache*, 1909. Musée d'art Ohara, Kurashiki, Japon.

Vincent Van Gogh, *La Nuit étoilée*, 1889. Museum of Modern Art, New York, Etats-Unis.

## BIBLIOGRAPHIE


ADAM Hans-Christian, *Eugène Atget's Paris*, Taschen, London, 2001.

BERNADAC Marie-Laure et DU BOUCHET Paule, *Picasso : Le sage et le fou*, Gallimard, Paris, 1986.

CABANNE Pierre, *Le siècle de Picasso, t. 1 : 1881-1937, la jeunesse, le cubisme, le théâtre, l'amour*, Editions Denoël, Paris, 1975.

GÖTZ Adriani, *The Customs Officer : Crossing the Border to Modernism*, Yale University Press, New Haven and London, 2001.

GOMBRICH Ernst Hand Josef, *L'art et son histoire*, t. 1 et 2, Le Livre de poche, Paris, 1967.

HIRANO Yukihito, *Monmarutoru – Kyoshô no seishun* [Montmartre, la jeunesse des maîtres], Kaibunsha Shuppan, Tôkyô, 1987.

HOOK Philip, *The Ultimate Trophy : How the Impressionist Painting Conquered the World*, Prestel, New York, 2009.

HOVING Thomas, *Making the Mummies Dance : Inside the Metropolitan Museum of Art*, New York, Touchstone, 1994.

OKAYA Kôji, *Anri Rusô – Rakuen no nazo* [Henri Rousseau : le mystère du paradis], Heibonsha Library, Tôkyô, 2006.

OKAYA Kôji, *Kaiga no naka no nettai – Dorakurowa kara Gôgyan e* [Les Tropiques dans la peinture : de Delacroix à Gauguin], Heibonsha, Tôkyô, 2005.

RIMBAUD Arthur, *Une saison en enfer*, Le Livre de poche, Paris, 1998.

SAGAWA Mika, *Pari ga shizunda hi – Sênugawa no kôzui-shi* [Le jour où Paris a été engloutie : une histoire des crues de la Seine], Hakusuisha, Tôkyô, 2009.

STEIN Gertrude, *Autobiographie d'Alice Toklas*, Gallimard, Paris, 1980.

TAKASHINA Shûji, *Kindai kaiga-shi – Goya kara Mondorian made* [Histoire de la peinture moderne, de Goya à Mondrian], t. 1 et 2, Chûô Shinsho, Tôkyô, 1975.

TAKASHINA Shûji, *Pikaso – Hyôsetsu no ronri* [Picasso, une logique du plagiat], Chikuma Gakugei Bunko, Tôkyô, 1995.

UNNO Hiroshi, *Seikimatsu no sutairu – Aru nûvô no jidai to toshi* [Le style fin de siècle : l'art nouveau, son temps et ses cités], Bijutsu Kôronsha, Tôkyô, 1993.

WISER William, *The Crazy Years : Paris in the Twenties*, Thames & Hudson, London, 1990.

YAMAZAKI Takao, *Anri Rusô – Shôgen to shiryô* [Henri Rousseau, témoignages et archives], Misuzu Shobô, Tôkyô, 1989.

### *Catalogues d'exposition*

*Le Douanier Rousseau*, Galeries nationales du Grand Palais, Paris, 14 septembre 1984-7 janvier 1985 / Museum of Modern Art, New York, 5 février-4 juin 1985.

*Henri Rousseau: Jungles in Paris*, Tate Modern, Londres, 3 novembre 2005-5 février 2006 / Galeries nationales du Grand Palais, Paris, 13 mars-19 juin 2006 / National Gallery of Art, Washington, 16 juillet-15 octobre 2006.

*Rusô no mita yume, Rusô ni miru yume* [Le rêve de Rousseau, le rêve chez Rousseau], Musée des Beaux-Arts de Setagaya, 7 octobre-10 décembre 2006 / Musée des Beaux-Arts d'Aichi, 20 décembre 2 006-12 février 2007 / Musée des Beaux-Arts de Shimane, 9 mars-6 mai 2007.

*Henri Rousseau*, Fondation Beyeler, Bâle, 7 février-9 mai 2010.

Achevé d'imprimer en Espagne par

CPi
BLACK PRINT

Dépôt légal : janvier 2021